# *La penúltima hora*

# SALMAN RUSHDIE

# *La penúltima hora*

Traducción de Luis Murillo Fort

RANDOM HOUSE

Papel certificado por el Forest Stewardship Council®

Título original: *The eleventh hour*

Primera edición: enero de 2026



pp. 221 y 225: los fragmentos de la poesía de Zbigniew Herbert han sido extraídos de su *Poesía completa* (Lumen, Barcelona, 2019), traducción de Xaverio Ballester

Los siguientes relatos fueron publicados por primera vez en *The New Yorker*:
«En el sur» (11 de mayo de 2009) y «El viejo de la piazza» (16 de noviembre de 2020).



*Printed in Spain* – Impreso en España

ISBN: 978-84-397-4634-8
Depósito legal: B-19.726-2025

Compuesto en La Nueva Edimac, S. L.
Impreso en Gómez Aparicio, S. L. (Casarrubuelos, Madrid)

RH46348

*Este libro está dedicado*
*a Steve y Annie Murphy,*
*y a Eliza,*
*por supuesto*

# ÍNDICE

# EN EL SUR

El día que Junior se cayó tuvo un comienzo como el de cualquier otro día: el aire ondeando por la explosión de calor, la luz del sol como un clamor de trompetas, el impetuoso oleaje del tráfico, los cánticos religiosos en la lejanía, la música de película barata subiendo del piso de abajo, los empellones pélvicos de una secuencia «especial» de baile en la película que un vecino tiene puesta en la tele; el llanto de un niño, la regañina de una madre, risas sin explicación, expectoraciones encarnadas, bicicletas, el pelo recién trenzado de unas colegialas, el olor a café cargado, un destello de alas verdes en un árbol. Senior y Junior, dos hombres muy viejos, abrieron los ojos en sus respectivas habitaciones en la cuarta planta de un edificio de color verde mar situado en una calle angosta y arbolada no muy lejos de Elliot's Beach, donde al atardecer, como hacían siempre, los jóvenes se congregarían para llevar a cabo los rituales de la juventud, a escasa distancia de la aldea de los pescadores, que no tenían tiempo para frivolidades. Los pobres eran puritanos tanto de noche como de día. En cuanto a los viejos, tenían sus propios rituales y no precisaban esperar a que cayera la tarde. Con el sol asaeteándolos a través de las persianas, ambos viejos se pusieron trabajosamente en pie y salieron dando tumbos a sus contiguas galerías, los dos al mismo tiempo, como personajes de un cuento antiguo, atrapados en aciagas coincidencias e incapaces de hurtarse a las consecuencias del azar.

Se pusieron a hablar casi al momento. Sus palabras no eran nuevas. Se trataba de discursos rituales, saludos al nuevo día, ofrecidos en formato llamada-respuesta, como los rítmicos diálogos o «duelos» de los virtuosos de la música carnática durante las fiestas de cada mes de diciembre.

–Demos gracias de que somos gente del sur –dijo Junior, entre bostezo y desperezo–. Sureños somos, en el sur de nuestra ciudad en el sur de nuestro país en el sur de nuestro continente. Dios sea loado. Somos gente afable, lenta y sensual, no como esos antipáticos del norte.

Senior, mientras se rascaba primero la tripa y luego el cogote, le contradijo una vez más.

–Primero –dijo–, el sur es algo ficticio; si existe es solo porque la gente ha convenido en llamarlo así. ¡Supón que los hombres hubieran imaginado la Tierra al revés! Entonces seríamos norteños. El universo no entiende los conceptos «arriba» o «abajo»; un perro, tampoco. Para un perro no hay norte ni sur. Y, segundo, tú no eres muy afable de carácter, y cualquier mujer se reiría en tu cara oyéndote decir que eres sensual. Aunque, eso sí, lento lo eres y mucho.

Así eran aquellos dos: discutían, se lanzaban el uno contra el otro como ancianos luchadores sujetos entre sí por el tobillo del pie izquierdo. Y la cuerda que con tal fuerza los sujetaba eran el nombre. Por casualidad –cosa que ellos habían dado en considerar el «destino», o, como lo llamaban más a menudo, una «maldición»–, compartían nombre, un nombre muy largo como tantos en el sur, un nombre que ninguno de los dos se molestaba en pronunciar. Por el hecho de proscribir el nombre, de reducirlo a su inicial, *V.*, hacían invisible la cuerda que los unía, pero eso no significaba que no existiera. Las semejanzas entre ellos iban más allá: ambos tenían la voz aguda, ambos eran de constitución enjuta y estatura media, ambos eran miopes, y, tras muchos años ufanándose en la calidad de sus dientes, ambos habían tenido que rendirse a la humillante inevitabilidad de los dientes postizos; pero era el nombre no utilizado, aquel simétrico *V.*, el Nombre Que No Se Podía Pronunciar, lo que los unía desde hacía decenios.

No obstante, cumplían años en días diferentes. Uno era diecisiete días mayor que el otro. Seguramente de ahí vino lo de «Senior» y «Junior», pese a que hacía tanto tiempo que esos apodos estaban en uso que nadie era capaz de recordar quién fue al que se le ocurrió echar mano de ellos. Así pues, se habían convertido en V. Senior y V. Junior para siempre jamás, discutidores hasta la muerte. Tenían ochenta y un años. Si la vejez se consideraba algo así como el crepúsculo de un día que terminaba en el olvido perpetuo de la medianoche, el reloj de ambos señalaba más allá de la undécima hora.

–Tienes una pinta horrorosa –le dijo Junior a Senior, como hacía todas las mañanas–. Parece que no estuvieras esperando otra cosa que morirte.

Senior –asintiendo con gesto serio y hablando asimismo conforme a la tradición compartida–, respondió:

–Mejor eso que tener, como tú, pinta de que todavía no has empezado a vivir.

Ninguno de los dos dormía bien. Ambos utilizaban camas duras sin almohada, y, tras los párpados cerrados, pensamientos inquietantes discurrían en direcciones opuestas. De los dos, Senior había tenido sin duda una vida más plena. Era el más joven de diez hermanos –varones todos–, todos los cuales habían tenido éxito en la profesión elegida: atletas, científicos, profesores, sacerdotes. Él, Senior, había empezado como campeón universitario de carreras de larga distancia para luego acceder a un cargo importante en la compañía ferroviaria; durante años había viajado en tren, cubriendo decenas y decenas de miles de kilómetros, para asegurarse, y asegurar a las autoridades, de que se estaban manteniendo los debidos niveles de seguridad. Había desposado a una mujer buena y engendrado seis hijas y tres hijos, cada uno de los cuales había resultado ser muy fértil a su debido tiempo, proporcionándole nada menos que treinta y tres nietos. Sus nueve hermanos habían procreado un total de treinta y tres hijos más, sus sobrinos y sobrinas, quienes a su vez le habían proporcionado no menos de ciento once nuevos parientes. Para muchos hombres, esto habría sido prueba de buena fortuna, pues un hombre bendecido con doscientos cinco familiares era sin duda alguna rico, pero la abundancia había regalado a alguien propenso a la ascesis como Senior una leve pero permanente jaqueca.

–Si yo hubiera sido estéril –le decía a Junior con frecuencia–, qué vida tan apacible habría tenido.

Tras jubilarse Senior había entrado a formar parte de un grupo de diez amigos que se reunían a diario para hablar de política, ajedrez, poesía y música en una cafetería Besant Nagar. Varios de sus comentarios sobre dichos temas habían sido publicados en el excelente periódico que se imprimía en la ciudad. Entre sus amigos se contaba el redactor jefe del diario en cuestión, así como otro periodista de la publicación, celebrada figura local, un tanto cabeza loca y dado a la bebida, pero creador de caricaturas políticas maravillosamente grotescas. Luego estaba también el mejor astrólogo de la localidad, que había estudiado para astrónomo pero que acabó convencido de que los auténticos mensajes de los astros no podían llegar por la vía de un telescopio; también un individuo que durante años fuera el encargado de dar el pistoletazo de salida en las muy concurridas carreras de caballos; y así sucesivamente. Senior había disfrutado mucho en su compañía; a su mujer le decía que era una gran cosa para un hombre tener amigos de los que cada día podía aprender algo nuevo. Pero ahora todos estaban muertos. Uno detrás de otro sus amigos habían acabado en el crematorio, y la cafetería que podría haber servido para mantener vivo su recuerdo había sido demolida.

De los diez hermanos solo quedaba él, y sus cuñadas habían fallecido también tiempo atrás. Incluso su bondadosa cónyuge había muerto, y Senior, ya anciano, había vuelto a casarse, por mediación de agente matrimonial, con una viuda que tenía una pata de palo. Fue una unión de conveniencia para ambos, y ambos quedaron descontentos con la misma. Se vieron atrapados, no en una soledad desdichada sino en una desdichada convivencia. Él la trataba con una irritabilidad que sorprendió a sus hijos y nietos. «Como a mi edad no tenía muchas opciones –le decía, con despecho, a su esposa–, me tocaste tú». Ella se desquitaba desoyendo hasta sus más simples peticiones, incluso si era un vaso de agua, cosa que ninguna persona civilizada debería negarse a dar cuando se le pide. La mujer se llamaba Aarthi, pero él no se dirigía a ella por su nombre ni por un diminutivo o un término cariñoso. Para él siempre era «Mujer» o «Esposa».

Soportó los múltiples problemas de salud de los muy viejos: las penurias diarias de tripas y uretra, de espalda y rodillas, la mirada cada vez más lechosa, los problemas respiratorios, las pesadillas nocturnas, el lento declinar de la máquina blanda. Sus días quedaron reducidos a una tediosa inactividad. En tiempos, para pasar el rato, había dado clases de matemáticas, de canto, de los Vedas. Pero sus alumnos se habían marchado. Solo le quedaba la mujer de la pata de palo, el televisor que veía borroso... y Junior. No era ni mucho menos suficiente. Cada mañana se lamentaba de no haber muerto durante la noche.

De los doscientos cinco miembros más jóvenes de la familia una buena cantidad estaba ya criando malvas. Había olvidado exactamente cuántos de ellos, y sus nombres, inevitablemente, se le escapaban. De los que aún vivían muchos iban a verle y le trataban con dulzura y preocupación. Cuando él decía que estaba listo para morir, cosa que ocurría a menudo, sus rostros adquirían expresiones dolidas, sus cuerpos parecían derrumbarse o tensarse, según la naturaleza de cada cual, y entonces le hablaban con palabras de ánimo y, por supuesto, muy compungidos, de lo valioso de una vida tan llena de amor. Pero a él el amor, como todo lo demás, empezaba a fastidiarle. La suya, pensaba, era una familia de mosquitos, un ruidoso enjambre, y el amor era su molesta picadura.

–Lástima que no hayan inventado también una espiral para ahuyentar a los parientes –le dijo a Junior–. O una mosquitera para que no se te acerquen a la cama...

Para Junior su vida había sido una decepción. Él no esperaba ser alguien común y corriente. Sus padres le habían consentido mucho y le habían inculcado un sentido de destino y de privilegio, pero él había resultado ser un individuo mediocre, condenado por unos logros académicos de poca monta a una vida de empleado administrativo en las oficinas de la compañía del agua. Sus no mediocres sueños, de largos viajes por carretera, línea férrea o avión, habían quedado atrás; pero, pese a ello, no era una persona infeliz. Descubrir que se es víctima del mal incurable de la mediocridad puede intimidar a cualquiera, pero él, gracias a su vivacidad, puso al mal tiempo buena cara, siempre con una sonrisa a punto para todos.

Aun así, a pesar de su aparente entusiasmo por la vida, en la sección de energía parecía haber alguna deficiencia. Junior nunca tenía prisa, pero es que andaba muy despacio, así lo había hecho desde los ya remotos años de su juventud. Abominaba del ejercicio físico y sentía cierta debilidad por hacer bromas bienintencionadas a expensas de quienes se dedicaban a ello. Tampoco se interesaba por la política ni por la omnipresente cultura popular del cine y la música que generaba. En lo importante, Junior nunca había sido partícipe del desfile de la vida. No se había casado. Los grandes acontecimientos de ocho décadas habían logrado tener lugar sin que él aportara ni un solo granito de arena. Había contemplado sin inmutarse cómo caía un imperio y nacía una nación, evitando siempre expresar su opinión sobre el particular. Era un hombre a una mesa de trabajo pegado. Para él mantener el flujo de agua de la municipalidad era ya desafío suficiente. Sin embargo, daba toda la impresión de ser una persona para quien vivir continuaba siendo algo placentero. Dado que era hijo único, eran pocos los parientes que podían velar por él en su ancianidad. La numerosísima familia de Senior lo había adoptado mucho tiempo atrás, le llevaban merienda y se ocupaban de sus necesidades.

El tema de la pared divisoria entre las viviendas contiguas de Senior y Junior salía a veces a relucir durante las visitas de la inmensa parentela del primero: si no estaría bien tirarla abajo para que los dos viejos pudieran compartir la vida más fácilmente. Pero sobre este asunto, tanto Junior como Senior opinaban lo mismo.

–¡Ni hablar! –decía Junior.

–Eso ni muerto –apostrofaba Senior.

–Y una vez muerto, ya me diréis para qué tanto lío –decía Junior, como si ello zanjara la cuestión.

La pared de marras se quedó donde estaba.

Junior tenía un amigo veinte años más joven que él, un hombre llamado D'Mello, colega suyo de los tiempos de la compañía del agua. D'Mello se había criado en otra ciudad, Mumbai, la legendaria ciudad del caos, *urbs prima in Indis*, y había que hablarle en inglés. Siempre que D'Mello iba a visitar a Junior, Senior se ponía de morros y se negaba a hablar pese a que, interiormente, estaba orgulloso de su pericia en lo que él llamaba «la lengua número uno del mundo». No quería admitir los motivos de su enfurruñamiento, su doble resentimiento, primero por la intromisión en el ritmo de su belicosa intimidad con Junior, y en segundo lugar por la irrupción a sus años de tanta vitalidad, cosa que le recordaba a aquellos amigos parlanchines fallecidos tiempo atrás. Junior lo comprendía, y procuraba que Senior no se diera cuenta de la ilusión con la que esperaba las visitas de D'Mello, porque este exudaba una suerte de brío cosmopolita que Junior encontraba estimulante. D'Mello siempre venía con historias que contar, unas veces eran quejas airadas por injusticias contra los pobres en un suburbio de Mumbai, otras eran graciosas anécdotas de los personajes que se solazaban en el Wayside Inn, el famoso bar de Mumbai en la zona de Kala Ghoda, así llamada por una ya desaparecida estatua ecuestre, «el barrio del Caballo Negro del que el caballo negro ha sido desterrado».* D'Mello se enamoraba de estrellas de cine (a distancia, naturalmente) y aportaba pormenores escabrosos sobre la matanza llevada a cabo por un loco en el barrio de Trombay. «¡Y el malhechor todavía anda suelto!», exclamaba tan feliz. Su conversación estaba siempre salpicada de nombres maravillosos. *Worli Sea Face*, *Bandra*, *Hornby Vellard*, *Breach Candy*, *Pali Hill*. Esos lugares sonaban absolutamente más exóticos que las prosaicas localidades a que Junior estaba acostumbrado: Besant Nagar, Adyar, Mylapore.

La historia más desgarradora de cuantas D'Mello contaba de Mumbai era la del gran poeta de la ciudad, que había sucumbido a la enfermedad de Alzheimer. El poeta seguía yendo a pie cada día a su despacho infestado de revistas sin saber por qué iba allí. Sus pies conocían el camino, de modo que iba hasta el despacho, se sentaba mirando al vacío hasta que era hora de volver a casa y luego sus pies se encargaban de devolverlo a su destartalada vivienda por entre la multitud que se aglomeraba frente a la estación de Churchgate, los vendedores de jazmín, los golfillos buscándose la vida, el rugir de los autobuses BEST, las muchachas en sus Vespas, los perros hambrientos que todo lo olfateaban.

Cuando D'Mello estaba presente, y hablando, Junior tenía la sensación de estar viviendo una vida muy diferente, una vida de acción y de colorido, la sensación de estar transfor-

* Desde el momento en que ocurrieron estos hechos, ha vuelto un caballo negro, pero sin su jinete colonialista.

mándose, vicariamente, en la clase de hombre que había sido antaño, dinámico, apasionado, comprometido con el mundo. Senior, a quien no se le escapaba el brillo en los ojos de Junior, se ponía inevitablemente de mal humor. Un día en que D'Mello estaba hablando de Mumbai y sus gentes con el fervor gesticulante que le caracterizaba, Senior rompió su voto de silencio y le espetó, en inglés:

–¿Cómo es que tu cuerpo no regresa allí, si la cabeza ya la tienes en otra parte?

Pero D'Mello negó con gesto tristón. Él no tenía ya ningún vínculo con su ciudad natal. Mumbai continuaba siendo su hogar únicamente en sueños y en su conversación.

–Moriré aquí –le contestó a Senior–, en el sur, entre fruta agria como tú.

La mujer de Senior, la señora de la pata de palo, fue incrementando sus medidas de venganza contra el esposo que no la amaba llenando de parientes su hogar conyugal. Y es que ella también provenía de una familia compuesta por centenares de personas, y lo primero que hizo fue invitar a sus parientes jóvenes, los sobrino-nietos y las sobrina-nietas, con sus mujeres y esposos respectivos y, cómo no, también los críos. La presencia en el pequeño apartamento de enormes cantidades de bebés, niños pequeños de ambos sexos, vivarachas niñas de cola de caballo y lentos muchachos rollizos satisfacía sus ambiciones matriarcales y –lo cual le causaba gran satisfacción– sacaba de quicio a Senior. Lo que más le ponía de los nervios eran los bebés políticos. Los bebés políticos agitaban sus sonajeros, se reían como bobos y chillaban con sus grititos de bebé. También dormían, y entonces Senior no debía hacer ruido porque de lo contrario se despertaban, y entonces no conseguía oír sus propios pensamientos. Comían, defecaban, vomitaban, y el pestazo a excrementos y vómito no desaparecía aunque las visitas y sus bebés se hubieran ido, todo ello mezclado con un olor que aún disgustaba más a Senior: el de los polvos de talco.

–Al final de la vida –se quejaba a Junior, en cuyo piso se refugiaba a menudo de las berreantes hordas de parientes consanguíneos, los suyos y los de su mujer–, nada apesta tanto como los olores del dulce comienzo de la vida, los baberos y las cintitas y los biberones con leche maternizada, y los pedos de los traseros empolvados de talco.

Junior no pudo evitar replicar:

–Pronto no podrás valerte por ti mismo, necesitarás que alguien te ayude con tus funciones naturales. La condición de bebé no es solamente nuestro pasado, sino nuestro futuro también.

A juzgar por la furibunda expresión en el rostro de Senior, las palabras de Junior habían dado en el clavo.

Y es que ambos eran personas afortunadas. No estaban ni ciegos del todo ni sordos del todo, y el cerebro no les había traicionado como al poeta de Mumbai. Los alimentos que tomaban eran blandos y de fácil digestión, pero no papilla para viejales. Por encima de todo se apañaban solos, eran capaces de bajar despacio las escaleras de su edificio hasta la calle una vez a la semana y luego, arrastrando los pies y con ayuda de bastones y frecuentes pero breves paradas para descansar, hasta la estafeta de correos, que era donde cobraban la pensión. No tenían ninguna necesidad de hacerlo. Muchos de los jóvenes que pululaban por el piso de Senior, obligando a este a ir al piso de al lado para discutir con Junior, habrían ido corriendo a hacer efectivos los cheques de aquellos dos frágiles caballeros. Pero a los caballeros no les daba la gana de que los jóvenes les hicieran ese favor. Cobrar uno mismo su pensión era una cuestión de orgullo; en esto era prácticamente en lo único que ambos estaban de acuerdo: recorrer el camino echando el bofe hasta el mostrador donde, tras una rejilla metálica, un empleado del servicio postal esperaba para entregarles la cantidad semanal que cobraban a cambio de toda una vida de trabajo. «Se le nota en la cara el respeto que nos tiene», le decía Senior a Junior en alta voz, y Junior no decía esta boca es mía, porque lo que él veía al otro lado de la rejilla era más bien una expresión de tedio o quizá de desprecio.

Para Senior la excursión a la estafeta era un acto de validación; aquella cantidad semanal, por pequeña que fuese, hacía honor a sus actos, transmutando en billetes de banco la gratitud de la sociedad hacia su persona. Junior veía el viaje semanal más como un desafío. «Yo a usted le importo un pimiento –le había soltado una vez al rostro tras la rejilla–. Para usted no significa nada contar el dinero. Pero cuando le llegue la hora de estar donde estoy yo, entonces lo comprenderá». Uno de los escasos privilegios de la ancianidad era que a uno se le permitía decir exactamente lo que pensaba, incluso a desconocidos. Nadie te decía que te callaras la boca, y eran pocos los que tenían arrestos para replicar. «Piensan que pronto estaremos muertos –se decía Junior a sí mismo– y que por eso no merece la pena ponerse a discutir con nosotros».

Entendía muy bien el motivo de que el empleado de la estafeta los mirara con desprecio. Era el desdén de la vida hacia la muerte.

El día en que Junior se cayó, Senior y él se pusieron en marcha a la hora de costumbre, es decir a media mañana. El año tocaba a su fin. Los cristianos locales, D'Mello incluido, acababan de celebrar el nacimiento de su profeta, y la subsiguiente proximidad de la Nochevieja, con sus promesas de futuro –de un futuro, a decir verdad, interminable, repleto de nocheviejas que se extendían hasta el infinito–, tenía a Senior fastidiado. «O me muero en los próximos cinco días, o sea que no habrá fin de año para mí –le dijo a Junior–, o empezará un año nuevo en el que sin duda me llegará la hora, lo cual es una perspectiva muy poco halagüeña». Junior suspiró. «Tu pesimismo y tu fatalismo –gimoteó–, me llevarán a la tumba». La frase les hizo tanta gracia a los dos que se echaron a reír a carcajadas, hasta el punto de tener que parar porque se quedaban sin resuello. En ese momento estaban bajando las escaleras del edificio donde vivían, de modo que las risas no estaban exentas de peligro. Se aferraron a las barandillas, jadeando. Junior estaba un poco más abajo que Senior, pasado el descansillo de la segunda planta. Así era como tenían costumbre de bajar, con cierta distancia entre ambos para que si uno de los dos se caía, no arrastrara al otro con él. Dada la poca firmeza de sus pasos, no podían fiarse el uno del otro. La confianza era otra de las víctimas de la tercera edad.

Una vez en el patio delantero se detuvieron brevemente junto al árbol lluvia de oro que allí crecía. Ambos lo habían visto desde que era apenas un retoño hasta los más de quince metros de alto que medía ahora. Crecía deprisa, y aunque ninguno de los dos lo decía, ese rápido crecimiento los turbaba, puesto que era indicativo de la velocidad con que pasaban los años. Laburno de la India, se le llamaba también, un nombre entre muchos nombres; en el sur se lo conocía como *konrai*, en el norte era *amaltas*, *Cassia fistula* en el lenguaje de flores y árboles. «Ya ha parado de crecer –dijo Junior, en tono aprobador–, a buen seguro ha comprendido que la eternidad es mejor que el progreso. A los ojos de Dios, el Tiempo es eterno. Es algo que hasta los animales y los árboles pueden entender. Solo el hombre tiene la ilusión de que el Tiempo se mueve». Senior soltó un bufido y dijo: «El árbol ha parado simplemente porque eso está en su naturaleza, lo mismo que lo está en la nuestra. Nosotros también pararemos uno de estos días».

Se encasquetó el trilby gris y abrió la cancela para salir al callejón. Junior iba con la cabeza descubierta y casi siempre llevaba un veshti blanco, una camisa larga a cuadros y una sandalias, pero a Senior le gustaba ir a la estafeta de correos vestido a la occidental, con su traje y su corbata y esgrimiendo un bastón con contera de plata, como el hombre de aquella canción de music-hall que le gustaba, el que *paseaba por el Bois de Boulogne con aire de autosuficiencia*, el Hombre que Hizo Saltar la Banca en Monte Caaar-lo.

De la sombra del callejón pasaron al deslumbrante sol de la calle, donde el ruido del tráfico ahogaba por completo la suave música del mar. La playa estaba a solo cuatro manzanas, pero eso a la ciudad le daba lo mismo. Junior y Senior pasaron arrastrando los pies por delante de la tienda de homeopatía, la farmacia donde podías comprar medicamentos sin receta alguna, la tienda para todo con sus tarros de frutos secos y chiles, sus latas de mantequilla clarificada y quesos de importación, y la caseta de libros donde se exponían ediciones pirata sin el menor pudor, y levantaron la vista hacia el semáforo de unos cien metros más allá. Cuando llegaran, tendrían que cruzar la ciudad sin ley de la calle principal, donde pugnaban por hacerse un hueco hasta una docena de formas de transporte. Después torcer a la izquierda, luego otros cien metros andando, y ya estarían en la oficina postal. Un recorrido de cinco minutos para los jóvenes, media hora mínimo tanto al ir como al volver para los dos ancianos. El sol lo tenían detrás, e iban los dos a paso de tortuga mirando sus propias sombras, una junto a la otra en la acera polvorienta. «Como dos enamorados», pensaron ambos, pero ni el uno ni el otro abrieron la boca; la discrepancia estaba demasiado arraigada entre ellos como para permitirles expresar una idea tan entrañable.

Más tarde, Senior lamentó no haber hablado. «Él era mi sombra –le dijo a la mujer de la pata de palo–, y yo soy la suya. Dos sombras, cada una haciendo sombra a la otra, a eso es a lo que nos vimos reducidos. Los viejos se mueven por el mundo de los jóvenes como sombras, invisibles, no importan a nadie. Pero las sombras se ven las unas a las otras y saben quiénes son.

Así ocurría con nosotros. Sabíamos, permite que lo exprese así, quiénes éramos. Y ahora soy una sombra sin sombra a la que dar sombra. Él, que me conocía, nada sabe ahora y por lo tanto no me conoce nadie. ¿Qué otra cosa es la muerte, mujer?».

«El día que dejes de hablar –replicó ella–. El día en que estas tontadas dejen de salir de tu boca. Cuando tu boca propiamente dicha haya sido devorada por el fuego. Ese será el día». Era lo máximo que ella le había dicho durante más de un año, y Serior dedujo de ello que su mujer le odiaba y lamentó que hubiera sido Junior el que se cayera.

Sucedió por culpa de las chicas de la Vespa, las chicas con su Vespa nueva que se dirigían a la universidad, las coletas horizontales al viento mientras avanzaban entre risas camino del homicidio. Senior tenía grabados en la memoria los rostros de las chicas, la larguirucha que conducía el escúter y su amiga más rolliza que iba detrás agarrada a ella como si le fuera la vida en ello. Pero la vida, para personas así, era de usar y tirar, como una prenda desechada tras un solo uso, como la música que escuchaban, como las cosas que pensaban. Así las juzgaba él, y cuando descubrió más adelante que las chicas no eran en absoluto como las había catalogado injustamente, ya era tarde para hacerle cambiar de parecer. Eran dos estudiantes serias, la delgada de ingeniería eléctrica y la otra de arquitectura, y, lejos de mostrarse impasibles ante el accidente, ambas fueron presa de una terrible conmoción agravada por el sentimiento de culpabilidad. Tras el suceso se las pudo ver a diario, durante semanas, plantadas en la acera frente al edificio de Junior, cabizbajas en un gesto de expiación, esperando un perdón que no llegaba. Y es que no había nadie para perdonarlas; el que lo habría hecho había muerto, y el que podía haberlo hecho no quería. Un altivo Senior las miraba con no disimulado desdén. ¿Qué creían ellas que era una vida humana?, ¿tan fácil les parecía comprarla? No, señor. Que se tiraran allí de pie un millar de años, ni con eso sería suficiente.

La Vespa se había bamboleado, eso era innegable; su joven conductora tenía poca experiencia y la motocicleta se había bamboleado muy cerca, demasiado, de donde estaba Junior esperando para cruzar la calle. Últimamente se venía quejando de debilidad en los tobillos. Un día había dicho: «A veces, cuando me levanto de la cama, me parece que no podrán aguantar mi peso». También había dicho: «A veces, cuando bajo las escaleras, temo que se me tuerza un tobillo. Nunca me habían preocupado los tobillos, pero ahora sí». Senior, fiel a la tradición, había contestado como el antagonista que era: «Preocúpate de tu interior. Los riñones o el hígado dirán basta mucho antes de que te falle un tobillo».

Pues no, se había equivocado. La Vespa se acercó tanto, que Junior dio un salto hacia atrás. Al apoyar el peso en su pie izquierdo, el tobillo se le había torcido, sí, lo que provocó un segundo medio salto al intentar Junior ponerse a salvo. O sea que como caída fue bastante extraña, más bien un saltito y un patinazo, pero al final vino el costalazo. Al vencer su cuerpo hacia atrás, la cabeza de Junior chocó con la acera, no un golpe para quedar sin sentido, pero sí bastante fuerte. Se oyó cómo el aire escapaba de sus pulmones al estrellarse contra el suelo.

Senior estaba demasiado ocupado gritándoles a las aterradas muchachas de la Vespa, llamándolas asesinas y cosas peores, como para fijarse en el momento en que pasó esa cosa que a todos ha de pasarnos al final, cuando el último hálito escapa de nuestra boca y se disuelve en aire fétido. «El espíritu, o como quieras llamarlo –solía decir Junior–. Yo no creo en un alma inmortal, pero tampoco creo que seamos solo carne y hueso. Creo en un alma mortal, lo que sería nuestra esencia no corpórea, siempre acechando cual parásito dentro de nuestra carne, floreciendo cuando nosotros florecemos y muriendo cuando morimos». En sus creencias religiosas,

Senior era más convencional. Leía a menudo los textos antiguos y el sonido del sánscrito era para él algo así como la música de las esferas; la sutileza y hondura de aquellos escritos, que eran capaces de poner en duda incluso si el propio ente creativo entendía lo que había creado. En tiempos había debatido sobre dichos textos con sus alumnos, pero hacía mucho que no tenía ningún alumno y eso le había hecho guardarse para sí su punto de vista personal sobre las grandes cuestiones del ser. La ambigüedad de los textos antiguos le proporcionaba alegría; en comparación, el invento de Junior de un alma mortal era una banalidad de filósofo aficionado.

Así pensaba Senior, y, despotricando como estaba, se perdió la reveladora nubecilla de vapor que podría haberle persuadido de repensar las cosas. Un segundo después Junior ya no existía, solo era un cuerpo en la acera, un cadáver del que deshacerse antes de que el calor de los trópicos lo volviera hediondo. Solo quedaba una cosa por hacer. Senior metió la mano en el bolsillo de su amigo y sacó el talón de la pensión. Luego, tras enviar a las chicas de la Vespa a su piso para que informaran de lo sucedido a su mujer y sus parientes, se dispuso a llevar a cabo él solo su cometido. Habría tiempo de sobra para rendir respeto a la muerte. En la tradición de los Iyers, o aiyars, de Palakkad, de quienes tanto Junior como él descendían, los rituales en honor de los muertos duraban trece días.

A la mañana siguiente en el sur del planeta, lejos de la ciudad natal de Senior, pero tampoco muy lejos, se produjo un fuerte terremoto bajo la superficie del océano, y las turbulentas aguas, respondiendo a los estertores del subsuelo con un estertor propio, se juntaron para formar una serie de enormes olas y proyectar su dolor por todo el globo terráqueo. Dos de estas olas inmensas atravesaron el océano Índico y a las siete menos cuarto de la mañana Senior notó que su cama empezaba a temblar. Fue una violenta y desconcertante vibración, pues en aquella ciudad jamás había habido un terremoto. Senior se levantó de la cama y salió a la galería. La galería de al lado, cómo no, estaba desierta. Junior ya no vivía. Ahora era solo cenizas. Todos los vecinos habían salido al callejón vestidos de cualquier manera, muchos con mantas sobre los hombros. Todo el mundo tenía una radio encendida. El epicentro del seísmo se había localizado en la lejana isla de Sumatra. Los temblores cesaron y la gente volvió a sus quehaceres diarios. Dos horas y cuarto más tarde llegó la primera ola gigante.

El litoral quedó arrasado. Elliot's Beach, Marina Beach, las casas de primera línea de playa, los coches, las Vespas, la gente. A las diez de la mañana el mar atacó por segunda vez. La cifra de muertos aumentó. Los muertos que el mar se llevó consigo y no fueron encontrados, los muertos varados en lo que quedó de arenales, los muertos descoyuntados, muertos por todas partes. Las olas no llegaron al edificio de Senior, el callejón no sufrió desperfectos. No hubo víctimas. Todos estaban vivos.

Salvo Junior.

Fue una suerte que las olas llegaran a Elliot's Beach por la mañana. De lo contrario, los jóvenes románticos que reían y flirteaban allí a partir de que caía la tarde habrían muerto ahogados. Así pues, amigos y enamorados sobrevivieron. Menos suerte corrieron los pescadores. Nochikuppam, que así se llamaba la aldea de pescadores vecina, quedó borrada del mapa. Aguantó un templo ubicado en la costa, pero las cabañas de los pescadores, los catamaranes y gran parte de las familias no sobrevivieron. A partir de aquel día los pescadores que habían quedado con vida empezaron a decir que odiaban el mar y se negaron a embarcarse de nuevo. Durante bastante tiempo en los mercados apenas si había pescado que comprar.

A Senior no le gustaba la palabra japonesa *tsunami* que todo el mundo empleaba para referirse a aquellas aguas mortales. Para él las olas eran la Muerte misma, no necesitaban otro nombre. La Muerte había venido a esta ciudad, había venido a recolectar y se había llevado a Junior y a muchos desconocidos. El paso de las olas mortales hizo crecer en torno a Senior, como un bosque, los ruidos y los actos que inevitablemente siguen a una catástrofe, el buen comportamiento de la gente buena, el mal comportamiento de los desesperados y los poderosos, las muchedumbres avanzando sin rumbo. Senior se sentía perdido en el bosque aquel, no veía otra costa que la galería desierta del piso de al lado y, en el callejón, las dos chicas cabizbajas. Llegaron noticias de que D'Mello estaba entre los desaparecidos. Tal vez no había muerto. Tal vez había vuelto, por fin, a su ilustre ciudad de Mumbai en la otra cosa del país, esa ciudad que no pertenecía al norte ni al sur sino que era una localidad de frontera, el más grande y más maravilloso y más horrendo de tales lugares, la megalópolis de las tierras fronterizas, el lugar de en medio. O bien podía ser que D'Mello se hubiera ahogado y que la Muerte, al engullirlo, hubiese negado a su cuerpo la dignidad cristiana de una tumba.

Él, Senior, era quien había pedido morirse. La Muerte, sin embargo, lo había dejado con vida, se había llevado consigo a muchos otros, incluso a Junior y a D'Mello, pero sin tocarle a él ni un pelo. El mundo no tenía ningún sentido. Ni sentido ni significado, pensaba él. Los textos eran vacíos y sus ojos estaban ciegos. Es posible que dijera algo de esto en voz alta. Puede incluso que gritara. Las chicas de la Vespa estaban mirando hacia arriba desde el callejón, y las aves verdes del árbol lluvia de oro estaban inquietas. De súbito, Senior se imaginó que al otro lado, en la galería desierta contigua a la suya, había visto moverse una sombra. Entonces exclamó «¿Por qué a mí no?», y en respuesta una sombra había parpadeado allí donde Junior solía ponerse.

La muerte y la vida no eran sino galerías contiguas. Senior estaba en una de ellas como hacía siempre, y en la otra, fiel a la tradición de muchos años, se encontraba Junior, su sombra, su tocayo, llevándole la contraria.

# LA INTÉRPRETE DE KAHANI

# 1

La historia de la intérprete disconforme y del supermegabebé empezó en una época de cambios perturbadores. Al principio no nos dimos cuenta de que se avecinaban cambios. Coches, autobuses y tranvías hacían su recorrido habitual por la ciudad, y también la vida de cada uno de nosotros seguía su pauta de costumbre, el paseo dominical alrededor del Hipódromo, las tardes de canasta a la mesa con tapete verde en casa de uno o de otro, la partida de golf en el Willingdon Club. Luego, sin previo aviso (o tal vez lo hubo pero estábamos demasiado metidos en lo nuestro para advertirlo), los nombres empezaron a cambiar. Y tras el cambio de nombres, todo lo demás empezó a ser diferente también.

Nuestra ciudad cambió de nombre unos años antes de que llegara el milenio para cambiar el propio tiempo. Mucha gente mayor, yo incluido, puso mala cara cuando el viejo lugar dejó de ser el viejo lugar y se convirtió en el lugar nuevo. Manipular la historia no estaba bien, decíamos los mayores, y rechazar el pasado era un peligro. El nombre antiguo era un nombre que estaba muy bien, mientras que el nuevo nos sonaba a cosa extraña. Yo decidí cambiarle otra vez el nombre a la ciudad, para mí mismo, y cuando escribía algo o cuando conversaba me dio por llamarla «Kahani», o sea «Historia», porque es de donde vienen mis historias y relatos. A veces se me antojaba algo poco menos que censurable, como si yo estuviera poniendo mi no-verdad personal por encima de la verdad misma, como si un embustero (yo) estuviera reemplazando la verdad y festejando una mentira sin el menor pudor. Mas no cejé en mi empeño, y, en lugar de los insulsos nombres de políticos que estaban sustituyendo los nombres antiguos de las calles, yo empecé mentalmente a cambiar esos nombres a mi antojo, sustituyendo los viejos nombres coloniales por los de nuestros beneméritos poetas, cuentistas, personajes de ficción de la literatura y el cine, o nombres de películas y libros. Nissim Ezekiel Marg, Sholay Chowk, Valmiki Drive (o también «El Collar del Bardo»), Amar Akbar Anthony Road (abreviado rápidamente a un simple AAA Road), Vyasa Vellard, Tendulkar Terrace, Malgudi Circle cobraron vida dentro de mi cabeza, como también –porque esta siempre ha sido una ciudad cosmopolita, abierta a otros y más amplios mundos– William Shakespeare Bunder, Dahl Market, Bond Bazaar, Petit Prince Parade y Makioka Row, entre un número cada vez más grande de nuevos Drives, Margs y Chowks. Quiero decir que Kahani ha venido para quedarse, al menos en lo que a mí respecta, y, al fin y al cabo, la propia ciudad es y ha sido siempre una especie de cuento de hadas.

El siglo xx terminó. Terminó en aquellas calles y también en muchas otras. Terminó en el barrio de Breach Candy de nuestra ciudad. Y a medianoche, hora homologada para nacimientos milagrosos en esta nuestra parte del mundo, un bebé vio la luz en el seno de una familia de Breach Candy y una nueva era de mil años dio comienzo. El bebé del milenio era niña, cosa que, lamentablemente, habría decepcionado a ciertos padres y madres, pero los de este bebé no cabían en sí de gozo. El padre de la criatura, Raheem Contractor, profesor de matemáticas en la universidad, tenía cincuenta años y abrigaba muchas dudas sobre su capacidad de engendrar un hijo, fuese niño o niña. La madre, Meena Contractor, también era experta en números, aunque menos «pura» y más pragmática, menos interesada en problemas abstractos y más en la aplicación de sus habilidades a los desafíos del mundo moderno, tales como el nuevo campo de la tecnología de la información. Era... cabría decir... más joven que su esposo. Yo soy de la generación, tal vez el último de dicha generación, que considera descortés hablar de la edad de una señora. Pero, bueno, si insistís... veinte años más joven. Aquella noche solo había un cuarto de luna, la noche del milenio –según los almanaques, una luna nueva de tres noches–, pero aun así brillaba con fuerza, y Raheem y Meena pusieron a su hija el nombre de la profética medianoche. Chandni. Chandni Contractor. Esa es nuestra chica.

Permitidme una aclaración antes de continuar. La tal Chandni no fue el supermegabebé citado más arriba. No, no. Ella acabaría siendo, podríamos decir, no uno sino dos personajes importantes. Primero se convirtió en la muy célebre Intérprete de Kahani. Y después, como veremos más adelante, se convirtió en la madre de Esa Criatura.

Breach Candy, qué bonito barrio. Hospital, piscina, tiendas de lujo, el Sophia College, edificios art-déco, Scandal Point, jardines, vistas al mar. Incluso el nombre mismo. La gente no se ponía de acuerdo sobre su origen, pero todos convenían en que era bonito. Y así, en estos tiempos nuestros de cambio, el nombre permaneció inalterado. Las personas que vivían en Breach Candy, buena gente. De toda clase y condición, de todas religiones, hindú musulmana parsi cristiana jain y un par de sijs, llevándose la mar de bien. Viejos y jóvenes, codo con codo. Familias con dinero, desde luego, gente con posibles o incluso de postín, pero no ricos como los que vivían en «aquellas» zonas altas de Malabar Hill o en gran parte de Altamount

Road. No, no, por Dios. Allá arriba están los ricos pero que muy ricos, para quienes el término «rico» es una palabra demasiado pobre. Aquí abajo con un solo rico hay más que de sobra.

Meena Contractor siempre había querido vivir en Breach Candy, pero con su sueldo de profesora y sin unos padres ricos, eso era imposible. Al principio, de recién casados, el matrimonio Contractor alquiló un piso en una parte más modesta de la ciudad, cerca de la estación de tren Kahani Central, y no se estaba tan mal. Pero el corazón no atiende a razones, como ya sabéis. Y a veces el corazón encuentra la manera.

# 2

Habría sido, desde luego, muy improcedente por parte del profesor perseguir a su alumna más brillante mientras esta seguía siendo alumna suya, de modo que esperó hasta la graduación para preguntarle, con sumo retraimiento, si aceptaría cenar con él en el restaurante Gaylord de Churchgate (nombre antiguo, todavía en uso en lenguaje corriente), y al instante se puso colorado y se deshizo en disculpas por haber sido tan tonto, y cuál no sería su sorpresa al oír que ella le decía que sí, y que siempre había deseado probar el famoso pollo Kiev que servían en ese restaurante. Tras aquella primera velada en que Raheem apenas si abrió la boca, mudo de amor, y Meena llenó los silencios con anécdotas varias, la brecha de veinte años les pareció a ambos una nadería, y el padre de Meena, que tenía la misma edad que el profesor, mostró una actitud sorprendentemente abierta sobre el particular. «Veo que eres feliz –le dijo a su hija–, y eso es gracias a él, entonces yo también soy feliz». La madre de Meena recelaba más pero no puso objeciones. (Estos padres vivían en otra ciudad, la capital del estado vecino de más al norte, que también había visto cambiar su nombre a otro menos atractivo según la moda de los tiempos. Ellos raramente iban a Kahani, así que podemos excluirlos de estas páginas sin problema).

Durante los ocho años siguientes Raheem y Meena fueron

felices, en efecto, solo que el hijo que ambos deseaban no pareccía tener ninguna prisa en llegar.

El señor Raheem Contractor era hombre de pocas palabras, pero muy elocuente con los números. En efecto, ya desde muy joven había descubierto que los números eran la base de su filosofía de la vida. «Las palabras son traicioneras, querida esposa –le dijo un día a Meena–, pero con los números uno sabe que pisa terreno firme. De lo que dicen los hombres se puede creer como mucho la mitad, mientras que dos más dos siempre serán cuatro». Según opinión general, la señora Meena Contractor era una persona de una enorme contención. Casi a diario desde que estaban casados, había oído expresar la filosofía de su marido sin llegar a cansarse de ello, o, cuando menos, no había manifestado su desagrado por semejante reiteración. En un cojín de fina seda había tejido un brocado con el lema de la familia. *Dos más dos siempre serán cuatro.* «Y uno más uno siempre son dos –solía responderle a su marido–, y dos somos siempre tú y yo».

Pero luego Raheem Contractor empezó a sentirse triste, una tristeza que su esposa se vio incapaz de mitigar. Durante gran parte de su vida adulta, Raheem había invertido el poco tiempo libre que le permitía la docencia en sumarse a la búsqueda de una demostración del Último Teorema de Fermat. Más de tres siglos habían pasado desde que Pierre de Fermat planteara que «para cualquier número entero $n > 2$, no existe ningún número entero positivo que cumpla la ecuación $a_n + b_n = c_n$» pero sin dejar una demostración paso a paso. Esta afirmación, incomprensible para la gente corriente, incluido quien esto escribe, cuya edad le va privando cada vez más de entender ideas complejas, había irritado durante decenios a los más grandes matemáticos.

Raheem había examinado y rechazado todos los principales intentos de desentrañar el espinoso problema, zambulléndose en las intrincadas Ecuaciones de Yang-Mills, la Hipótesis de Riemann, el Problema P Versus NP, la Conjetura de Hodge, las Ecuaciones de Navier-Stokes, la Conjetura de Poincaré y la Conjetura de Birch y Swinnerton-Dyer, y todas ellas le parecieron deficientes. Por fin, tras años y años de esfuerzo, había empezado a comprender que la respuesta se hallaba dentro de la Conjetura de Taniyama-Shimura, posteriormente conocida como Teorema de la Modularidad, y estaba a punto de publicar su propia demostración cuando un investigador británico le ganó la partida. El hombre se hizo famoso y le llovieron premios y otras distinciones mientras Raheem Contractor permanecía en el anonimato de su despacho en la universidad. No hubo nada que lo consolara, y su inquebrantable fe en los números y en su propia habilidad para utilizarlos como pilares de una buena vida, empezó a diluirse. Raheem Contractor se volvió vulnerable a otras creencias.

Pasado un tiempo, su amante esposa le trajo dos buenas noticias que confiaba podrían levantarle el ánimo, pero no fue así. La primera tenía que ver con dinero. La segunda, que llegó dos años después, era que al fin había quedado encinta: la futura Chandni Contractor, la Intérprete de Kahani, estaba en camino.

Pero vayamos por partes:

–Hoy ha venido un hombre –le dijo Meena a Raheem una tarde de 1998, año más, año menos–. Un americano grande y melenudo con una camisa a cuadros rojos y azules, gafas redondas y pantalón corto. Parecía un colegial que se hubiera ido agrandando hasta convertirse en un gigante.

–¿Y se puede saber qué quiere de mi esposa un colegial americano de tamaño gigante? –preguntó Raheem, con más recelo del que era necesario.

Ella bajó la vista al suelo pues no quería que su esposo se sintiera menospreciado o atacado de alguna forma en su hombría por lo que ella se disponía a contarle.

–Quería –dijo por fin– ofrecerme cien millones de dólares.

Raheem se quedó pasmado.

–¿Y qué has hecho tú para merecer semejante cosa? ¿O qué quería él que hicieses a cambio?

Unos años atrás habían visto una película estadounidense en la que a la actriz Demi Moore le ofrecían un millón de dólares por una noche de sexo. Era lógico sospechar que *cien* millones de billetes verdes requirieran una contraprestación mucho más indecente, ¿no?

–Quería que le vendiera TALIB. Mi primogénito. Ha venido en un reactor privado desde California solo para comprarlo.

TALIB era la niña de los ojos de Meena Contractor, un nuevo programa del tipo de los que empezaban justo a conocerse como «motores de búsqueda». Muchos de estos *motores* funcionaban bastante mal, apenas si ofrecían algo útil a quien hacía la búsqueda. Pero TALIB era como una puerta mágica que daba a un universo nuevo de posibilidades infinitas. Ella había lanzado muy recientemente una versión de prueba, eso que por lo visto había que llamar versión «beta», que pronunciado como ella lo hacía –*béta*–, significaba «hijo» (varón). Meena había dado a luz a TALIB y el programa estaba adquiriendo fama a gran velocidad, y ahora aparecía este colegial agigantado, un ricachón en pantalones cortos y con la codicia americana en sus ojos de miope.

–Permita que se lo explique de esta manera –dijo el hombretón–. Usted ha construido algo muy bueno y yo lo quiero, y puedo comprarlo de dos maneras distintas. O bien le doy ahora cien millones de dólares, y así usted y su familia podrán vivir una vida regalada, más que regalada, hasta el fin de sus días; o bien, si usted se niega, pondré a trabajar a mi mejor equipo de técnicos y en cuestión de poco tiempo estos habrán resuelto todo lo que necesitamos para construir nuestro propio TALIB, y una vez hecho esto usted no recibirá ni un puto centavo.

–Déjeme que lo piense –dijo ella–. Necesito tiempo.

–Tómese el que haga falta –dijo el colegial–. Pero tengo que marcharme dentro de veinte minutos.

–Ya, ¿y qué es lo que «pensaste» –le preguntó a su esposa Raheem Contractor–, que ni siquiera me has llamado por teléfono para hablar de ello?

–He vendido TALIB –dijo ella–. Le entregué todo el programa y ahora somos ricos, no tenemos que seguir viviendo aquí y podremos comprarnos esa casa de Breach Candy que me gusta tanto. No hay nada que hablar al respecto, solo intenta, inténtalo de verdad, ser feliz y punto.

–A TALIB lo llamaste tu *béta* –dijo Raheem.

–Cierto. Pero también conozco la diferencia entre un descendiente virtual y un hijo de carne y hueso.

## 3

Subiendo por Warden Road y doblando el pequeño recodo nada más dejar atrás Scandal Point, a mano derecha hay una serie de comercios. (Si veis los Swimming Baths a mano izquierda, es que os habéis pasado de largo). Cuando yo era joven, hará cosa de siete décadas, había en ese punto una lavandería Band Box y una joyería, y en medio de las dos –¿lo veis?–, un callecita angosta y con árboles que remonta (despacio) una pequeña cuesta. Seguid esa calle colina arriba conforme va girando hacia la izquierda y luego, un trecho más allá, iréis a parar a una calle sin salida, desde donde se ve abajo Warden Road y al fondo el mar Arábigo. Pues bien, en ese punto existen todavía cuatro pintorescas villas con torretas y frontones, dos a cada lado, como viejas tías tomando el té y contándose los últimos chismes. He aquí el espacio mágico de mi infancia, y no solo de mi infancia sino de mis elucubraciones más intensas y mis sueños más dichosos. Dondequiera que me encuentre –y a lo largo de mi prolongada vida he vivido en muchos lugares–, mi corazón a menudo parece estar subiendo a pie por Westfield Compound Lane. Muchas de las historias que he contado nacieron allí. Creo que esta será la última de tales historias. Es de noche, casi la hora de dormir. En los trópicos el sol se pone rápidamente. Pero antes de decir buenas noches, veo a los Contractor acercándose a esa misma casa en la que me crie, la última villa a mano derecha, justo al final de la calle, en la finca que, muchos años atrás, se conocía como Westfield Estate. Un nombre que ha resistido a los cambios en el callejero.

La casa tiene un aspecto diferente del de antaño. Le han añadido nuevas galerías, y han reducido el grado de inclinación del tejado para permitir la edificación de una planta extra. Es este piso de la planta superior, que no existía cuando nosotros vivíamos en la casa y que goza de una amplia vista del mar Arábigo, lo que le ha robado el corazón a Meena Contractor. Y ahora que tienen el dinero para comprarla –bueno, *ella* tiene el dinero–, comprarla es lo que han hecho.

¿El repentino acceso a dinero en cantidad por parte de Meena llenó de alegría a su marido?, ¿o no hizo más que agravar su depresión y erosionar todavía más su concepto de sí mismo?

¿Qué opináis vosotros?

La segunda cosa fue el bebé, la niña, la futura Intérprete de Kahani. El regalo del milenio.

Su verdadera naturaleza quedó revelada casi de inmediato. «No ríe mucho –comentó un día Raheem, cuando Chandni era aún un bebé–. Siempre se la ve con un semblante que yo llamaría serio. Y los pocos momentos en que parece contenta, sonríe de esa forma tan extraña». Meena le dijo que eso para ella no era un problema. «Me gusta que ya nos esté mostrando quién es y cómo será de mayor».

La verdadera revelación se produjo cuando Chandni tenía cuatro años. En un rincón del saloncito había un viejo piano vertical que los anteriores dueños de la casa habían dejado allí al mudarse y del que la madre de la niña no se animó a deshacerse, casi como si adivinara que su presencia era una especie de profecía. Un día la niñita levantó la tapa del piano, se subió como pudo a la banqueta y, tal cual, empezó a tocar. Sus asombrados padres entraron en la salita y se quedaron mirando como hace la gente ante cuyos ojos está teniendo lugar un milagro. Unos minutos después la niña dejó de tocar, se volvió hacia ellos y habló.

–Está muy desafinado –dijo.

Llamaron a un afinador. Después de aquello la escuchaban tocar, fascinados por su pericia. Meena le dijo a Raheem: «¿Sabes qué? A veces, cuando se queda dormida, sus dedos siguen tecleando una melodía, y algunas noches me parece estar oyendo la música, lo cual es imposible, claro».

Le buscaron una profesora de piano, la señorita Harrison, una señora angloindia larguirucha y entrada en años, que se presentó en la residencia de los Contractor con cierto recelo respecto al trabajo pero consciente de que iban a pagarle el doble de la tarifa habitual. La señorita Harrison enseñó a Chandni la manera correcta de colocar las manos, pero eso fue prácticamente lo único que la pequeña necesitaba aprender; poco tiempo después ya aventajaba a su profesora, quien no cabía en sí de asombro.

–Debería enseñarme ella a mí –dijo la señorita Harrison.

–Quería comentarle una cosa –dijo Meena–. Tengo entendido que muchos músicos virtuosos vienen de familia de músicos o, al menos, de gente muy versada en música, lo cual no es mi caso ni el de mi marido. Raheem desentona de mala manera, y, si me permite un consejo, es preferible que no le oiga cantar. Yo, por mi parte, no soy mucho mejor que él; mejor, sí, la verdad, pero poco.

–Es cierto –dijo la profesora de piano– que muchos músicos buenos se crían en entornos domésticos muy musicales. Pero lo de esta niña es un don divino.

–Es un don, de eso no hay duda. Pero en tal caso, ¿tiene que ser Dios el que lo otorga?

–Bueno, si la expresión «don divino» forma parte del lenguaje común, por algo será, ¿no? –sugirió la señorita Harrison, cristiana devota como era.

Meena Contractor meneó la cabeza, contrariada.

–Mi esposo y yo somos matemáticos –dijo con firmeza–, y, en consecuencia, ateos convencidos.

–¿Lo uno comporta lo otro? –se atrevió a preguntar la profesora–. ¿Siempre es así?

–Q.E.D. –dijo Meena Contractor–. *Quite!* ¡Exacto! ¡Definitivamente!

La señorita Harrison quedó impresionada.

–Veo que, además, es usted políglota. Una familia con muchos talentos, no cabe duda.

Lo que Meena no le dijo a la señorita Harrison fue que si bien ella, Meena, estaba muy convencida de su ateísmo, en su certeza de que Dios o los dioses eran ficciones innecesarias a quienes nadie solicitaba ya una respuesta a la pregunta de nuestros orígenes, y que estaban absolutamente de más si uno se paraba a reflexionar sobre la ética, no lo tenía tan claro en el caso de Raheem. Era verdad que siendo alumna suya en la universidad, él había citado la famosa carta de Albert Einstein a Eric Gutkind en la que afirmaba que «la palabra de Dios, para mí, no es sino manifestación y producto de la debilidad humana» –y que cuando Raheem citó a Einstein fue uno de los momentos en los que Meena pensó que tal vez se había enamorado de él–, pero también era verdad que un día, ordenando ella el escritorio de su marido en casa, había estado mirando accidentalmente o tal vez no tan accidentalmente lo que él llamaba su cuaderno de lugares comunes y había encontrado allí otra frase atribuida a Einstein, «Cuanto más estudio la ciencia, más creo en Dios», cosa que le chocó hasta tal punto que hubo de confesarle a su esposo haberla leído en su cuaderno, a lo que él dijo: «No significa lo que piensas que significa. No hay que tomar la frase al pie de la letra, sino como una manifestación de su humildad ante la majestuosidad del universo», y esto la tranquilizó medianamente, dejando empero la sombra de una duda en un rincón de su cabeza, duda que pasaría a un primer plano cuando Raheem decidió poner fin a su matrimonio para apuntarse a una secta religiosa.

Le compraron a Chandni un piano de cola Steinway pese a que era demasiado grande para ella; necesitaba unos brazos más largos y los pies no le llegaban a los pedales. A la niña no le importó. Poco a poco aprendió el gran canon de la música clásica occidental, sinfonías, sonatas, toda esa espléndida tradición. Tenía una memoria musical de excepción. Desde sus inicios dio recitales en solitario sin ayuda de partitura, que solo utilizaba cuando tocaba junto a otros músicos. En cuanto a la escasa envergadura de sus brazos y a sus cortas piernas, a muy temprana edad creció de manera asombrosa; sus brazos se alargaron, y otro tanto sus dedos, como si su cuerpo tuviera conciencia de lo que se requería de él, y sus pies crecieron hacia abajo en el extremo de sus ahora largas piernas: la distancia hasta los pedales dejó de ser un problema.

La niña se hacía mayor y mayor era también su interés por otros instrumentos, los instrumentos propios de su país, la flauta bansuri, el santoor o dulcémele y, cómo no, el glorioso sitar. Meena buscó a los mejores intérpretes vivos de dichos instrumentos para que enseñaran a Chandni: el sobresaliente flautista Hariprasad Chaurasia, el maestro del santoor Shivkumar Sharma, que colaboraba a menudo con Chaurasia; y durante breve tiempo, antes de su triste deceso, el mismísimo Ravi Shankar, el cual afirmó que Chandni era de todos sus alumnos quien más rápido había aprendido, «a velocidad relámpago», más incluso que el Beatle George. Después de que Ravi Shankar abandonara el mundo terrenal, Meena logró convencer a Imrat Khan, el brillante hermano menor del inmortal Ustad Vilayat Khan, de que fuera el maestro de sitar de su hija. Los elogios que llovían sobre la pequeña Chandni por parte de estos gigantes de la música la convirtieron en una estrella en ascenso antes de cumplir los diez años.

Su intenso horario de actividades musicales le hacía imposible asistir a la escuela en horas normales. Meena Contractor decidió dedicarse personalmente a enseñar a Chandni aparte de gestionar la carrera musical de su hija, y rápidamente descubrió que esta era brillante en aspectos que estaban más allá de su dominio de la música. Iba muy por delante de su edad en cuanto a resultados. Le bastaba leer cualquier cosa una sola vez para aprendérsela, y su capacidad de análisis y de expresión eran asimismo excepcionales. Era una niña prodigio en todos los sentidos, y cualquiera que no la conociese habría dado por hecho que llevaba una vida de ensueño.

En realidad, sin embargo, era una niña solitaria. Su nivel intelectual estaba muy por encima de los niños de su edad, y, como no iba al colegio, le costaba hacer amigos. Y los de su nivel la consideraban demasiado pequeña para salir con ella. Meena se empleó a fondo, organizó encuentros con los hijos de amigos de la familia, pero la iniciativa no surtió efecto. Las niñas que venían querían jugar a cosas de niñas, a las palmas o a las mamás o a hospitales o (con mayor insistencia aún) a las siete baldosas o al kabaddi, pero Chandni prefería conversar sobre la lírica claridad de la sinfonía *Pastoral* de Beethoven o ensalzar la belleza del raga Megh Malhar, que es la música de la lluvia. Quedó claro que Chandni no podría celebrar fiestas de cumpleaños como otras niñas, porque no habría niñas ni niños que quisieran asistir. Cuando llegaba el día, sus padres la llevaban a escuchar música, y ella insistía en decir que le parecía estupendo y que era perfectamente feliz.

Desarrolló problemas de salud. Su asma no era severo, pero le costaba caminar cuesta arriba y finalmente hubo de renunciar a tocar el bansuri, porque era una perfeccionista y dijo que no sería capaz de tocar instrumentos de viento tal como merecían ser tocados. Ni el propio Chaurasia pudo hacerla cambiar de opinión. Renunció también al santoor para así centrarse en el piano y el sitar, y fue ahí cuando quedó claro que su voluntad era una fuerza irresistible rayana en la testarudez, y que si se le metían entre ceja y ceja ideas poco aconsejables, eso podía llevarla por un camino poco aconsejable también.

Desarrolló una fuerte alergia al pescado. Siendo la nuestra una ciudad costera, los platos de pescado estaban a la orden del día y la gente comía grandes cantidades de palometa, nombre científico *Brama brama*, así como de la especie que solíamos llamar pato de Bombay, una variedad del bummalo o pez lagarto. Tenía la niña solo siete años cuando estos platos se volvieron repelentes para ella; un solo bocado podía tener consecuencias extremadamente desagradables. Chandni lo llamaba su «alergia al revés», porque era más habitual que la gente tuviese alergia al marisco y que, en cambio, pudiera comer sin problema criaturas con aletas. Pero para ella era justo lo contrario. Cangrejos, gambas, langosta: ningún problema (uno de sus platos preferidos, de hecho, era un buen curry de gambas de Goa), pero el pato de Bombay le estaba totalmente vedado, y ahora que empezaba a ser fácil conseguir epinefrina autoinyectable, la niña tenía que llevar un lápiz consigo a todas horas y procurar que en casa hubiera suficientes de reserva.

Nada de esto interfirió en su relación con la música. Chandni era la niña de los ojos de sus profesores. Y lo más sorprendente fue que sus avances con el piano eran tan formidables que pronto dejó de necesitar un maestro. La señorita Harrison reconoció que no podía hacer nada más por su alumna estelar e hizo mutis por el foro. Chandni fue su propia *ustad*, y cada año era el doble de buena que el año anterior. «Mucho más del doble de buena», comentaba su madre, asombrada, comparando el desarrollo de su hija con la escala Richter para terremotos. Cada número de dicha escala era diez veces la fuerza del número inferior, «y así es ella. Cada año diez veces mejor, claro que en su caso se trata de un tipo diferente de escala, de música, no de catástrofe».

Pero a veces la fuerza sísmica del talento de la hija alarmaba un poco a la madre. El «don» era entonces como un huracán que barriera la vida de todos ellos. Meena se preguntaba en tales momentos cuál era su papel como madre. ¿Cómo hacer para fomentar el talento y al mismo tiempo proteger y cuidar a la niña solitaria en que ese talento residía, un talento que ella había dado en pensar como un segundo yo o incluso una criatura extraterrestre metida dentro de aquel cuerpo de muchacha, formando un solo ente gracias a una profunda simbiosis? Meena se esforzó por entender de música, arte en el que nunca había penetrado. Estudió los textos, escuchó las grabaciones, trató de no ser una inculta total, aun a sabiendas de que en este terreno la adulta era Chandni, y ella, Meena, la niña. Pero como madre bondadosa y solícita que era intentó paliar la tristeza que detectaba en la mirada de su hija, hacer que viviera su aislamiento sin sentirse tan aislada. Por lo demás, le preocupaba notar a veces en los ojos de Chandni, y también en su forma de tocar, una suerte de sombra, una oscuridad.

Con todo, había noches en que entraba a hurtadillas en el cuarto de Chandni y la miraba dormir, y viendo cómo los dedos de su hija se movían solos le daba por imaginar que podía oír una música espectral, y pensaba: «Mi niña tiene dentro un poder que no es de este mundo, y el poder es una cosa que se puede utilizar de dos maneras». Creación y destrucción eran dos caras de una misma moneda, y aunque Meena Contractor no era creyente, sabía lo que significaba el lord Shiva para sus amigos hindúes, Shiva el que atesoraba el poder de hacer y deshacer, el señor de esa doble danza. Pero Chandni era una niña afable y de buen carácter, aunque también muy centrada y decidida, y Meena se dijo a sí misma que el don de su hija era algo que admirar, tan sencillo como eso, que no había ninguna necesidad de temerlo por más que a veces la niña tocara con una fuerza turbadora.

¡Y sus conciertos! Nuestro pueblo no muestra reticencia a la hora de expresar su admiración ante la grandeza. «Wah!», exclamamos (algo así como «¡Toma ya!»). O también «Kya baat hai!» (¡Qué pasada!»). Y esto lo hacemos durante, no al final de, la actuación. A Beethoven no le habría gustado, puede que tampoco al numerero Mozart (según aparece retratado en el *Amadeus* de Forman). Estos dos caballeros contaban con ser escuchados en reverencial silencio y ovacionados al terminar. ¡Pues qué pena, Ludwig van, Wolfgang A.! Esto es la India, y aquí se hace *durante*. Aquí, ejecutante y público son una misma cosa. El uno espolea al otro. Y las salas de concierto de Kahani, y luego de lugares mucho más lejanos, raramente habían vivido semejante espoleamiento mutuo como tenía lugar cuando Chandni tocaba. Tanto sentada en la alfombrada tarima del escenario con su sitar, como en la banqueta del piano, conseguía levantar al público de sus asientos y, quizá a modo de respuesta, una de las comisuras de su boca experimentaba un levísimo movimiento ascendente, algo así (se podría llegar a creer) como una sonrisa.

Y hela aquí ahora, alta y con trece años, saliendo a saludar ante las gentes extasiadas de numerosas ciudades grandes y pequeñas, de Kahani a Shillong, de Delhi a Goa, de Pune a Bengaluru y a Jodhpur e incluso a Ziro, en el Arunachal Pradesh. En el NCPA (el National Centre for the Performing Arts) de Kahani tocó sola y también con la Orquesta Sinfónica de la India, la SOI; en Kolkata participó en el festival anual de Dover Lane; y en numerosas ocasiones se la pudo oír con motivo de los Candlelight Concerts tanto en Chennai como en su ciudad natal. Resumiendo, estaba por todas partes. Su estrella brillaba ya en el firmamento.

No todo era de color de rosa, sin embargo. El principal problema, tanto para ella como para su madre, era Raheem

Contractor y lo mucho que había cambiado. En palabras de su amante esposa, «a una edad en la que se supone que tienes cierto sentido común, el muy tonto se larga y se vuelve religioso». Estaba claro, por el tono de voz en que lo decía, que Meena consideraba esto poco menos que como una infección vírica; y que el no haber sabido encontrar un remedio la había hecho infeliz.

## 4

Él no había tenido hermanos, por eso buscaba uno allí donde se encontrara. De niño –e hijo único– se había inventado un hermano imaginario; le puso por nombre Imago. A veces jugaba a que su sombra era el tal Imago, pero las más de las veces se imaginaba a un hermano de carne y hueso, tal vez incluso su mellizo, corriendo a su lado, jugando juntos al cricket francés, o discutiendo con él, riendo y revolcándose, es decir, siendo un chico. Pero ya desde un principio presintió que en Imago había algo casi demoníaco, faceta cada vez más pronunciada a medida que ambos fueron creciendo. Su hermano imaginario no solo desarrolló una habilidad para la violencia sino también un interés por ella, por las amenazas e intimidaciones y de qué manera podía afectar eso a otras personas, de qué forma podían hacerlo a uno poderoso, dominante, aquel a quien nadie osa contradecir. Para cuando Raheem entró en la pubertad, empezaba ya a temer la amenazadora personalidad de Imago y comprendió que debía abandonarlo, borrarlo de su memoria, pero una cosa era tomar esa decisión y otra llevarla a cabo. Durante toda su adolescencia e incluso ya de adulto, Imago siguió viviendo en los recovecos de su mente hasta que fue finalmente derrotado por una combinación de matemáticas y amor. El trabajo de Raheem fue ampliándose hasta llenar los espacios donde Imago solía merodear, siempre con aquella peligrosa sonrisa de loco, pero se esfumó de la vida onírica de Raheem solo cuando este conoció a Meena y pasó a soñar con ella en lugar de con Imago.

En el mundo de la matemática pura, la gente estaba encerrada en su propia cabeza, viendo la danza de los números, de ahí que no tuvieran mucho tiempo para la amistad, no digamos ya la hermandad. Raheem se había vuelto así, razón por la cual muchos de sus coetáneos lo consideraban un personaje distante, de ahí que no tuviera muchos amigos. El individuo sentimental oculto en su interior seguía siendo invisible para la gran mayoría cuando Raheem llegó a la madurez. Solamente Meena había intuido ese yo oculto, y era de este yo de quien se había enamorado. Pero la ausencia de un hermano seguía royendo a Raheem. Tras la debacle de Fermat, que, según lo vio él, había privado a su vida de significado, su personalidad sufrió una lenta transformación. El Raheem sentimental escondido en su interior se volvió más pesimista y crispado. Meena se dio cuenta de que aquella gran suma de dinero caída del cielo –que había hecho posible que vivieran con la holgura que vivían ahora– era uno de los motivos de su cambio de carácter, de que se sintiera herido en su masculinidad por que ella fuera rica, y Meena empezó a temerse que la envidia por el éxito de su hija pudiera tener algo que ver también en ello. Raheem dejó de ir a los conciertos de Chandni. Se jubiló de la universidad con una buena pensión, que, sin embargo, comparada con la riqueza de su esposa, era poco más que migajas. Se encerraba en su estudio, y Meena ya no sabía qué cosas eran las que pensaba allí dentro. De vez en cuando sacaba a relucir el misticismo. Lo que había sido un matrimonio unido y feliz pasó a ser distanciado e infeliz. Meena encontró la felicidad en Chandni; Raheem no sabía ya dónde encontrarla. Y entonces encontró a su hermano, no uno imaginario sino un hombre de verdad, que casualmente vivía en la casa de al lado. A partir de ahí su búsqueda post-Fermat de un nuevo significado siguió unos derroteros que no solo transformaron su vida sino también la de Meena y la de Chandni.

A estas alturas en Kahani y alrededores todo el mundo sabe quién es V. Shankar (nada que ver con Ravi Shankar), creador y líder de la secta conocida como Gupt o Raaz, o el Secreto. Pero en los tiempos en que Raheem Contractor y él trabaron amistad, era todavía un académico, un intelectual y orador muy interesado en el misticismo y el mundo espiritual, y empezó a ganarse la simpatía de Raheem explayándose enfáticamente –en el jardín de su casa, vaso de Johnnie Walker Red Label mediante– sobre su inquebrantable adhesión a lo que dio en llamar «antirreligión», que según afirmó era su filosofía de la vida. «¡Paparruchas fascistas! –exclamó–. No una, sino todas. Soy enemigo de todos estos sistemas, del primero al último. Di uno cualquiera, que yo seré adversario. El despertar espiritual jamás se alcanzará siguiendo ninguno de esos dogmas vacíos. La mente necesita deshacerse de ellos, de todos por igual. Es la única manera de que pueda pensar con lógica y empezar a elevarse de verdad». Luego hizo lo que él consideraba un chiste. «¡Que tu karma atropelle a tu dogma!», bramó, soltando tal carcajada que se salpicó de whisky el kurta blanco que llevaba, justo sobre su enorme barriga.

Raheem y Meena ya no se contaban sus pensamientos más íntimos, pero, tras una serie de veladas con Shankar, Raheem no pudo resistirse más. Meena escuchó a su esposo hablar de la «antirreligión» y de la pericia del vecino como orador (Raheem había asistido a varias conferencias de Shankar, que siempre atraían a una multitud y más parecían un mitin político que un acto académico).

–Ese hombre sabe llegar al corazón de las personas –dijo–. Y yo estoy totalmente de acuerdo con su antirreligión. Es como si al fin hubiera aparecido ese hermano que nunca tuve.

Meena no se dejó impresionar.

–¿No te das cuenta? –dijo–. Lo que hace es apartar a un lado todas las otras fes para hacerse él un sitio. Aunque diga que está de parte del Hombre, a mí me parece que su objetivo es apropiarse del trabajo de Dios.

–No entiendes nada –la reconvino Raheem. El abismo entre ambos se hizo más grande.

De adolescente, Chandni fue un triste testigo diario del lento fracaso del matrimonio de sus padres, y empezó a soñar con fugarse. Se imaginaba a un príncipe encantado que se la llevaba de allí y la hacía feliz. Más adelante, después de que pasara todo lo que pasó, comprendió que debería haber sido lo bastante mayor, lo bastante madura, para renunciar a los cuentos de hadas. Pero había estado tan atareada desarrollando su talento musical que una parte de ella había permanecido anclada en la infancia, más inocente de lo que cabría haber esperado. El hecho es que, en efecto, pensaba en su príncipe encantado. Y el príncipe, al final, apareció.

–¿Cuáles son las tres fantasías –le preguntó Shankar a Raheem mientras tomaban whisky en el jardín– que dejarían de existir si no creyéramos más en ellas?

–¿Las hadas? –aventuró Raheem–. ¿Como en *Peter Pan*? ¿Aquello de si creéis, batid palmas?

–No solo las hadas –le dijo Shankar–. Todos los seres sobrenaturales. Hasta los propios dioses.

–Ya, o sea que esta es tu filosofía –dijo Raheem, a quien el whisky volvía un tanto polemista–. Los hombres crearon a los dioses y no al revés, ¿es eso lo que dices? ¿Y que luego los hombres veneraron aquello que habían creado?

–Bien, ya tenemos una –dijo Shankar–. Y luego está el dinero.

–¿El dinero no existe?

–Si tiene valor es únicamente porque decimos que lo tiene. ¿Qué es el oro? Una roca amarilla. ¿Qué es un trozo de papel con la imagen de M.K. Gandhi estampada en él? ¿Qué hace que una rupia sea una rupia? Si quitaran a Gandhiji de los billetes y lo cambiaran por Nathuram Godse, ¿perdería su significado?

–No lo sé. Puede que sí –dijo Raheem–. ¿Poner al asesino en lugar del asesinado? Lo encuentro muy desagradable.

–Mi opinión –dijo Shankar– es que no vale más que veinte chips, cien chips, quinientas chips porque todos convenimos en fingir que las vale. Y luego pagamos una cena o una casa con un trozo de papel sin valor alguno.

–Y la número tres –dijo Raheem–. A ver…

–La número tres es India –exclamó Shankar–. Hasta el 15 de agosto de 1947 no existía ningún país con ese nombre. Ese país que conquistó la independencia jamás había existido como entidad aislada. Nunca en toda la historia.

–O sea que estas son las cosas de las que quieres liberarnos –dijo Raheem, maravillado–. Y es una idea que se te ocurrió a ti solo…

–Me conformaré con una de las tres –le confió Shankar–. Con que no se adore a ningún dios, me doy por satisfecho. India y el dinero, bueno, dejémoslos como están. Yo, personalmente, adoro India, y el dinero me parece bien, estupendo incluso. Todos necesitamos sueños, ¿no es cierto? Además, no es que todo esto se me ocurriera a mí solo. Leí algo por el estilo en un libro, y puede que eso me llevara a enfrentar dogma y karma. No todas las ideas potentes tienen por qué ser originales.

Así pues, Shankar estaba a favor del dinero y la nación le parecía una buena cosa, pero a Dios lo consideraba caído en desgracia. En conjunto, una interesante plataforma. Y había una cosa más, porque toda plataforma debía apoyarse en cuatro patas. La cuarta pata era el sexo.

Para cuando su hija hubo llegado a los años centrales de la adolescencia, Raheem, que estaba en la mitad de su sexto decenio, había dado ya por cerrado el tema del sexo. La distancia respecto de su esposa no hizo sino crecer, él se dio cuenta de que ni siquiera sabía cómo reabrir aquel asunto o si era aún físicamente capaz de cumplir su parte como que hombre. Pero en sus alocuciones públicas, el vecino de al lado, su «hermano», había empezado a recomendar la práctica del sexo como puerta de entrada a lo trascendente y de ahí a lo sublime, y tal como sus escandalizados vecinos habían podido comprobar, el conferenciante era un entusiasta practicante de sus enseñanzas. A esas alturas Shankar había abandonado su aire profesoral y hecho realidad la profecía de Meena Contractor de ofrecerse como guía de sus prosélitos en el camino hacia la luz. «Todavía no se hace llamar "líder espiritual" –le comentó Meena con desdén a su marido–, pero no dudo que será el siguiente en esa línea de farsantes». La tirantez entre esposa y esposo era ya tan grande que el desprecio de Meena hacia su vecino solo sirvió para que Raheem se volcara todavía más en Shankar y su filosofía. Y luego estaban las mujeres.

Shankar empezaba a convertirse en un problema para los residentes de Westfield Compound o Westfield Estate; la gente lo llamaba de las dos maneras, pero todos cuantos vivían allí valoraban mucho su aire de pacífico refugio donde la gente podía disfrutar de su privacidad y los niños jugar sin peligro en aquel cul-de-sac sin tráfico encaramado a la colina. Todo había sido siempre tranquilo y sombreado, un feliz contraste con el ajetreo y el ruido de la bulliciosa Warden Road. Pero a medida que aumentaba la fama de Shankar, aumentó también la cantidad de gente. Coches, taxis, motocicletas, bicicletas, peatones subían la cuesta como un enjambre formando atascos y colmando el aire de bocinazos, timbrazos y gritos. Admiradores, alumnos, chismosos y devotos se congregaban en molestas cantidades frente a la vivienda de Shankar entre empellones y codazos. A Shankar no le preocupaba aquella barahúnda, abría sus puertas a todos cuantos allí acudían; disponía de un equipo de ayudantes contratados para mantener a todo el mundo en fila hasta el momento de estar con el gran hombre; cada visitante podía hacer entonces una sola pregunta, a lo que recibía una sola respuesta y el regalo de que la mano del susodicho gran hombre se posara sobre su cabeza reclinada. Los ayudantes eran todos jóvenes y todos mujeres, indiscutiblemente atractivas e indiscutiblemente también esclavas del carisma de Shankar y de su creciente poder.

Raheem se sentía apabullado por la transformación del vecindario y era muy consciente de la hostilidad de los otros residentes, quienes habían iniciado ya gestiones con la policía y las autoridades municipales. Decidió, pues, planteárselo a su «hermano».

–Esto tiene que parar; es lo que van diciendo nuestros vecinos –le contó a Shankar–. Puede que no les falta razón...

Shankar hizo un gesto desdeñoso con la mano.

–Bah, esa gente... –dijo–. Tan acostumbrados a sus privilegios. Pero ahora el Hombre Corriente se ha levantado. Y la Mujer Corriente también. Los vecinos ven el amor, mientras que nadie los ama a ellos. Se siente el amor, ¿no lo sientes, hermano mío? Amor a espuertas. Es algo realmente hermoso...

Las jóvenes formaron corro en torno a él, venerándolo.

–Quizá tú también necesitas un poco de amor –continuó el gran hombre–. Aquí hay amor de sobra para todo el mundo. Permite que lo comparta contigo.

Raheem notó que se ponía colorado como un tomate.

–Me parece que no acabo de entenderlo –dijo, y le falló la voz al hablar–. ¿Qué estás sugiriendo?

–Al igual que Gandhiji –dijo Shankar, indicando a las señoritas–, yo también hago mis experimentos con la verdad. Pero, a diferencia de él, yo estoy dispuesto a compartir a mis coexperimentadoras con mis amigos.

Raheem no sabía adónde mirar.

–Pero el bapuji –dijo– seguramente era casto en sus relaciones con las damas, y si yacía con ellas por la noche era para comprobar la fortaleza de su voluntad.

El comentario de Raheem hizo que su «hermano» soltara una de sus atronadoras carcajadas.

–Qué gracioso –exclamó Shankar, enjugándose las lágrimas–. Continúa, Raheem *bhai*. Cuéntame otro chiste.

–Tengo que irme –dijo Raheem, que se había quedado sin palabras–. Volveré cuando la cosa esté más calmada.

–La cosa ya no se va a calmar –dijo Shankar en alta voz mientras el matemático emprendía la retirada–. Pero aquí encontrarás amor gratis. Piénsalo. Me llega tanto amor por todas partes que puedo ir repartiéndolo hacia los cuatro puntos cardinales, sin recargo alguno, y aún queda de sobra para mí.

Gurushankar (o «G.S.», como él mismo empezó a llamarse al poco tiempo) no tardó en abandonar el vecindario. Estaba transformándose en una empresa a gran escala. La meditación se había convertido en todo un negocio y él ofrecía nuevas y radicales técnicas que muchos pseudomeditadores encontraban atractivas, en especial debido a que él las asociaba a su particular Teoría del Sexo Libre (TSL). Su filosofía estaba condensada en lo que denominó las Posibilidades del Movimiento del Género Humano. Entre sus principios fundamentales, la alta consideración prestada al éxito material. Esto le ganó la simpatía de personas del mundo entero que habían alcanzado el éxito material, personas que buscaban el crecimiento interior y la aprobación de quienes poseían el secreto de dicho crecimiento pero también pensaban, como G.S., que el dinero estaba «más que bien». Así pues, contento de que le dieran el visto bueno espiritual, el dinero empezó a inundar las cuentas bancarias de G.S. Surgieron patrocinadores, y él los recibió con los brazos abiertos.

–Me marcho a la Luna –le dijo un día a Raheem–. Lejos de nuestros superamigables vecinos de este hostil planeta Tierra.

Pero no era la Luna, el satélite, a lo que se refería, sino a unas grandes instalaciones que estaba construyendo, algo así como un «pueblo experimental», promocionado en todo el mundo como una especie de utopía de la «armonía progresiva» y ubicado en el Coromandel, la costa oriental del país. Se podría afirmar que tenía forma de luna, aproximadamente circular, y venía a ser como una luna-en-la-tierra, aunque para ello fuera preciso aceptar que la luna tenía una zona de seguridad en el centro, con un templo, un ayuntamiento y un palacio para el gran Hombre de la Luna, rodeado de edificios como escuelas de yoga, centros de meditación con cuencos tibetanos, espacios privados para encuentros sexuales, austeras residencias para discípulos, comedores vegetarianos, senderos para bicicleta y tiendas donde comprar un sinnúmero de productos Gurushankar, desde shankarcomestibles hasta shankarcamisetas, pasando por shankarcedés y shankarvideos, estatuillas del gurú en porcelana china y folletos de todo tipo. Asimismo era preciso aceptar que esta Luna era un lugar donde el Hombre de la Luna poseía un garaje de grandes dimensiones en el que iba acumulando automóvil caro tras automóvil caro. G.S. era un gran entusiasta de los coches buenos, y ahora que el dinero fluía libremente su intención era dar rienda suelta a su amor por el lujo y la velocidad. Le explicó a Raheem que tenía en mente el número noventa y tres. Noventa y tres Ferraris, que en su opinión eran los mejores coches jamás construidos.

–¿Y por qué noventa y tres? –preguntó Raheem.

–Porque son uno más que noventa y dos –respondió el líder espiritual.

Su casa se puso a la venta y en un visto y no visto la compró una discípula estadounidense, una multimillonaria del ámbito inmobiliario jugadora de polo, de nombre Bridget-Hampton, que empezó como entusiasta esclava sexual de Shankar, pasó a ser su socia y adoptó el nada indio nombre de Mamá, que los cínicos de entre nosotros sospechamos tenía que ver con el tipo de relación sexual que ambos mantenían, a pesar de que ella era diez u once años más joven que Shankar. Mommy pagó por la casa el doble del precio de mercado y proclamó ante el mundo (o, al menos, a la parte de mundo que estaba interesada en escuchar) que «un día, este lugar será un santuario global». El día en que G.S. se mudaba, camino del sur y el este en compañía de Mamá, cruzando la meseta del Decán hasta la costa del otro extremo del país, le dijo a Raheem: «¡Ven, hombre! Deberías venir».

–Qué iba a hacer yo en un lugar como ese –murmuró Raheem, intranquilo.

–Podrías hacer sopa –le propuso Gurushankar–. Tendremos centenares de comensales a diario, por no decir millares. Hacer sopa para las masas hambrientas sería una noble tarea para un caballero jubilado como tú.

–Yo cocino fatal –dijo Raheem.

–Aprenderás –replicó G.S.–. El espíritu te dará alas, estarás bien.

Primero Shankar fue Shankar, a continuación Gurushankar y luego G.S., y tras su aparatoso traslado al sur empezó a hacerse llamar «Man in the Moon» (Hombre de la Luna), y de ahí al nombre con que se quedó finalmente, M-i-th-moo, que se convirtió en Mithmu. Sonaba antiguo, con un toque de sánscrito, pero tenía también un eco a extraterrestres y ciencia ficción. Pero, sobre todo, sonaba a nombre de inmortal –podría haber sido egipcio, sumerio, babilonio, o el nombre de un descendiente de la legendaria dinastía lunar de nuestra mitología–, y aunque él era un célebre antidioses, a sus oídos les gustaba el aire divino de Mithmu. O antidivino. Que era una forma especial de divinidad. De no-divina divinidad. Además, a Mamá también le gustaba. Y aunque no lo reconociera, Shankar –o sea Mithmu– hacía todo cuanto su Mamá le decía... siempre y cuando no le impidiera comprar coches de lujo.

Después de que el recién renombrado Mithmu y su formidable Mamá abandonaran Breach Candy camino de la Luna, Raheem se encontró una vez más pensando en el imaginario hermano de su infancia, Imago, que tanto miedo le había dado, y contrastándolo con su segundo hermano no-hermano. Mithmu, a diferencia de Imago, le trataba con bondad y respeto, y con algo que podría llamarse amor fraternal. En cierta manera, Mithmu venía a ser el anti-Imago. O, por expresarlo de otro modo, Mithmu era el Imago real, la verdadera manifestación de la imagen idealizada que Raheem tenía de un hermano, mientras que el Imago original era un impostor mal soñado. Además, y esto no podía ser más obvio, Mithmu era de carne y hueso, mientras que su predecesor era solo una ficción. Y el personaje real era una gran mejora sobre el personaje ficticio. Por tanto, se dijo Raheem para sus adentros, si ahora Mithmu le estaba pidiendo algo, tras haber sido para él como el hermano que siempre había necesitado, tal vez fuera el momento de prestar atención y dar algo a cambio. Este hilo de pensamiento, una vez lo hubo seguido por el camino hacia el cual le estaba llevando, fue lo que indujo a Raheem a abandonar las matemáticas por la sopa, y a plantar a su esposa y a su hija para irse a vivir a la Luna.

Lo que Raheem no supo ver fue que Mithmu era un hombre real que se había vuelto un hombre imaginario, y que por ello era también de ficción.

# 5

Fue arduo para Chandni perdonar a su padre por abandonarlas, pese a que, de cuando en cuando, compartir vivienda con sus cada vez más distanciados padres le había hecho desear, en secreto, que se separaran. No entendía por qué su padre había elegido ponerse en ridículo, y con él, por extensión, a toda su familia. «Mi padre me abandonó para ir a hacer sopa» no fue una frase que dijera nunca en voz alta, pero la tenía a diario en su cabeza. Y a partir de que Raheem se marchara, Chandni se negó en redondo a tomar sopa otra vez. Meena no puso objeción. «Esta casa será zona libre de sopa –declaró–. Como se ha ido a la Luna, ahora es un lunático. Muy bien, pues allá él: que viva preparando sopa para los otros lunáticos. Nosotras seguiremos viviendo como gente respetable aquí en la Tierra». La muchacha sin padre y la esposa sin marido se juntaron en un abrazo protector que duraría hasta el fin de sus días.

Ira, dolor y pena acentuaron el talento musical de Chandni. Gente que había asistido a algún concierto suyo comentaba haberse sentido casi asustada por la mera potencia de su interpretación. A la edad de dieciocho años, Chandni era ya capaz de desatar –al sitar o al piano– una furia tal que parecía capaz de hacer añicos el mundo, aunque también podía transmitir una dulzura lo bastante intensa como para crear un mundo nuevo. Solamente Meena Contractor, siempre perfeccionista, creía notar que faltaba algo en la brillante manera de tocar de su hija. «Nunca se ha enamorado –pensaba Meena–, y todo gran artista necesita saber qué es eso, qué se siente, la verdadera pasión que arrasa con todo, que te atormenta y te destroza, la exaltación que conlleva, esa sensación que yo misma tampoco he vivido».

La ciudad a la que ahora llamo Kahani no es como las regiones conservadoras de nuestro país. Aquí –entre, permítaseme decirlo, entre la clase media y la acomodada– no hay apenas segregación por género, jóvenes de ambos sexos tienen lugares donde encontrarse y las mujeres pueden vestir como quieran, más o menos, siempre que no lleven una falda demasiado corta. Así, las oportunidades de enamorarse son mayores que en cualquier otra parte. Tenemos pases de modelos, carreras de caballos, piscinas y playas de uso mixto. Tenemos meriendas al aire libre. Fiestas. Tenemos clubes nocturnos con disc-jockeys y baile, y locales de jazz donde se celebran *jam sessions* los fines de semana a la hora del brunch. Y, cómo no, en el apartado más tradicional, tenemos bodas. En la temporada de bodas, durante las ceremonias nupciales, madres y tías conciertan matrimonios y de allí surgen numerosos enlaces futuros, no solo el de los que ese día dicen «Sí, quiero» y al que han acudido jóvenes casaderos y las casamenteras de rigor. Se podría decir que somos gente sofisticada, al menos una gran mayoría de nosotros. De los rematadamente pobres no digo nada. La vida en los barrios bajos es diferente a la de los altos y requiere su propio relato. Pero en los trenes y autobuses, los edificios de oficinas, los bazares y las calles, hombres y mujeres, chicos y chicas en general se llevan bastante bien. Y así, cuando Meena le preguntaba a Chandni «¿Hay alguien?» y también «¿No te gustaría que hubiera alguien?», dichas preguntas no eran en modo alguna inapropiadas.

A sus dieciocho años Chandni era una joven serena y equilibrada que había aprendido a guardarse dentro buena parte de sí misma; en este aspecto se parecía más a su padre de lo que ella habría querido admitir. Pero cuando su madre le preguntó suavemente sobre la existencia de «alguien», Chandni se permitió revelarle la fantasía de un príncipe encantado. «Pero aún no ha aparecido», se apresuró a añadir, con un encogimiento de hombros que pretendía transmitir cierto desdén, pese a que en el fondo ella se tomaba este tema muy en serio.

–Ya veo –dijo su madre–. Eres lo que yo llamaría una romántica especulativa. Porque no existe y, que yo sepa, no ha existido nunca una persona real a la que hayas prodigado estos sentimientos...

–Supongo que no –dijo Chandni.

Y entonces apareció el príncipe.

Que no era un príncipe de verdad, pero eso en realidad no importa. Vivía, como todo príncipe, en un palacio con vistas al mar en el exclusivo barrio de Walkeshwar de Malabar Hill; no era el palacio más grande y más alto de la ciudad, cosa que habría sido básicamente una vulgaridad, pero sí el más bonito, algo de lo que sentirse orgulloso, un sitio con terrazas y árboles y salones con espejos y alfombras antiguas y buena música y comida excelente. Vivía también en una espléndida villa junto a la playa, en Juhu, llena de obras de arte de los principales artistas de Kahani, y tenía otras residencias repartidas por todo el país, como en un pueblo de alta montaña y al borde de un lago, de las que hablaremos si surgiera la necesidad. La familia del príncipe era dueña de acerías, propiedades inmobiliarias, cadenas de hoteles de lujo, fábricas textiles, astilleros, plantaciones de té, periódicos, cadenas de televisión y fábricas inteligentes en el sur, y sus empresas (lamentablemente, tal vez) construían asimismo una serie de sistemas armamentistas de última generación para el gobierno nacional. Eran parsis, y entre los ancestros del príncipe había eminentes filósofos y poetas, así como magnates de la industria. Eran anglófilos, además, y el príncipe había recibido una educación «English-medium» en la Cathedral and John Conno School, dirigida «bajo los auspicios de la Anglo-Scottish Education Society». Ironías del destino, estaba ubicada en lo que antiguamente se llamaba Outram Road, por sir James Outram, un colonizador que peleó para reprimir la Revuelta o Sublevación de 1857. (A dicho centro asistió en otra época, entre muchos otros, el que esto escribe). El príncipe era un negado para el latín, la química y la redacción de *limericks* en clase de inglés, pero nadie jugaba al críquet mejor que él. Cuando acabó sus estudios en la Cathedral, era ya toda una estrella.

Sus proezas deportivas le pasaron factura: en lugar de cursar estudios universitarios se matriculó en la universidad de la vida. Jugaba al críquet con gran estilo, bateaba con suma elegancia y, siendo como era un *spin bowler*, dominaba el arte de lanzar bolas con efecto de manera heterodoxa. Durante un tiempo se centró en ser titular indiscutible de la selección nacional de críquet, pero estaba indeciso sobre su futuro a largo plazo, tal vez porque, al igual que Chandni, tampoco se había enamorado nunca. El amor aclara la vida. Y la vida no deportiva del príncipe necesitaba una aclaración.

Su personalidad quizá no estaba formada del todo. Había indicios de empecinamiento, de narcisismo, de conducta de niño mimado, cosas nada infrecuentes entre los vástagos de los ricos muy, muy ricos, pero siendo joven como era su encanto natural y su estrellato como deportista superaban cualesquiera otras consideraciones. Príncipe sí, desde luego. Encantado, hasta cierto punto. Se llamaba Majnoo Ferdaus. El apellido no necesita explicación alguna, en Kahani todo el mundo sabe quiénes son los Ferdaus. En su nombre de pila tal vez había una nota de advertencia, puesto que Majnoo, Majnu o Majnún es el héroe de una famosa historia de amor de la tradición clásica, y el nombre significa «colado» o «perdidamente enamorado», cualidades que podrían considerarse buenas, pero también puede significar «poseso» o incluso «loco». Lo cual ya no es tan bueno.

La comedia romántica *Jab We Met* –*jab* significa «cuando», para información de quienes necesiten la información– era ya un clásico de culto el día en que Chandni cumplió los dieciocho. En la película, protagonizada por la pareja estelar Kareena Kapoor–Shahid Kapoor, chico rico conoce a chica parlanchina en un tren; él ha roto con su novia y ella quiere casarse con su novio y se suceden diversas vicisitudes pero al final comprenden que se quieren el uno al otro (y no a la novia y novio respectivos) y, bingo, ¡final feliz! Más adelante (Chandni tenía entonces veinte años), en la comedia romántica con mucho de romance pero no tanto de comedia *Anjaana Anjaani*, «Un extraño y una extraña», los extraños del título –Priyanka Chopra y Ranbir Kapoor– intentan suicidarse de diferentes maneras en Nueva York: saltando del puente George Washington, dejándose atropellar por un coche, bebiendo lejía, etcétera. (Qué divertido, ¿eh?). Pero como ya no son tan extraños el uno para el otro deciden, para variar, no seguir intentando dar el salto a la muerte ¡y largarse a Las Vegas! ¡Se enamoran! Pero las cosas vuelven a ir mal, e intentan suicidarse una vez más. Pero entonces se besan –¡uf, justo a tiempo!– y ¡bingo! Final feliz.

Tal es el amor en el cine popular con el que el país entero está *majnu*. Obsesionado. ¡Drama! No podemos prescindir de ello. (Oh, y también canciones). O sea que para contar un *kahani* popular en Kahani, yo debería inventarme cosas como la de más arriba. Giros bruscos, complicaciones, peligro, ¡música! Pues siento decepcionarte, lector. Lo único de todo lo anterior que puedo ofrecer es música. Y, encima, sin letra. Lo siento.

El matrimonio Ferdaus era conocido en todo el mundo como «Jimmy y Dimmy». Jimmy era un hombre alto y delgado, de pelo entrecano y mirada amable, que hablaba con propiedad y suavidad (tenía voz de tenor agudo) y dirigía su enorme imperio sin dar jamás la sensación de estar ajetreado, agobiado o indeciso. Dimmy era su alter ego perfecto; la dama con más glamour de la ciudad, extrovertida, ostentosa, propensa a hablar sin parar con aquella voz grave y tabaquil. Ocupaba el centro de la vida social de Kahani –por no decir que *reinaba* en ella–, estaba muy involucrada en todo tipo de buenas causas y era tan amada como envidiada, siendo objeto de cuchicheos que eran a un tiempo lisonjeros y maliciosos y que ella, naturalmente, ignoraba y fomentaba a la vez. Los Ferdaus eran multimillonarios con inclinaciones musicales, mecenas de lo mejor de lo mejor. Organizaban soirées regularmente en su mansión de Walkeshwar, a las que invitaban a la flor y nata de la hermandad musical para que cantaran o tocaran ante la crema de la sociedad. Los músicos cobraban grandes sumas por sus servicios. Que te invitasen a tocar en casa de los Ferdaus se consideraba, dinero aparte, todo un privilegio.

A Majnoo, que era hijo único, no le interesaba especialmente la música clásica, ya fuese la nuestra o la occidental. Él era un deportista de élite. Le gustaban los nightclubs y la música disco y las estrellas de cine y las modelos de pasarela, y le encantaba salir de fiesta. No bebía y tampoco fumaba, pero ¡ah!, cómo bailaba. Si hubiera competiciones internacionales de baile, él sería el capitán del equipo indio. No leía libros ni le interesaba la floreciente escena artística de la ciudad. Le gustaban los coches rápidos pese a que el congestionado tráfico de la ciudad hacía imposible conducir rápido. Cuando los periodistas le preguntaban por sus sueños, Majnoo solía contestar: «Noventa y tres Lamborghinis». Y por qué noventa y tres, preguntaban los periodistas.

«Porque son uno más que noventa y dos», respondía él.

Apenas si prestaba atención a las obras de beneficencia de su madre, y por las oficinas de su padre solo se pasaba muy de vez en cuando y en general apenas el tiempo de pedirle permiso a Jimmy Ferdaus para comprarse algo caro. Sus padres se habrían sentido muy decepcionados con él de no ser por ciertas cualidades más positivas. De drogas no quería saber nada. Sus modales eran excepcionalmente buenos. Poseía ese ya mencionado encanto natural, innato. Era, después de todo, uno de los héroes nacionales del deporte. Y, por si fuera poco, Majnoo era de una irresistible, desconcertante y abrumadora guapura.

La noche en que Chandni Contractor debía tocar por primera vez en la mansión Ferdaus, Majnoo, que había quedado con unos amigos del equipo de críquet, le preguntó a su madre al salir: «Bueno, ¿quién va a tocar esta noche?». Y cuando oyó la respuesta no pudo evitar un destello de interés.

–Ah, sí –dijo–. Vi su foto en una revista. Es jovencísima y parece que toca muy bien, pero ¿está mínimamente buena? No haré comentarios. Quizá fue culpa del fotógrafo.

–Es mejor ella en lo suyo –dijo su madre, permitiéndose una nota de enfado en su voz– que tú en lo tuyo. Y no hay casi nadie en el mundo que toque tan bien el pianoforte como el sitar.

–Como yo, entonces –dijo Majnoo, para chincharla un poco–. Se me da igual de bien lanzar como batear. Soy un crack. –Y antes de que su madre pudiera soltarle una réplica cortante, él levantó los brazos y tiró de encanto–: Está bien, está bien, mami. Quizá me paso más tarde y así escucho un rato a la señorita. Y si tú lo dices, probablemente es que es buena.

Un preámbulo no muy halagüeño, se podría decir. Y ninguno de los dos jóvenes estaba ni remotamente preparado para «echar raíces». Chandni estaba llegando rápidamente al pináculo de su profesión, y Majnoo estaba ya en el pináculo de su deporte. La vida de ambos empezaba a internacionalizarse. Las mejores selecciones de críquet de la época –por explicarlo a aquellos en cuyo país no se practica este deporte– eran India, Paquistán, Bangladesh, Sri Lanka, Australia, Nueva Zelanda, Sudáfrica, Indias Occidentales, Zimbabue. Y dos incorporaciones recientes al grupo exclusivo, Afganistán e Irlanda. Oh, claro, e Inglaterra. La tierra natal del críquet. No nos olvidemos de ella. Total, que Majnoo estaba a menudo de viaje. Barbados, Ciudad del Cabo, Colombo y naturalmente Lord's, la «catedral del críquet», en Londres. A su vez, Chandni recibía invitaciones de países de Europa y Norteamérica. Y de Japón también. Carnegie Hall, Wigmore Hall, Elbphilharmonie, Suntory Hall. Así las cosas, «echar raíces» era algo que ninguno de los dos contemplaba.

Y entonces –oh, sorpresa–, ¡bingo y romance! ¡Su historia fue talmente como de película! Obedeciendo a un impulso que él mismo no acababa de comprender, Majnoo compareció para ver entero el debut de Chandni en la mansión Ferdaus, y lo que vio le dejó prendado. Y Chandni, la «romántica especulativa», se pirró por, cómo decirlo, por aquel tío cachas. Un tío cachas rico, pero cachas al fin. Ni arte ni cultura, solo deporte y dinero. Fue algo inesperado. Fue como si Marilyn Monroe se hubiera enamorado perdidamente de Joe DiMaggio... oh, bueno, es verdad. Después de todo quizá no tan sorprendente. El amor aterriza donde aterriza y no pide explicaciones. Las explicaciones son cosa del mundo de lo racional, y el amor es totalmente irracional.

«Ni siquiera sé por qué le amo –le dijo Chandni a su madre–. Somos como la noche y el día, el blanco y el negro, el agua y el aceite. ¿No será simplemente que siento una estúpida debilidad por el exceso de belleza en cualquiera que sea su forma, ¿tanto artística como meramente corporal? Quizá sea eso. Estúpido pero cierto».

Y lo era. Ella le amaba como uno puede enamorarse de una puesta de sol tropical, o de un colibrí, o de un bronce de la dinastía Chola, o de los largos y lustrosos cabellos de una chica de portada. Apreciaba sus ojos de largas pestañas pero hacía la vista gorda a su ocasional egoísmo, cuando no lo consentía sin más, cosa que hacen a menudo las esposas jóvenes. Le amaba porque era un experto bailarín y porque podía golpear una pelota de críquet y hacerla volar por los aires, y porque todo el mundo le quería; era venerado como un actor de cine mundialmente famoso, de modo que quererle parecía lo más normal del mundo.

Y poco tiempo después, una boda. La boda del año, evidentemente, la más espectacular, una boda por la que muchos habrían matado para conseguir una invitación. Es preciso que explique aquí una cosa en relación con la forma en que ha cambiado nuestro país. Cuando los viejos como yo éramos jóvenes, cuando el país era joven también, solía decirse que llegado el momento de una boda, los paquistaníes se vestían de punta en blanco y los indios de manera informal. Las bodas paquistaníes eran ostentosas, a veces hasta lo ridículo, pero las nupcias indias eran modestas. Aquí preferíamos no hacer alarde de nuestra riqueza, sabedores de que muchos de nosotros éramos pobres o incluso indigentes. En aquellos tiempos los valores de Gandhi aún conservaban cierto significado. Ahora, sin embargo, esos días han quedado atrás. Paquistán, da un paso al lado. Las grandes bodas-espectáculo se dan más allá de la frontera indo-paqui. Están justo aquí, en Kahani.

Un «cronista de sociedad» sería mejor que quien esto escribe para enumerar los NOMBRES con MAYÚSCULAS que asistieron a las celebraciones, las ESTRELLAS de la PANTALLA, las DIVAS de la MÚSICA, los MAGNATES de la INDUSTRIA, etcétera y más etcétera. Alguien así, siempre a la última de lo que una persona de este tipo llamaría quizá el KAHANI COOL, sabría que hubo varias fiestas antes de la fiesta, precosas antes de la cosa, todo ello en ubicaciones COOL de diversos puntos de nuestro gran país, en FATEHPUR SIKRI entre las ruinas del imperio mongol y en HAMPI entre las ruinas del imperio Vijayanagar, como para informar a todos los que allí estaban y a todos los que no que aquellos VIEJOS y ANTICUADOS y FENECIDOS IMPERIOS se habían venido abajo pero que la CASA de FERDAUS era robusta y gobernaba sus propios imperios. En las páginas de cotilleo se hablaba de los DELICIOSOS TOQUES HUMANOS, como que los snacks del PUESTO de COMIDA AMBULANTE favorito de la pareja se sirvieran junto con creaciones de los TRES MEJORES CHEFS del MUNDO, y luego aquellos FUEGOS ARTIFICIALES convirtiendo la noche en día, ¡UAU! ¡UAU! ¡UAU! Y la semana anterior a la boda, el partido one-day internacional entre la selección india de críquet y un ONCE del RESTO del MUNDO en el famoso BRABOURNE STADIUM. ¡Todas las grandes estrellas mundiales del críquet! ¡Y sus EYNs! (Esto tuvieron que explicármelo. Esposas y Novias, vale. Lo capto). (Permitidme un toque de nostalgia. Me alegra ver de nuevo en titulares el viejo Brabourne Stadium mucho después de ser descartado por los Poderes Fácticos en favor del nuevo Wankhede, construido, para mayor humillación, justo al lado). ¡Ojo, que no hemos terminado aún! El día de la boda la FILARMÓNICA de BERLÍN al COMPLETO aterrizó procedente de Alemania ¡para que la novia pudiera tocar con ellos! Y luego, solo entonces…

LA BODA.

OOOH.

Qué preciosidad. Todo el mundo llorando.

¡Cuatro días, duraron las ceremonias! Primero la BODA PROPICIA en la NOCHE de LUNA NUEVA celebrada en el Centro Cultural Ferdaus; segundo las CEREMONIAS RELIGIOSAS en HONOR a los MUERTOS; tercero no sé qué más, da igual; y por último ¡la GRAN FIESTA POSTBO-

DORRIO! ¡Millares de invitados! Actuaron grandes estrellas venidas exprofeso, mis disculpas por no saber quiénes son. ¿El señor BUSTIN GEIGER? ¿La señorita BALLY IRISH? ¿Alguien procedente de, no veas, el CANAL DE PANAMÁ cantando música de la REGIÓN del CANAL DE PANAMÁ? ¿A santo de qué? Vaya usted a saber. (Sí, de acuerdo, era pegadiza, y a todo el mundo le gusta el sombrero panamá). Y presidiendo el «evento», incansable, sonriendo sin parar, totalmente al mando de la cosa, la mismísima reina, ¡no!, la EMPERATRIZ. DIMMY FERDAUS.

¡Novia y novio toman sendos baños! ¡Y luego traje blanco ceremonial! ¡A continuación Procesión de Regalos! (BUÁ, los REGALOS, madre del amor hermoso. Más de un Lamborghini vintage, ¡Miura!, ¡Espada! Etcétera.) Y la tradición de los viejos tiempos, novia y novio ROCIÁNDOSE mutuamente con ARROZ (¡buena suerte!), después un HUEVO dando tres vueltas alrededor del novio antes de ser aplastado, luego un COCO, después un VASO de AGUA, todo tirado al suelo para LIBRARSE del MAL, ¿comprendéis? Y luego la BENDICIÓN por parte del sacerdote.

«Que nuestro Creador, el Señor omnisciente, os conceda una progenie de hijos y nietos varones, los medios suficientes para salir adelante *–por eso no te preocupes, uy, perdón por interrumpir–*, amistad sin grietas, fortaleza corporal, larga vida ¡y una existencia de ciento cincuenta años!». (*¡Siglo y medio! A los que la vida ahora nos sonríe pensamos: «Yo quiero una bendición como esa»*).

Estos parsis, cómo se lo montan en las bodas. ¡Qué espectáculo! Un respeto, sí señor.

Majnoo se lo pasó en grande, disfrutó con toda aquella pompa. Chandni, a quien no le iban estos despliegues ostentosos, habría odiado tanto jaleo si se hubiera permitido a sí misma un sentimiento tan negativo. Resultaba extraño no ser más que, digamos, un miembro del reparto en tu propia boda, tener solo un papel pequeñito en la majestuosa *tamasha*. Pero Chandni se esforzaba por ser lo que Majnoo llamaba un «jugador de equipo», de modo que dejó a un lado sus preferencias personales y aceptó la descomunal movida.

… Y después de todo el follón, el patriarca, Jimmy Ferdaus –que se había borrado casi totalmente de las celebraciones, dejando el protagonismo a su esposa y a la Pareja Feliz, convertido en una suerte de espectro risueño en una esquina del encuadre– hizo señas a su hijo y fueron juntos a la biblioteca de la casa, en cuyos estantes había un millar de volúmenes, comprados a peso en el mejor librero de la ciudad y jamás abiertos ni por el padre ni por el hijo, y le habló así: «Ahora, muchacho, ahora que has sido iluminado por la brillante luz global, eres tú quien encarna a la familia, su cara visible, y digo la familia cuando podría decir, si me permites expresarlo en mi propio lenguaje, la Marca».

Esta bendición paterna le tocó la fibra a Majnoo, cambiando para siempre la imagen que tenía de sí mismo; en adelante, pensó, tenía que portarse bien. Como veremos, es probable que de las palabras de su padre no aprendiera la lección que tenía que haber aprendido.

Contractor era casi siempre un apellido parsi (zoroástrico), pero debido a ciertas conversiones y ciertos incidentes históricos que no es preciso reseñar aquí, Meena y Chandni no eran miembros de la comunidad parsi. Sin embargo, para los invitados a la boda resultaba fácil suponer que sí lo eran, y Chandni y Meena se limitaron a seguir la corriente sin dar explicaciones, Chandni porque en ese momento deseaba complacer a su Majnoo y a la formidable madre de este, y Meena porque, siendo no creyente, podía aceptar los rituales como «meros» rituales y no atribuirles mayor significado. Pero, a la luz de cuanto ocurrió después, parece evidente que el fin del matrimonio empezó en su principio mismo. Tocar con la Filarmónica de Berlín era un gran honor, y Chandni lo hizo de maravilla, pero aquello habría tenido un significado real para ella si la orquesta le hubiera ofrecido tocar por sus cualidades como intérprete en lugar de aceptar una invitación únicamente por la cantidad de dinero puesta sobre la mesa. Chandni vio, o imaginó ver, un leve mohín de desdén en los labios del gran director, Kirill Petrenko, cuando ella se sentó al piano, y al terminar no se atrevió a mirarle siquiera por temor a que la mueca siguiera allí. En resumidas cuentas, madre e hija por igual encontraron de mal gusto el abrumador despliegue de riqueza.

Y también Meena Contractor tuvo palabras para su hija.

–Las dos sabemos –dijo– que este es el mundo en que has entrado por voluntad propia. Esto, ahora, es tu vida. Te has convertido en Chandni Ferdaus. –Y luego añadió, en un murmullo grave–: Ten cuidado.

Raheem Contractor también había cambiado de vida y de nombre. La Luna de Mithmu había cosechado un éxito inmenso y era una organización muy poderosa. El propio Mithmu viajaba por todo el mundo, y tanto estrellas de cine como grandes capitalistas quedaban fascinados por sus enseñanzas. La Teoría del Sexo Libre fue un bombazo. Y en el corazón mismo del Universo Luna estaba la ideología que Mithmu había decidido llamar el Secreto, conocida también como Raaz o Gupt. En esta era de cambios de nombre, su rebaño de devotos adoptó el apellido Raazi o Gupté, es decir, «creyentes». Si lo deseaban, podían cambiarse el nombre de pila, y de ahí vino que el chef de la sopa Raheem Contractor pasara a llamarse Arif Raazi, Arif porque significaba «instruido» o «conocedor», y, como le explicó a Meena cuando ella le llamó al móvil para contarle que su hija se había prometido, porque había «elegido» a su avanzada edad «renunciar a un tipo de saber por otro». Tratando de disimular su exasperación, Meena le preguntó qué lecciones estaba sacando de este «nuevo saber», y él le contestó: «Está prohibido hablar de ello». En aquel momento Meena temió por él, al comprender que Raheem había sacrificado finalmente los últimos retazos de sentido común a cambio de las falsas certidumbres del culto al héroe, y, pese a la profunda herida que le había causado el abandono de su esposo, empezó a pensar en cómo rescatarlo de la tela de araña en la que había quedado atrapado. «Dos telarañas –pensó, preocupada–. Una para Chandni y otra para él, y ambas tejidas con dinero».

Él dijo que no podría ir a la boda. Tenía responsabilidades que atender en el tenderete de la sopa, allá en la Luna y no podía marcharse así como así para ir a una fiesta.

–Que te jodan, Raheem –dijo Meena.

–Llámame Arif –le dijo él–. Ahora soy Arif.

–Puede que sí –dijo ella antes de colgar–, porque ya no eres el Raheem que yo conozco.

## 6

La nueva vida. Criados de librea, bandejas de oro para servir, cuadros carísimos en las paredes, mobiliario artesanal, un vestidor para Chandni casi tan grande como el piso de Westfield Estate. «Todo lo que necesitas en la vida –le dijo Majnoo a su desposada–, lo tienes aquí a tu disposición. Y si suspiras por alguna cosa que aquí no encuentras, yo haré que te la traigan».

Ella solo le pidió una: el Steinway de cola había que trasladarlo de Breach Candy a Malabar Hill, no era mucha distancia, pero tampoco tarea fácil.

–¿Para qué trasladarlo? –le preguntó Majnoo–. En casa ya tenemos un piano estupendo, y otro en la casa de Juhu.

Ella meneó la cabeza.

–Pero no es el mío –dijo–. Yo hago audiciones de pianos, y el mío es el único que pasó la prueba.

Majnoo meneó la cabeza, torciendo el gesto como si acabaran de hablarle en un lenguaje desconocido.

–¿El nuestro no aprobó el test?

–Mira, un piano es como la pareja con quien te casas –dijo ella–. Vivís juntos a diario. La relación funciona o no funciona.

El matrimonio cambia las cosas en una relación. Las cosas, o van a mejor o van a peor. Lo que no hacen, las cosas, es seguir igual. En el caso de Chandni y su piano, ese matrimonio creció en intensidad y hondura conforme iban conociéndose mutuamente. En el caso de su *shaadi* humano, surgieron algunas piedras en el camino.

Lo primero fue el ruido. Chandni estaba acostumbrada a ensayar varias horas al día con cada uno de sus instrumentos favoritos. El sonido penetraba en todos los rincones de la mansión Ferdaus y, aunque ella tocaba de manera excepcional, los miembros de la familia no tardaron en descubrir que aquello les ponía de los nervios.

–¿Es que no para nunca? –quiso saber Dimmy Ferdaus–. ¿No le gusta ir al cine, de compras, o qué sé yo?

Majnoo derivó la pregunta a su esposa Chandni.

–Cariño, eres un genio, de eso no hay duda –le dijo–, pero es que con este follón estás volviendo loco a todo el mundo.

–Este follón, como tú dices –respondió Chandni–, no es solo lo que hago, sino lo que soy.

Majmoo volvió a donde estaba su madre.

–Dice que el ruido y ella son la misma cosa –dijo.

–Pues infórmale de que por encima de todo ella es tu mujer y que esa es la única cosa que cuenta.

Majnoo no se decidió a pedirle a Chandni que dejara de tocar, pero tampoco sabía cómo desafiar a su madre. La tensión de todo aquello afectó a su rendimiento como jugador de críquet. La gente notó que estaba en baja forma. Corrían rumores de que los seleccionadores planeaban prescindir de él. Mientras tanto, la estrella de Chandni continuaba ascendiendo. Era «la Intérprete de Kahani» y cada vez estaba más solicitada. Majnoo descubrió que esto empezaba a no gustarle. ¿Por qué su mujer no se comportaba como una esposa, que era lo que se esperaba de ella? La modestia, la veneración, reírle los chistes, el inalterable disfrute de las anécdotas que él contaba (aunque repitiera a menudo las mismas), darle masaje en los pies... «Cada semana se larga a una ciudad diferente, cuando no a un país diferente –se lamentó ante Dimmy–. A tocar con sabe Dios qué otros músicos egomaníacos. He oído hablar de cómo son esos solistas y directores occidentales. O incluso nuestros intérpretes de tabla. ¡Unos calientes mentales, todos ellos!».

–Déjala que se vaya –le aconsejó su madre–. Al menos cuando está por ahí nos ahorramos el fastidio de oírla practicar a todas horas.

Intentemos ahondar un poco más en la historia de este joven, este Majnoo Ferdaus cuyas decisiones y cuyos actos iban a provocar tanta conmoción y tanta desgracia. Analicémoslo con simpatía por el momento, a pesar de que, a medida que el relato vaya avanzando, será cada vez más difícil que nos caiga bien.

Era primogénito y varón (igual que yo), y detrás de él... nadie más (no es mi caso). En otras palabras, era una gema, una piedra preciosa, el futuro del linaje, la única esperanza de sus padres; no solamente su heredero sino aquel sobre quien recaía la responsabilidad de engendrar su propio heredero. (Chandni también era hija única, pero, por suerte para ella, sus progenitores no eran gente que pensara en términos dinásticos. Pero ahora vivía en la guarida de unos dinastas).

En cuanto a su educación tras dejar la Cathedral School: gracias a su guapura y al talento como deportista, aprendió mucho de las mujeres de los países señeros del críquet (unas se desmayaban solo de verle, otras se precipitaban a liarse con él aun sabiendo que la cosa no tenía futuro, unas y otras más listas que él, obviando todas ellas las deficiencias cerebrales del astro en aras de sus otras cualidades), y no les enseñó nada a cambio salvo el arte de pasar –siquiera brevemente– un muy buen rato. Es decir que hasta que conoció a Chandni Contractor había llevado una vida afortunada y fascinante, de alcanzar la excelencia como deportista y de frivolidad en todos los demás órdenes; razón por la cual sus padres se habían llevado una sorpresa (por no decir que se cayeron de culo) al declarar él sus serias intenciones de casarse con aquella joven música. Jimmy y Dimmy habían conferenciado en privado en la sala de fumar para decidir si daban o no daban su beneplácito al compromiso matrimonial y a las celebraciones que ello implicaba.

–La pregunta es –dijo Dimmy–, ¿qué ha visto ella en él? Está claro que la chica es brillante, tan claro como que él no. Pensé que quizá es el dinero, pero no parece que eso a ella le interese mucho. O sea que tiene que ser el sexo. En cuyo caso, esto no durará. Por fortuna, en nuestro caso no se trató de eso.

–Puede que no dure –concedió cautelosamente Jimmy–. Pero también conocemos a nuestro chico. Él siempre juega a varias bandas aunque no está disputando un partido.

Dimmy levantó las manos –palmas boca arriba– en un gesto que pudo parecer frívolo pero no lo era.

–No nos preocupemos, Jamshed –dijo–. La chica será una muy buena primera esposa para él.

Majnoo tenía un apartamento propio en lo alto de la casa familiar, lo que le supuso a Chandni aceptar la falta de privacidad que supone convivir con los suegros. Durante los primeros meses de casados se dio cuenta de que todas las miradas estaban puestas en ella, se sentía vigilada, y no solo por los inquilinos de la casa sino también por sus amistades y parentela. Y aquella atención no tenía nada que ver con la música. Tenía más que ver con su ciclo menstrual, tema sobre el cual Dimmy Ferdaus era inquisitiva y directa. «¿Eres regular? ¿Se te retrasa? ¿No te ha venido alguna vez?». Y las respuestas, para bochorno de Chandni, rápidamente circulaban entre todos los interesados en el tema. Estaba claro que la única forma de poner fin a aquello era engendrar un bebé cuanto antes, y, a ser posible, un varón.

–Pero soy demasiado joven para tener hijos –se lamentó ante Majnoo–. Los dos somos demasiado jóvenes. ¿Y si esperamos un poco? Disfrutemos de unos años más de juventud. Además, piensa en tu carrera y en la mía...

–Aquí hay cantidad de personas para cuidar de un bebé –dijo Majnoo–. Tu madre y la mía, mi abuela, varias tías y primas. Por gente, que no quede. Además, podrás tener todas las ayas que desees, o sea que eso no va a interrumpir nada. ¡Pero un bebé! ¡Imagínate! ¡Qué bonito! ¡Y qué fiesta vamos a organizar! Incluso más grande que la de la boda. Una celebración por todo lo alto para dar la bienvenida al mundo a nuestro pequeño. ¡Sin reparar en gastos! Será estupendo.

Chandni entendió tres cosas. Primera, que la verdadera pasión de su esposo y lo que mejor se le daba, por encima incluso de sus proezas deportivas, era *pasarlo bien*, y que en ese campo era un artista. Segunda, que semejante ostentación era vista por su familia como algo bueno para la Marca. Y tercera, que ella, Chandni, no tenía elección.

Tan pronto como el embarazo se hubo confirmado, Majnoo, con todo el apoyo de Dimmy, empezó a planear los festejos de su gestación. Meena Contractor se presentó en la mansión de Walkeshwar para suplicar a los Ferdaus un poco de intimidad.

–Al menos dejen pasar tres meses –dijo–. Es normal mantener en secreto un embarazo hasta después del primer trimestre, por si acaso, para estar seguros de que todo va bien.

–Tonterías –replicó con ligereza Dimmy Ferdaus–. Los dos son jóvenes y están sanos y lo mismo el recién nacido, de eso no hay duda. ¡La próxima generación nos ha anunciado su presencia! Ahora nos toca a nosotros hacer extensiva la noticia a todo el mundo. Tenemos que celebrarlo cuanto antes y eso vamos hacer. ¡Tranquila, *begum* Contractor! –Y aquí las comisuras de su boca mostraron un atisbo de amenaza–. ¡Nuestros hijos son marido y mujer! Es decir que Chandni forma parte ahora de nuestro clan, ¡no solo del de usted! Es algo que forma parte de, ¿cómo lo diría?, de ese Contrato.

## 7

A Raheem –seguiremos llamándole Raheem para evitar que el lector no lunático se vea obligado a renombrarlo– le estaba resultando difícil vivir en la Luna. La noticia de que su hija estaba encinta, su inminente abuelez, le planteaba preguntas complicadas que lo traían de cabeza: ¿Quién era exactamente el abuelo Raheem? ¿Existía, o existiría, tal cosa? Y, en caso afirmativo, si iba a existir, si quería existir, ¿qué clase de hombre mayor iba a ser él y qué tendría que decirle al recién llegado? ¿Podría enseñarle alguna cosa? ¿Como qué? ¿Fórmulas matemáticas o cómo preparar una sopa? ¿Su antiguo saber, por más defectuoso, inapropiado y decepcionante que fuera, o el Secreto, eso de lo que no se podía hablar? El antiguo Raheem empezaba a renacer en su interior, como si estuviera tan embarazado como lo estaba Chandni, preñado de sí mismo. Es decir que ahora había dos Raheem en un solo cuerpo, peleando entre sí, Raheem-Raheem versus Arif-Raheem. Raheem-Raheem, recién despertado de un largo sueño, era vagamente consciente de que lo que había hecho estaba, desde cualquier punto de vista normal, «mal hecho». Había sido incluso «egoísta». Debido por un lado a su creciente desesperación y a la depresión, y por otro a la seductora influencia de la carismática y fraternal figura de su vecino, el hombre capaz de alterar la realidad, él, Raheem-Raheem, no solo había abandonado su vida sino también la de otras dos personas, personas que –por usar el viejo lenguaje– «le querían». Y ahora estaba en camino una tercera persona.

¿Era momento de sentirse culpable?, preguntaba Raheem-Raheem. ¿Era momento de arrepentirse, de implorar perdón, de regresar? Cuando estas preguntas flotaban en el aire, Arif-Raheem contraatacaba. El camino del ascetismo no era vergonzoso sino noble. No había nada de lo que disculparse o que lamentar. Hasta el propio Siddhartha Gautama, el Buda en persona, se había desmarcado de las cosas mundanas y, con un cuenco de mendigo, se había puesto en camino hacia la búsqueda de la iluminación. Había nobleza en bajarse del pedestal, en despojarse del yo profesoral, de la realidad de Breach Candy, a fin de convertirse en siervo de la comunidad y –¡sí!– dedicar el día a picar verduras, poner agua a hervir, elegir aderezos, hacer una buena sopa. Para encontrar la luz, para ascender hasta el resplandor, era necesario despojarse de cargas aunque ello implicara dolor. El dolor pasaría. Las verdades eternas, tal como las interpretaba Mithmu, su maestro y guía, merecían la pena ese sacrificio.

Sí, pero, murmuró un poco más alto la voz de Raheem-Raheem, el mundo según Mithmu estaba demostrando ser todo menos ascético. La autonegación no constaba en el menú, y lo cierto era que nunca había constado. Esta Luna no era para los pobres. Mithmu se había convertido en una especie de santo para los ricos del mundo.

El número de Ferraris en los garajes de la Luna iba en aumento. Músicos acaudalados entregaron sus Rolex. Se rumoreaba que debajo del templo, en el centro de la Luna, había una bóveda acorazada, un lugar seguro para donaciones en dinero en metálico y joyas hechas por devotos de Mithmu. Se rumoreaba también –y estos rumores eran más creíbles– que el guía espiritual había seguido el ejemplo de Haile Selassie. El emperador había escondido millones de dólares estadounidenses bajo las carísimas alfombras de su palacio en Adis

Abeba, Etiopía; el palacio que Mithmu tenía en la Luna contaba con numerosas alfombras persas tan grandes como caras. Estaba prohibido mirar debajo. Mamá no consentía impertinencias semejantes.

A Mamá le gustaban los billetes. La moneda preferida, aunque ella no ponía mala cara a otras divisas fuertes, era el dólar americano. Le caían mal los inspectores de Hacienda, y el año en que Chandni se quedó embarazada, las autoridades tributarias decidieron que Mamá también les caía mal. Se puso en marcha una auditoría sobre la estructura financiera de la Luna, pero Mamá sobornó a los auditores que se personaron allí y estos se marcharon asegurando que todo estaba bien y que no habían encontrado ninguna irregularidad, que todo era legal. (Por supuesto, no miraron debajo de las alfombras. Hubiera sido un feo detalle). Un aguafiestas anónimo de una oficina de las altas esferas fiscales no quedó convencido con la auditoría. Los funcionarios enviados a la Luna se ganaron una buena reprimenda por la chapuza realizada, y nuevos auditores fueron enviados a investigar. También el segundo contingente se declaró satisfecho tras haber sido generosamente recompensado por Mamá. Las cosas se calmaron durante un tiempo.

Mithmu fue a ver a Raheem al lugar donde preparaba las sopas para felicitarlo porque pronto iba a ser abuelo.

–Pero ¿esto qué es? –quiso saber, al ver la cara de Raheem–. ¿A qué vienen esos morros? ¿Qué debo hacer para borrar de tu cara ese gesto de pesimismo?

–El bebé está en camino –respondió Raheem–. Pero está muy lejos. Y yo aquí, al otro lado del país.

–Bueno, en ese caso –le dijo Mithmu–, habrá que hacer que venga él aquí.

Más nombres cambiados: Mowbray's Road, en el barrio Mylapore de Madrás pasó a llamarse TTK Road en la ciudad que también cambió de nombre (ahora Chennai). TTK, el difunto Tiruvellore Thattai Krishnamachari, había sido ministro de finanzas de India, pero la gente optó por abreviar ese tan largo nombre a sus meras iniciales. Es algo que ocurrió con divertida frecuencia a políticos del sur de la India. (Véase también las dos estrellas de cine convertidas en primeros ministros, MGR y NTR, a saber, Maruthur Gopalan Ramachandran y Nandamuri Taraka Rama Rao, pero dejémoslo aquí). En fin: a TTK le había interesado siempre la música y estaba muy conectado con la Madras Music Academy, de modo que además de la calle donde estaba ubicada la academia –en el Nuevo N.º 168 (Viejo N.º 306)»–, la principal sala de conciertos del centro fue bautizada también con sus iniciales. Y era precisamente en este TTK Auditorium que Chandni Contractor Ferdaus –¿o habrá que empezar a llamarla CCF?– estaba invitada a tocar en breve.

La distancia de la Luna al TTK Auditorium era de unos ciento cincuenta kilómetros, de ahí que Chandni no pensara que pudiera haber ninguna conexión entre ambos lugares. A modo de disculpa le explicaron que se había producido una inesperada vacante debido a una repentina enfermedad y que la Academia le estaría eternamente agradecida si tenía a bien cubrir ese hueco. Le ofrecían unos honorarios desacostumbradamente elevados, y en aquellos primeros días de su embarazo le suponía un respiro con respecto a los grandes (y, a su modo de ver, discutibles y prematuros) planes celebratorios de la familia de su esposo. Chandni aceptó la invitación.

Cuando llegó, su padre la estaba esperando en el hotel.

Toco tus pies, me inclino, me arrodillo ante ti. Pido perdón. Llevas a mi nieto en tus entrañas y eso lo es todo.

*Ya ni siquiera sé quién eres en realidad. ¿Recuerdas, acaso, haber sido esposo, padre, matemático...? ¿Tu hándicap en golf, las reglas de la canasta? ¿O estás perdido de ti mismo al cien por cien? Metido tan hasta el fondo en esas bobadas que tú consideras sabiduría. No sé en quién te has convertido.*

Quería verte. Te has convertido en algo extraordinario. Haces magia con la música. Quería conocerte. Saber qué clase de vida llevas.

*Hiciste que el señor Shankar pagara a la Academia para que yo viniera, ¿verdad? Eso no me gusta. No pienso tocar para el Hombre de la Luna. No voy a tocar aquí. Además, tú nunca viniste a oírme. ¿Qué ha cambiado? ¿Es el bebé?*

El bebé lo cambia todo.

*Ni siquiera te das cuenta de hasta qué punto son ofensivas tus palabras. No voy a tocar para ti. Si toco para ti, la música te maldecirá.*

Dime qué quieres. Intentaré hacer lo que sea por todos los medios.

*En casa hay una mujer a la que destrozaste. Vive sola. Ella no lo entiende. Yo no lo entiendo. No puedes volver a nuestras vidas así como así. Ha pasado el tiempo. Tienes mucho trabajo que hacer.*

¿Puedo escucharte? ¿Tocarás algo para mí?

*Ya te lo he dicho. Si ahora toco para ti, la música te maldecirá. Hay mucha ira acumulada. ¿Es que no lo sabes?*

¿No podemos tener paz?

*Yo no soy la primera persona a quien debes hacer esa pregunta. Soy la segunda. Que responda primero la primera persona. Ve y tócale los pies, inclínate, arrodíllate. Tú no estás donde deberías. Yo no estoy donde debería. Deberíamos irnos los dos. Esto ha sido un error.*

Dame una oportunidad.

*No soy yo la persona que pueda darte algo. ¿Quieres alguna cosa? Pues habla con ella. No sé si ella podrá escucharte nunca más. No sé si puede oír siquiera.*

Toca ese concierto. Hay muchas personas que desean oírte.

*No vengáis. Ni tú ni el de la Luna ni esa estadounidense, porque si vienen, también serán malditos. Mi música puede hacer eso, tenlo por seguro. Mi música tiene ese poder.*

Entonces eres una bruja, una hechicera.

*Sí. Tal vez deberías tenerme miedo.*

Cuando Chandni regresó a la mansión Ferdaus, las ruedas de la publicidad ya estaban girando. Dimmy Ferdaus había redactado personalmente el texto del «feliz anuncio», que Majnoo había lanzado cual blanca paloma al rutilante cielo. Y en el cielo estaba Chandni, de regreso en avión, cuando la paloma blanca de la buena noticia echó a volar, y cuando el avión tomó tierra la sala de llegadas brillaba con los flashes de las cámaras, y los gritos de los periodistas –en su mayoría mujeres– resonaron a su alrededor. *Mira a la izquierda Chandni mira a la derecha mira al frente podemos tener unos minutos en privado por favor sonríe así un poco más debes de ser muy feliz seguro que es el día más feliz de tu vida que se te note en la cara Chandni aquí mira la mano que se agita aquí arriba aquí abajo estoy aquí en el suelo sonríe sonríe a ver una risa necesitamos que rías danos más necesitamos más a ver esa risa aquí arriba aquí abajo. Qué es Chandni niño o niña, niña o niño, seguro que lo sabes, los lectores se mueren de ganas de saberlo, venga di, no tiene por qué ser un secreto, es niño o niña o niña o niño. Dinos unas palabras sobre lo feliz que te sientes, como en una nube, ¿verdad? Seguro que sí. Dilo. Di eufórica di estoy impaciente por que llegue el mejor día de mi vida esto dará un nuevo sentido a mi existencia, di todavía no me lo creo, ¡voy a ser mamá! Y cómo lo lleva tu madre la señora Meena, ¡va a ser abuela! Para ella tiene que ser maravilloso, a que sí. Totalmente maravilloso. Dilo Chandni. Totalmente maravilloso. Necesitamos un titular. ¿Entrevista en exclusiva, Chandni? Somos la revista más vendida del país, portada garantizada, de diez a doce páginas interiores el mejor fotógrafo las mejores prendas los mejores estilistas de maquilla-*

*je y peluquería, lo tenemos todo a punto, podemos donar dinero a cualquier obra de beneficencia que nos digas, solo tienes que aceptar. Ah, y confiamos en que te encuentres bien de salud y que el embarazo esté yendo bien, ¿nos lo confirmas? Estás radiante, se te nota la alegría en las mejillas, ¡muchísimas felicidades! ¡Nuestros más sinceros parabienes! No te vayas Chandni por favor mira a la izquierda mira a la derecha mira hacia arriba mira hacia abajo sonríe sonríe que se vea que eres feliz tienes que sentirte feliz deja que lo veamos todo el mundo necesita verlo.*

Y empujones y codazos y golpes y pisotones. Un nivel de frenesí en claro e imparable ascenso hacia la demencia. El equipo de seguridad de Chandni, superado. Les costó lo suyo abrirse camino hasta el coche. Durante el trayecto hasta llegar allí, Chandni se sintió sacudida y sepultada como una barca en plena tempestad.

Llegó a la mansión temblando sin parar. Majnoo la estaba esperando con aquella sonrisa de oreja a oreja, y ella, por un momento, incluso llegó a pensar en pegarle un tiro.

–Todo el mundo está nerviosísimo –dijo él–. Va ser una pasada.

–A mí no me hables –dijo ella–. Tengo ganas de vomitar.

La pesadilla del supermegabebé empezó ese día, su embarazo en sus primeras semanas confirmadas hecho público sin siquiera consultárselo a ella, proclamado en primera plana de los periódicos y en los canales de televisión y las emisoras de radio propiedad de la familia de su marido, y comentado al detalle hasta la extenuación en los nuevos foros de internet donde individuos anónimos con vidas anónimas se insultaban entre sí y mancillaban a personas que no conocían pero con las que discrepaban o a las que envidiaban o malinterpretaban o de las que nada sabían o contra las que abrigaban prejuicios o bien miraban por encima del hombro, cuando no odiaban por motivos que esos mismos individuos no acababan de entender y habrían sido incapaces de explicar. Chandni se encerró en su habitación, la que Dimmy Ferdaus llamaba *boudoir*, una palabra que su nuera detestaba y se negaba a utilizar, y desapareció para el mundo exterior durante un día, una noche y el día siguiente. Cuando volvió a salir descubrió que el programa para los nueve meses de embarazo estaba ya totalmente decidido.

La maldición con la que había amenazado a Raheem Contractor no era meramente retórica. Por aquellos días Chandni había descubierto que su música, en efecto, había adquirido poderes de encantamiento y que estos estaban cobrando cada vez más fuerza. Cuando estaba sentada al piano estos poderes eran menos pronunciados porque la música estaba escrita y solo pedía ser interpretada, y, aunque ella era capaz de hacer una interpretación profunda, la partitura dejaba menos espacio para ella. Sin embargo, cuando estaba sentada en una hermosa alfombra con el largo mástil del sitar en una mano y un raga empezando a fluir de las yemas de sus dedos, Chandni comprendía que, debido a que le dejaba tanto espacio para la improvisación, esta música era capaz de transportar hasta los corazones de los oyentes no solo las intenciones de un gran compositor sino también las suyas propias. En la Academia se había sentido tan perturbada por el encuentro con su padre que ello había influido en su ejecución, y al término del recital de sitar que constituía la segunda parte del programa, el público había salido del TTK Auditorium desconcertado por las lágrimas de ira que derramaban sus ojos.

¿Qué podía hacer ella con un don semejante, un segundo poder que emanaba del primero? ¿Hasta dónde podía llegar? Se hacía estas preguntas constantemente pero desconocía las respuestas. Conforme iba desarrollándose la saga del supermegabebé, Chandni empezó a vislumbrar cuáles podían ser esas respuestas.

–¡Estamos tirando la casa por la ventana! –le dijo Dimmy Ferdaus a su nuera cuando esta salió de su reclusión–. Todos los esfuerzos son pocos. Esta familia intenta hacer lo mejor, por ti y por la vida que está creciendo dentro de ti. Espero que lo tengas en cuenta y no seas una desagradecida.

Majnoo le pasó a Chandni una gruesa carpeta. En la primera página se leía:

*¡¡Bienvenido, Baby!!*
Evento n.º 1

El/la renombrado/a cantante norteamericano/a [*insertar nombre de cantante una vez contratado*] interpretará una serie de éxitos clásicos, entre los cuales «Be My Baby», «Baby Love», «Everybody Wants to Be My Baby», «Ooo Baby Baby», «Baby» (versión J. Bieber), «My Baby» (versión Temptations), «Santa Baby» y «Baby I Don't Care».

Había muchas más páginas. Chandni cerró la carpeta y meneó la cabeza en un gesto que pudo pasar como de asombro.

–No te imaginas la gente con la que estamos hablando –le informó Majnoo, salpicando su parlamento de términos tan cariñosos como Chandni no le había oído pronunciar hasta entonces–. Grandes estrellas, las más grandes. ¡No veas! Inmortales, mi amor. Y no un concierto y basta. Uno cada mes hasta el Gran Nacimiento, y luego un macro festival en plan Woodstock Coachella Glasto. Oval Maidan, Brabourne Stadium, Wankhede Stadium, los usaremos todos. Te va a *encantar.*

»¡Y la lista de invitados! Esta vez no solo vamos a por lo más top, qué digo, ni siquiera a por lo más top de lo top, hemos llegado tan arriba, mi muñequita, que ya ni se nos ve. Los *royals*, cielito, la crema de la realeza europea y tal, también los de aquí, claro, pero los jóvenes más glamurosos. Bueno, y quizá algunas señoras interesantes, pero no muchas. Y todos los famosos que te puedas imaginar. No te preocupes. Van a venir todos. Proporcionaremos vuelos especiales. Todas las necesidades cubiertas a nivel de superlujo. Incentivos económicos ofrecidos sutilmente, ya sabes. Bolsas de obsequios de un millón de dólares. Sistemas de seguridad disponibles en todo momento. Si hacen falta escorts, barra, intérpretes, los tenemos a mano.

»Oh, y no he hablado de los banquetes, los vinos, las ubicaciones en el corazón de nuestra Increíble India. ¡Imagínate! Para la fiesta final, un mes después de la fecha de nacimiento esperada, tenemos nada menos que el Taj. No, no el querido pero sobreutilizado gran hotel de Bombay, cariño, sino... el mismísimo Taj. Agra, nena. El Taj *Mahal*. El mayor monumento del mundo erigido al amor, pero en lugar de ser una tumba, o sea un *muermo*, vamos a convertir la cosa entera en una fiesta dedicada al inicio, a la llegada. India's Baby. Tu bebé. Nuestro bebé. El Baby Taj Mahal va a ser el centro neurálgico de la marca Ferdaus. Ni me preguntes la pasta que hemos tenido que poner para eso, o la de cosas que hemos tenido que prometer a este y al otro, ha habido que, digamos, apaciguar a un montón de personas. Una operación de *envergadura*. Naturalmente para mantener la fecha habrá una cesárea voluntaria a fin de que podamos confirmar la noche de luna llena sin preocuparnos de posibles demoras. ¡La luna llena brillando para nosotros! *Chandni*, el claro de luna, ¡para nuestra propia Mamá Luna! ¡El *chandni* para Chandni! Olvídate de la superluna; ¡tendremos Babyluna! ¡Ferdausluna! Supermegaluna para el bebé Ferdaus.

–Una cesárea voluntaria –repitió Chandni sin ningún entusiasmo–. Algo optativo que tú ya has decidido sin haberme consultado a mí primero.

–¡Oh, vamos! Un pequeño desliz, cariño. No ha habido ninguna mala intención. ¡Demasiadas cosas en mi agenda, nada más! Todavía tengo que ocuparme de un montón de detalles, mi vida, ¡demasiados! –dijo Majnoo–, pero queríamos ofrecerte un resumen lo antes posible. Para que te hicieras una idea general. Signos de exclamación desde hoy mismo hasta el día del nacimiento y lo que vendrá. ¡Tú no tienes que hacer nada! Únicamente seguir embarazada, hacer acto de presencia y disfrutar. ¿Qué me dices?

–Dice que gracias –intervino Dimmy Ferdaus–. ¿Qué otra cosa, si no, puede decir la niña pianista? Solo un bárbaro no se postraría de hinojos en señal de gratitud. Ninguna futura madre ha sido tratada jamás con tanto mimo en toda la historia. La niña del sitar tendría que estar muy desafinada para no sentir asombro. Asombro y emoción. Emoción a tope.

Majnoo volvió a pedirle la opinión a su esposa, esta vez con una pizca de incertidumbre tras su amplia y confiada sonrisa.

–¿Chandni? –dijo–. ¿Te gusta?

Ella intentó sonreír a su vez.

–Bueno, es impresionante, la verdad –dijo–. Pero estoy preocupada. Ahora supón que el embarazo se complica. ¿Y si no me encuentro bien para cuando hayáis organizado todo esta *tamasha*? Y respecto a la cesárea, no sé qué decirte.

–Tú no te preocupes por nada –dijo Dimmy Ferdaus con un toque de brusca autoridad en su voz–. Lo de la cesárea está arreglado. Quítatelo de la cabeza. Y si tienes que perderte algún acto y descansar debido a la salud del bebé, todo el mundo lo entenderá. Nosotros en tu ausencia seguiremos con las celebraciones.

–El show debe continuar –añadió Majnoo–. Tú eres música y lo sabes muy bien.

–Sí –dijo Chandni sin alzar la voz–, vuestro show debe continuar.

# 8

El desmantelamiento de la Luna empezó con la llegada del tercer equipo de auditores. Esta vez fue en dos fases, pues llegaron por separado y en días diferentes: un equipo oficial, con todas las debidas acreditaciones; y un equipo encubierto haciéndose pasar por nuevos discípulos. Cada equipo tenía además la tarea de vigilar al otro equipo, de manera que fuese más difícil tapar cualquier chanchullo o artimaña. «Éramos gente honesta», declaró a los medios un miembro del equipo visible una vez hecho público el gigantesco fraude, pero sus palabras eran verdad tal vez solo a medias. Quizá eran honestos porque tenían que serlo. Pero concedámosles el beneficio de la duda, puesto que pusieron al descubierto, ¿no?, lo que enseguida pasó a llamarse la Cara Oculta de la Luna. Una aeronave china se había posado por primera vez en la historia en el hemisferio no visible del satélite, de modo que ese «lado oscuro» estaba presente en la mente de muchos. Según pudo saberse, la guarida de Mithmu en la costa de Coromandel contenía elementos de interés que habían permanecido ocultos hasta entonces.

Mamá, la socia y amante de Mithmu, se enfrentó al equipo visible a su llegada y acusó a sus miembros de acoso.

–Tres veces en muy poco tiempo, esto es demasiado –dijo.

El jefe del equipo contestó muy serio:

–Solo le diré dos palabras, señora. Alphonse Capone.

–Evasión de impuestos, once años en prisión, importantes sanciones por delitos financieros, murió arruinado –creyó oportuno añadir el colega auditor, cosa que no hacía falta puesto que Mamá era estadounidense y había captado la amenaza sin necesidad de glosa posterior.

–Nosotros no somos gangsters –dijo–. Nos ocupamos de las cosas del espíritu, no de las mundanas.

–Aparte de los noventa y tres automóviles Ferrari, según hemos sido informados, y de los cuales quisiéramos ver cuanto antes toda la documentación –intervino de nuevo el jefe del equipo–. Y aparte de muchas prácticas sexuales extremas, con toda probabilidad ilegales y parece ser que repugnantes. Tiene suerte de que no seamos la policía del sexo.

–Los actos consentidos entre adultos no son de incumbencia de la ley –dijo ella con cara de estatua, impertérrita, no dispuesta a que la intimidaran.

–Tiene usted razón –dijo el auditor en jefe–, a no ser que, teóricamente hablando, uno de los implicados no sea adulto y-barra-o no diera su consentimiento, y la otra parte, vamos a llamarla parte instigadora, la que manda, padezca quizá de una enfermedad transmisible no declarada, verbigracia, teóricamente hablando, la sífilis.

–Alguien les ha estado mintiendo –dijo Mamá.

El investigador en jefe se limitó a encogerse de hombros.

–Repito –dijo–, yo solo soy el recaudador de impuestos.

El desfile de supercoches confiscados saliendo de la Luna fue la primera señal –para el vecindario, los medios informativos y el mundo exterior– de que, parafraseando lo que el investigador en jefe declaró a la pregunta de un reportero de la televisión, «se acabó la fiesta». En la lejana Módena, un portavoz de Ferrari negó toda acusación de mala praxis. «Estos modelos no fueron comprados directamente a nosotros –declaró–. En todos los casos se utilizaron intermediarios, y el propietario final permaneció en el anonimato. Hasta hoy ningún empleado de Ferrari sabía de semejante aglomeración de productos nuestros en el sur de la India». Esta versión fue aceptada, en líneas generales, sin comentarios desfavorables al respecto. Las preguntas de cómo y dónde fueron entregados los vehículos, cuántas piezas de recambio se compraron, etcétera, quedaron sin formular. Nadie iba a por Ferrari. El objetivo era el Hombre de la Luna.

Hubo una cosa que los investigadores no mencionaron en público, conscientes de que podían tomarlos por locos, aunque todos ellos lo notaron, tanto el equipo visible como el encubierto. Esa cosa era la música, música clásica de sitar, el raga Megh Malhar que sonaba por todas partes, pese a que no podía verse a ningún sitarista. Y, en cierto modo, la música... una vez más imposible expresarlo sin ser tildado de demente... *los guio*. Subía de volumen cuando estaban cerca de lo que andaban buscando y bajaba cuando estaban más lejos. Con la ayuda de aquella inexplicable música, encontraron los millones y millones escondidos bajo las alfombras del palacio y los lingotes de oro en el sótano secreto cerca de las fuentes de agua, así como los tesoros ocultos detrás de paneles en las habitaciones del sexo y en la sala de meditación y por doquier. Y una vez lo hubieron encontrado todo, el cielo se abrió y un aguacero empezó a caer, como si el mágico raga de la lluvia los felicitara por su trabajo.

El único lugar limpio era la cocina al aire libre donde se preparaba la sopa. Cucharón en mano, Raheem se quedó de piedra al conocerse la verdad sobre el montaje de la Luna, y más perplejo todavía de puro asombro cuando la lluvia empezó a inundar la finca, tanto dentro como fuera de los distintos edificios salvo justo donde él se encontraba, con el cucharón en la mano. Ni una sola gota cayó sobre sus humeantes cacerolas de sopa, y él mismo quedó tan seco como los huesos que utilizaba para mejorar el caldo.

Cuando paró de llover, el equipo encubierto se dio a conocer por fin y sumó fuerzas con el otro equipo. Entraron juntos en el palacio para proceder al arresto de Mithmu y Mamá por fraude fiscal a gran escala. Pero Mithmu había desaparecido. Ya no había Luna y, por lo tanto, tampoco el Hombre de la misma. Nadie volvió a ver a G.S. o Gurushankar, y ni siquiera de aquel común y corriente V. Shankar de sus inicios como profesor se supo nunca más el paradero. Al revisar la cuenta de los Ferraris decomisados se vio que faltaba uno, y tampoco ese coche fue visto nunca más. Mucha gente creyó que el estafador no había soportado tanta humillación pública y se había lanzado al mar en su coche, pereciendo ahogado. Otros aseguraban haberle visto en Bali en compañía de un viejo benefactor suyo o a solas en el país insular de Tuvalu, que estaba hundiéndose en el mar y se lo llevaría consigo cuando las aguas la cubrieran por completo. Y naturalmente había algunos verdaderos creyentes entre los desharrapados selenitas obligados a abandonar la Luna que estaban convencidos de que el verdadero criminal era el Estado y que Mithmu, inocente y sintiendo repugnancia por este mundo, había ascendido a un plano más elevado de existencia.

Mamá no huyó de la Luna sino que permaneció en la sala del trono, erguida y orgullosa, esperando a sus captores. «En cierto modo, señora Bridget Hampton, usted también es recaudadora de impuestos –le dijo el investigador en jefe cuando se la llevaban presa y lejos de nuestro relato–. Esta fortuna secreta, y no declarada, la amasó usted de manos de gente ilusa, o sea que podríamos llamarlo un impuesto a la imbecilidad».

También Raheem oyó la música de sitar, pero, a diferencia de los auditores, él supo de dónde procedía, quién la estaba tocando y lo que significaba. Esto no era el raga de la lluvia sino un canto de renovación, un raga del amanecer; Raheem no era lo bastante entendido para identificarlo, pero podía tratarse del raga Lalit o bien del raga Bhairavi o quizá otro, pero su belleza lo instó a ponerse suavemente en pie e iniciar un nuevo día. Se sintió como quien acaba de despertar de un sueño. Sí, le decía la música, tú también fuiste un imbécil, eres la prueba viviente de que un hombre inteligente puede cometer estupideces, puede dejarse extraviar, ser apartado del camino que su vida debería haber tomado y enfilar la senda de la locura; de que un hombre que se consideraba bondadoso y honrado puede caer en la crueldad y la ignominia. Eres la prueba de que en tu interior hay algo que deseaba ser guiado, que le dijeran qué había de pensar y cómo había de ser, y todo tu trabajo académico se fue desagüe abajo cuando conociste a esa persona que te sedujo, y por eso estás ahí ahora con un cucharón en la mano, entre cacharros de cocina, acabas de descubrir que cuanto pensabas que tenía un significado no era más que un sinsentido, y que ya nadie quiere tu sopa y tu vida es también un sinsentido. Entonces la música cambió, más plácida ahora, y le dijo así: Pese a todo cuanto has hecho, ven, vamos, puede que haya perdón y puede que haya amor, puede que encuentres de nuevo el camino del cual te desviaste. Ven, deja esa cuchara y camina.

Raheem Contractor dejó caer el cucharón, agarró un cuenco de mendicante y un bastón en el que apoyarse cuando se sintiera débil, se puso un sombrero de paja en la cabeza para protegerse del furioso sol del Decán y salió de la Luna para iniciar su larga travesía a pie de costa a costa del país, un trayecto de redención de casi mil quinientos kilómetros.

# 9

El embarazo fue duro. Estuvo enferma la mayor parte del mismo y se temió por el bienestar del niño. Chandni tuvo que cancelar todas sus actuaciones y llevar una vida casi de inválida. Se supo que el bebé era un varón, pero los Ferdaus quisieron guardar ese secreto hasta después del parto, cuando el padre pudiera alzar orgulloso a su hijo con los brazos en alto sobre su cabeza, demostrando así que la supervivencia de la dinastía estaba asegurada. Y pese a la mala salud de la madre, las multimillonarias celebraciones del feliz natalicio por venir siguieron adelante. A Chandni se la presionó para que asistiera a todos los actos, cosa que hizo, siquiera brevemente, para luego retirarse medio mareada y con náuseas, al borde del desmayo. Un equipo de médicos la atendió, pero no parecía que la salud de la madre les importara mucho. Ella era solo el vehículo para el ser cuya salud sí era de la mayor importancia. Meena estaba con ella a todas horas, y su mal humor aumentaba por momentos.

Chandni yacía en cama con los ojos cerrados, pero sus dedos se movían.

–Me imaginaba que podía oír música cuando con los dedos parecías tocar el piano o el sitar –le dijo Meena a su hija mientras aplicaba compresas frías en la frente de la joven.

–Entonces apenas estaba empezando –dijo Chandni–. Ahora he descubierto de lo que soy capaz.

Meena le preguntó qué había querido decir. Chandni apretó la mano de su madre y dijo:

–Él está volviendo. Ahora es cosa tuya decidir si le quieres o no.

La cara de Meena enrojeció y una mano subió hasta su boca.

–Le enviaste la música para hacerle venir –dijo–. Eres capaz de hacer eso también.

–Pero solo tú sabes si puedes aceptarle de nuevo –respondió su hija–. Ahí la música nada puede hacer.

–Verás –dijo Meena, casi para sí misma–, en todo este tiempo casi nadie me ha preguntado cómo me sentía. Mi inteligente marido se pirra por un estafador. Mi brillante hija se pirra por un playboy estúpido. Y yo me quedo en casa sola, sin las dos personas que eran toda mi vida. Pero todo el mundo dice: «Bueno, Meena Contractor es una mujer fuerte, nada puede con ella, seguro que estará bien». Pero, ya ves, creo que no estoy bien. Creo que estoy deshecha. Y sí, tienes razón, hay cosas que la magia no puede reparar.

*De la Luna llegó a Tindivanam y de allí a Thellar. Luego hasta Mazhaiyur, Arani, Adukkamparai, el Little Flower Convent. Comía lo que la gente dejaba en su cuenco de mendigo y dormía directamente sobre el suelo tibio. Tomó el transbordador para cruzar el Palar. Nombres y lugares empezaron a emborronarse. Los días se hicieron semanas. Chittathoor, Guddiyattam, el templo Perumal, el palacio Babu Mahal, Ashok Nagar. Luego, el largo, largo trayecto a pie junto a la interminable carretera de Palamaner. En el templo de Om Shakti, descansó. En el bosque Synagunda pasó miedo por los animales. En una cafetería de Siliguri el bondadoso dueño le dio bien de comer. Luego vino Charitha, después el templo Siddi Vinayaka en el pueblo de Bearupalli, y así interminablemente. El país se le antojaba infinito; el viaje, eterno. Pasó sin detenerse por el seminario musulmán de Darul Uloom. No se detuvo tampoco en la escuela de la Madre Teresa. Y para cuando llegó a su antiguo hogar de Jeevadhatha, se sentía casi centenario.*

Había cosas que la magia no podía reparar. En la mejor escena de la mejor película jamás realizada en India, *Pather Panchali*, o «La canción del camino», que narra la historia de una familia pobre que vive en una aldea bengalí, Harihar, el padre, regresa a casa desde la ciudad, donde ha encontrado trabajo y ganado algún dinero, y abre su bolsa para sacar los regalos que ha comprado para su hija Durga, sin saber que la muchacha ha muerto en su ausencia. La esposa de Harihar, Sarbajaya, se lo dice entonces, y mientras ella habla la cara de él se contorsiona en un grito de pena. Suena la música de Ravi Shankar, y es la música lo que mejor nos cuenta cómo se sienten los dos. La música posee esa magia, pero no puede deshacer una muerte.

Pienso en *Pather Panchali* porque ahora tengo que hablar de otro día horrible. Helo aquí, tan sencillo como puedo narrarlo. Meena está con Chandni en la habitación de su hija en la mansión Ferdaus. Es de noche y todo el mundo ha ido a acostarse. Chandni no se encuentra bien, como ya es habitual, pero ahora hay otra cosa que la tiene preocupada. El bebé no da patadas, le comenta a su madre. Parece que no se mueve en absoluto.

Hay un equipo de destacados obstetras y ginecólogos pendiente las veinticuatro horas; su equipo está ya instalado en el dormitorio de Chandni. Meena los llama por teléfono y el médico no tarda en llegar, coloca en su sitio la máquina para ecografías, extiende gel soluble al agua sobre la distendida barriga de Chandni, coge el transductor y realiza la prueba. Luego hace la prueba por segunda vez. Y otra más.

Deja el transductor. Es un médico joven, quizá no ha tenido que hacer esto muy a menudo, pero su voz suena firme.

–Lo siento –dice al cabo–, pero no hay latidos.

Es Meena, la siempre serena y entera Meena Contractor, la primera en gritar.

*Las cosas que impactan en su conciencia, que quedan registradas a pesar de la extenuación, parecen responder al capricho y a lo fortuito. Un gimnasio Hanuman. Sí, es lo que necesita ahora, un poco de ejercicio. Un templo en el que descansar, donde le dan de comer. Anjaneyaswami, así se llamaba el templo. Después un largo trecho sin nada. Ciertos nombres le chocan y encuentra divertidos cómo suenan. Edigapalle. Los campos de la familia Amilepalli. Madanapalle, donde hay un almacén de aceites industriales y también un taller de sellos de goma. El templo de Shiva: más limosnas. Y luego nombres que se le hacen extraños, tanto a la vista como al oído. Mana Gromor Angallu. Tummanam Gunta. En Burakaylakota pasa por una fábrica de zapatos y le conmueve la generosidad de los trabajadores, que le regalan unas sandalias y otro par de repuesto. Mandlipalli Kalli Palli Allugundu Kutagulla Yerradoddi. Luego una serie de parques públicos donde puede matar el tiempo e incluso dormir al pie de un árbol bajo las estrellas. Lion P. Mansoor Ali Khan Gardens, Ashok Reddy Garden, Ramala Garden, Somala Narashimappa Garden. Un puente tendido sobre el río Chitravathi. Adelante, siempre adelante. El campus de la Universidad Sri Krishnadevaraya. Generosidad de estudiantes para con un hombre viejo y cansado. Otra fábrica de calzado, pero esta vez no hay suerte. Pilligundla. Jelli Palli. Cascadas. Se baña allí donde choca el agua. El santuario de osos de Daroji. Tiene miedo. El templo Dyamavva. Descansa.*

–Es preciso que el embarazo sea a término –dijo con firmeza Dimmy Ferdaus–. No queda mucho. La cesárea está ya programada, como no tardarás en comprobar.

Dimmy y Majnoo habían ido a los aposentos de Chandni.

–Eso es una ridiculez –protestó Meena Contractor–. Al contrario, hay que llevar a mi hija inmediatamente al hospital para que se ocupen como es debido de este triste suceso.

El médico, que estaba todavía allí, fue a decir algo en concordancia con la madre de la gestante, pero Dimmy le hizo callar con un gesto de la mano.

–Chitón –dijo–. Puede irse. Esto ahora es un cónclave familiar. No se permiten intrusos. –Tal era su aire de autoridad que el pobre joven salió de allí con la cabeza gacha.

–Ha sido un error –dijo Meena– decirle al médico que se marchara, creo yo. La salud de la madre es lo prioritario en estos momentos.

–Lo prioritario, señora Contractor –replicó Dimmy, evitando adrede el tuteo–, es el superconcierto en tres salas a la vez el próximo fin de semana. Ya es tarde para cancelarlo. Han llegado varias estrellas a la ciudad, y más que vendrán en los próximos vuelos. Comprenderá usted que hemos invertido una gran suma de dinero.

–O sea que su intención es poner en peligro la vida de mi hija, no vaya a ser que la identidad de su marca se vea afectada. Venga, Chandni. Nos marchamos ahora mismo de aquí.

–Me temo que eso no podemos permitirlo –dijo Dimmy Ferdaus–. La esposa de mi hijo recibirá la mejor de las atenciones posibles hasta la cesárea, que tendrá lugar después del superconcierto. Toda la nación llorará la noticia cuando se haga pública. De eso se ocuparán nuestros medios de comunicación. Así el evento en el Taj Mahal será aún más emotivo. El mundo entero nos acompañará en nuestra pérdida. Será absolutamente hermoso.

–Veo que estás loca de atar –dijo Meena.

–Dada tu actitud, tampoco podemos permitir que tú te marches –dijo Dimmy–. Por lo tanto, te instalaremos en una suite de invitados superconfortable. Deberás entregarnos el móvil, si eres tan amable.

–Chandni –suplicó Majnoo–, serán solo unos días. Da tu visto bueno, por favor.

Chandni comprendió que él era, en primer lugar, el hijo de

su madre, en segundo un adalid de la marca Ferdaus (un «jugador de equipo»), y en tercero un esposo para ella. Tercero en el mejor de los casos. Quizá había otras cosas antes que ella: el equipo de críquet; sus mañas de bailarín; su corte de pelo. Quizá ella estaba en la parte más baja de la lista y solo ahora caía en la cuenta de ello. Notó que algo se endurecía en su corazón. Una nueva y sombría determinación estaba cobrando forma.

Le hizo señas a su madre. Meena se inclinó para acercar el oído a los labios de su hija.

–¿Qué ha dicho? –quiso saber Majnoo.

–No lo entenderías –respondió Meena Contractor–. Cosas de madre e hija.

Chandni le había susurrado a su madre solo tres palabras.

*Se sirve frío.*

*Los Ghats occidentales. Monte boscoso, duro trayecto para un hombre cansado, pero temperatura más fresca. Pueblos de montaña con bellos parajes, refugio preferido de la población de la urbe costera. Mahabaleshwar, Lonavala. Y luego el descenso hasta el mar, el largo trayecto en transbordador, la Puerta de India. Por fin en casa.*

Subió lentamente la cuesta hasta su antigua casa, que ya no era su hogar, el que fuera su hogar en tiempos y, confiaba él, lo sería a partir de ahora, y al llegar se encontró con que no había nadie. Esto quería decir nadie salvo Mary la cocinera de Mangalore, Mohan el mozo de Gujarat, Kamal el sirviente, o *hamal*, de Goa, y la vieja y desdentada barrendera cuyo nombre había olvidado y que estaba haciendo su ronda con la escoba, así como Arvind el jardinero, que trabajaba para todos los apartamentos y que estaba regando las flores abajo en el jardín. Entendió que la expresión «nadie en casa» era al fin y al cabo una reliquia de su antiguo yo elitista. Por supuesto que había gente en casa, mucha, y ahora había aprendido lo que era la dignidad del trabajo. Pero era él quien se había marchado y llenado su hogar de congoja; así, las personas que allí había lo recibieron con cautela, incluso con recelo. Su aspecto externo los desarmó un poco. Estaba cubierto del polvo del camino, con la barba desarreglada, la ropa sucia, el pelo apelmazado de tanta suciedad, y las sandalias que llevaba estaban ya para tirar. Era un hombre que había andado mil quinientos kilómetros para ser perdonado, y el primer gesto de perdón vino de la mano de Mary la cocinera, quien le dio de comer al verlo tan necesitado de un buen ágape. Después se le permitió ducharse en su antiguo cuarto de baño; para su sorpresa, vio que Meena había gaurdado sus prendas de vestir en el viejo *almirah* donde siempre habían estado, de modo que pudo cambiarse de ropa. Y su recado de afeitar estaba todavía en el armarito del baño. Era como si no se hubiera marchado de casa. Pero las personas que estaban allí se sentían desleales incluso mientras le servían, él notaba la culpa en sus miradas, y tal vez el motivo de que superaran sus reservas era que estaban preocupados. La señora Meena, le explicaron, había tenido que ir a Walkeshwar para estar con Chandni Bibi, pero de eso hacía muchos días y ahora ni la madre ni la hija cogían el móvil y cuando Mohan llamó a la mansión, la voz que contestó le dijo que no podían ponerse al teléfono.

«Entonces iré yo a Walkeshwar», dijo Raheem, y recién afeitado y con su ropa limpia y todavía con el ahora raído sombrero de paja, bajó la pequeña cuesta de Westfield Compound, tomó Warden Road, luego Gowalia Tank Road hasta Kemps Corner, y de allí subió por Malabar Hill hasta Walkeshwar, donde, al personarse en la verja de la finca Ferdaus y pedir que lo llevaran a ver a su esposa y a su hija, primero un guardia de seguridad de etnia pastún le dijo, con mala educación, «Espera aquí», y luego, tras una muy larga espera, el mismo guardia volvió para decirle: «Las señoras dicen que en este momento no desean verle».

Fue un humillante rechazo. Pero dentro de su cabeza una voz dijo: *Raheem, tú conoces a estas dos mujeres mejor que a nadie, por lo tanto sabes que no es su voz la que ha hablado, lo cual significa que alguien más está hablando en su nombre y que ese exabrupto no puede ser cosa de ellas.*

–En ese caso –le dijo al guardia–, me sentaré aquí en la acera y ayunaré hasta que ellas manifiesten un deseo contrario.

–Oiga, usted no puede quedarse ahí –le reprendió el guardia al ver que Raheem se acuclillaba en el polvoriento suelo–. Esta casa pertenece a un hombre muy importante, es la residencia de una familia muy importante.

–Bueno, y esto es la vía pública –dijo Raheem– y no pertenece a ningún hombre ni *khandaan*, por muy importante que sea.

Estuvo allí sentado todo el día. Transcurridas unas horas, el guardia se apiadó de él y le llevó un poco de agua para que bebiera. Raheem se lo agradeció. Era ya de noche cuando la verja se abrió para dejar salir una limusina. En ella iban Jimmy, Dimmy y Majnoo Ferdaus, camino de los conciertos por partida triple en el Oval Maidan y los estadios de Brabourne y Wankshede. Guardias extra de seguridad cortaron el paso para impedir que Raheem entrara en la finca cuando salía la limusina. El vehículo aminoró la marcha a la altura del hombre acuclillado en la acera y Dimmy Ferdaus bajó su ventanilla.

–Te estás poniendo en ridículo, Raheem –dijo–. A nadie le importas, ¿vale? Hazte un favor a ti mismo y no toques más los huevos.

Pero hay cosas que ni los ricos muy ricos pueden controlar. La noche de los tres conciertos Chandni rompió aguas, de modo que en lugar de la programada cesárea en el hospital de Breach Candy el parto tuvo lugar en la mansión Ferdaus con la ayuda del equipo de médicos presente en la casa. Un mortinato es una cosa horrible; el cuerpo de la criatura sin nombre fue sacado de la habitación y Chandni quedó a solas con su madre para afrontar la oleada de sentimientos que nada podía detener. Y cuando los médicos se enteraron de que había un hombre ayunando junto a la verja y del trato que la familia Ferdaus había dado a las dos Contractor, madre e hija, se negaron a ser cómplices de lo que estaba pasando y ordenaron al personal de la mansión que dejara entrar inmediatamente al padre de Chandni y que devolvieran sus posesiones a las dos mujeres, y dado que no había ningún Ferdaus presente para ordenar lo contrario, el personal de la casa no pudo negarse a obedecer. Raheem fue invitado a entrar en la propiedad y llevado a la habitación de Chandni, donde compartió con ella y con Meena el dolor y el horror de lo sucedido… y bajo aquella gran tristeza se produjo la llegada de algo que no era triste, sino que era una felicidad diferida.

La reconciliación.

Los tres Ferdaus, padres e hijo, habían sido informados vía móvil de lo sucedido, pero eran invitados de honor en los conciertos, un Ferdaus en cada uno de los tres, y no abandonaron sus respectivos asientos ni dejaron entrever que nada anduviera mal. Intercambiaron mensajes entre los tres y acordaron hacer una declaración pública. Después de eso ya no podrían retener a Chandni y a Meena contra su voluntad, pero eso ya lo resolverían el día siguiente. Presumían que la separación sería inevitable y que Majnoo pronto volvería a su estatus de soltero, pero este era un asunto para el futuro y Dimmy ya tenía hecha una pequeña lista de posibles segundas esposas. Pero esta noche no era para cosas así. Era una noche para la música, música del mundo, no aquellas cosas anticuadas que tocaba Chandni sino la música de músicos multimillonarios tocando música multimillonaria para sus multimillonarios anfitriones. Música que era rica muy rica. Los multimillonarios, bien apoltronados, aplaudieron.

Pero cuando los tres Ferdaus volvieron a casa, fueron informados de que los tres Contractor se habían marchado y no pensaban volver. La celebración del supermegababy había llegado a su conclusión. El bebé muerto iba a ser llevado a la *dakhma*, o Torre del Silencio, cercana para servir de alimento a las aves tradicionales.

Los rumores de que la familia supo de la muerte del niño en el útero antes de la noche de los conciertos se extendieron rápidamente. La opinión pública se echó las manos a la cabeza por la decisión de la dinastía Ferdaus de ocultar la noticia y seguir «festejando» en vez de estar llorando la pérdida. Aunque los medios controlados por los Ferdaus se esmeraron en presentar la triste noticia de manera solidaria –la familia había silenciado brevemente su tragedia personal para no destrozar la felicidad de los espectadores, de la multitud entusiasta, etcétera y más etcétera–, la reacción general continuó siendo claramente negativa. El acto en el Taj Mahal se canceló, pero eso no supuso ninguna diferencia. Si bien el imperio Ferdaus entró en fase de control de daños, su reputación había sufrido daños irreparables.

No fue así como terminó la cosa. Cuando Chandni recuperó la salud y las fuerzas, la situación viró a mucho peor.

El presente deterioro del movimiento ético en todo el mundo es causa de cierta preocupación. Palabras como «bueno» y «malo», o «bien» y «mal» están perdiendo efecto, cada vez más vacías de significado e incapaces ya de moldear la sociedad. Otras palabras, tales como «poder» o «debilidad», han venido a reemplazarlas. Asimismo, «conocimiento» está siendo sustituida por «ignorancia», como «memoria» lo está siendo por «olvidar», y nada, ni el acto más vergonzoso, por muy atroz que pueda ser, permanece mucho tiempo en la mente del grueso de la población. Vivimos tiempos en los que «desvergüenza» es la norma. En una época así, hasta un gran escándalo como la historia del supermegabebé muerto no es, en sí misma, lo bastante potente como para hacer descarrilar una gran empresa capitalista. Jimmy Ferdaus, el líder silencioso, la columna de dirección, mantuvo la calma en todo momento. La tormenta pasaría y sus empresas capearían el temporal y seguirían adelante. Él no era de impartir órdenes a la familia, pero su esposa y su hijo comprendieron lo que se exigía de ellos. Así, guardaron también silencio y se apartaron de la mirada pública.

Lo que Jimmy no tuvo en cuenta fue el creciente poder de otra dinámica de estos tiempos. Cuando esa dinámica puede aliarse con poderes sobrenaturales, su capacidad de hacer daño a familias, industrias e incluso naciones deviene formidable, por no decir irresistible.

El nombre de esa dinámica es *venganza.*

Un plato que se sirve frío.

Llegó el día en que los dedos de Chandni empezaron de nuevo a moverse de aquella peculiar manera. Se hallaba otra vez en su habitación de siempre en la vivienda que la familia tenía en Breach Candy. Desde su vuelta, no había pensado en sentarse al piano ni en coger el sitar –ambos instrumentos le habían sido devueltos de manera silenciosa– pero esta vez, cuando sus dedos se movieron, a Meena no le cupo duda alguna de que se oía música. Primero la oyó ella, y luego también Raheem. Era un tipo de música que jamás habían escuchado, y los instrumentos con los que se tocaba les eran desconocidos. La música se elevó del hogar de los Contractor como una columna de humo, como una llamarada, como el arma de una especie alienígena invasora, y luego atravesó rápidamente la ciudad y el país para acometer su obra mortal. En el astillero Ferdaus, el destructor de última generación que estaban construyendo para la armada nacional explotó misteriosamente en su dique seco y quedó destrozado sin margen de reparación. En las acerías Ferdaus, los obreros se marcharon sin previo aviso e iniciaron una huelga indefinida. En los hoteles de la cadena Ferdaus, los encargados de las reservas vivieron una oleada de cancelaciones sin precedentes. Tres rascacielos que la constructora Ferdaus estaba edificando en la ciudad resultaron tener problemas de inestabilidad estructural y fueron programados para una prematura demolición. Un incendio en las plantaciones de té en el sur del país arrasó la cosecha de los Ferdaus. Los ordenadores centrales ubicados en el sur, donde muchas de las mayores megacorporaciones del mundo tenían alojados sus datos, perdieron de la noche a la mañana el negocio de las tres industrias de tecnología de la información más grandes del planeta. Los medios impresos de la cadena Ferdaus experimentaron una catastrófica avalancha de suscripciones canceladas, y sus canales de televisión vivieron una plaga paralela de publicidad cancelada. En la bolsa de la ciudad, el precio de las acciones de Industrias Ferdaus cayó en picado hasta el punto de hacer inútil su presencia en el parqué. Y dondequiera que la destrucción estuviera teniendo lugar, la gente juraba que se oía una música del más allá, unos sonidos jamás oídos anteriormente, y que no había manera de saber quién tocaba esa música, de dónde venía o con qué clase de artefactos la tocaban. Era una música que metía el miedo en el cuerpo a quienquiera que la escuchaba. Los viejos no se tenían en pie cuando sonaba; los jóvenes descubrían que el pelo se les volvía blanco.

En los astilleros, en los canales de TV, en la bolsa, en la calle, más de una persona recurrió a la misma frase para describir aquella música terrorífica: «Sonaba como si fuera el fin del mundo».

A media tarde dos inspectores de la agencia tributaria se personaron en la mansión Ferdaus e insistieron en ver al patriarca. Jimmy Ferdaus fue informado de que equipos encubiertos habían estado trabajando dentro de las numerosas empresas de Industrias Ferdaus y que como resultado de ello el Ferdaus Group en su conjunto y Jimmy Ferdaus como persona física iban a ser imputados por soborno, corrupción y fraude fiscal –todo ello a gran escala–, y que se solicitarían largas condenas de prisión para todos los implicados.

–Solo le diré dos palabras –añadió el que parecía el jefe de los dos inspectores–. Y esas palabras son: «Alphonse Capone».

–Evasión fiscal, once años… –empezó el segundo de a bordo, pero Jimmy Ferdaus le hizo callar con un gesto de la mano.

–Por favor –dijo–. Sea tan amable de ahorrarme las explicaciones.

La destrucción del Ferdaus Group prosiguió a ritmo vertiginoso el segundo día en que la música se hizo oír en toda la ciudad. Por añadidura, el médico personal de Dimmy Ferdaus informó a su paciente de que un cáncer se había extendido rápidamente por todo su organismo, que no se podía operar y que no había esperanzas de recuperación. El tercer día, Majnoo Ferdaus estaba jugando en el Wankhede Stadium, enfrentado a un lanzador zurdo especialista en lanzamientos lentos y con efecto, cuando la pelota aceleró –cosa harto improbable, por no decir imposible– tras abandonar la mano del lanzador. Al igual que muchos bateadores, Majnoo no se ponía casco para batear contra un lanzador lento, de modo que no tenía la cara protegida cuando la bola, a una velocidad de casi doscientos kilómetros por hora, le golpeó en la sien, le rompió el cráneo y puso fin a su carrera deportiva. Y en días sucesivos una plaga desconocida empezó a producir centenares de contagios, luego millares, luego decenas de millares, y Meena Contractor irrumpió en la habitación de su hija, le agarró las manos para impedir que aquellos dedos siguieran moviéndose y exclamó:

–Basta. Te has pasado de la raya. ¿A cuántas personas pretendes matar?

–Esta enfermedad no la he causado yo –dijo Chandni, muy serena, e insistió en que era verdad incluso cuando Jimmy

Ferdaus fue víctima del virus y murió de la enfermedad antes de poder ser condenado por sus delitos.

Pasó el tiempo. La plaga menguó y Meena acabó aceptando que probablemente la diabólica música de su hija no había sido la causante de todo ello. Sin embargo, el colapso de Industrias Ferdaus y de todo el Ferdaus Group era algo en lo que Chandni sí había tenido que ver. Lo que ella empezó fue completado por otras personas. Tras los días de la música, los tiburones de los ricos muy ricos cayeron sobre las empresas en quiebra, las hicieron pedazos y se las zamparon. Y en la otra costa del país también la Luna había sido hecha pedazos, presa de urbanistas, demolida y vuelta a construir, y la música había estado presente también allí. Se podría afirmar, pues, que Chandni, la Intérprete de Kahani, es uno de los muy escasos artistas cuya obra impactó de lleno y moldeó el mundo en que vivía.

Ahora estoy subiendo por última vez por la angosta calle que parte de Warden Road camino de las cuatro villas de Westfield Estate que hay al final, las casas con frontones bautizadas con nombres de los palacios reales de Gran Bretaña: Sandringham Villa, Bal Moral, Glamis Villa y por último Windsor Villa, que en tiempos fuera mi hogar y es actualmente la residencia de mis personajes, Raheem, Meena y Chandni, juntos los tres otra vez y –quién sabe si– felices. O, al menos, resolviendo sus problemas y camino de recuperar la felicidad.

Ando despacio. Hay niños jugando en el callejón y sé que en realidad no están allí, son los fantasmas de los niños de mi infancia: Beverly, la australiana en su bicicleta; Michael y David, los dos ingleses rubios; mi amigo del sur de la India a quien llamábamos Ramani para abreviar porque su verdadero nombre (Balasubramaniam Venkataraghavana) era demasiado largo; los amigos que venían de otras partes de la ciudad, Fudli y Darah, Anju y Neelam; y los compinches de la casa de al lado, Arif (¡no Raheem Arif! ¡Este era Arif el Vecino!) y su hermana Nusrat. Y también –siempre– mi hermana Sameen. Y no me olvido de Saleem el Narizotas, que no es real pero está allí también. Se persiguen, chutan pelotas, ríen, gritan. Heme aquí visitando a mis ayeres por última vez y los ayeres me visitan a mí. No volveré nunca más por estos andurriales. Y al final de la calle, mientras los niños juegan, lo que veo es el final de mi historia.

Allí están los tres Contractor, en la galería donde se sientan a media tarde, cuando el calor amaina al aproximarse el crepúsculo vespertino. Chandni no ha vuelto a tocar el sitar. Sus padres se asustaron de las cosas que tenía el poder de desencadenar, y ella accedió a dejarlo. Sigue actuando profesionalmente como pianista con éxito considerable, y, dado que sinfonías y sonatas son música escrita, ahí no hay más espacio para magia negra que la que contiene la propia música. Pero con estos cambios no bastaba. Meena y Raheem habían visto la música que su hija podía hacer sin necesidad de instrumento alguno. «Te queremos mucho –le dijo Meena–, pero también nos das un poco de miedo».

Chandni hizo un juramento de renuncia. «Nunca más», prometió, y sus padres, que la conocían como la persona sincera que siempre había sido, lo aceptaron. O casi. O convinieron en que no tenían más remedio que aceptar el juramento. Aceptarlo y confiar en que todo saliera bien.

Y así es como viven ahora. Los miro desde la calle mientras me dispongo a partir y allí están, en la galería. Chandni está serena, pero en los ojos de Raheem y Meena percibo una doble luz –una luz de amor, pero también un levísimo vislumbre de miedo– y Chandni, que no es de mucho reír y cuyo semblante suele estar más o menos serio, sonríe con esa extraña media sonrisa suya.

# FINADO

El College tenía casi seiscientos años de antigüedad. Había sido fundado por un rey que estuvo loco durante la mayor parte de su vida. Después de muerto empezó a hacer milagros, como cegar a un enemigo desde el otro lado de la tumba y hacer resucitar a una víctima de la peste, o eso fue lo que la gente quiso creer. Tales sucesos, de ser ciertos, tal vez sirvan a modo de presagio de los insólitos acontecimientos ocurridos más recientemente, hará cosa de unos cincuenta y cinco años, y que serán puestos negro sobre blanco sin opinión alguna en esta tardía recensión. Se trata de acontecimientos que no se amoldan fácilmente a una descripción del mundo rigurosamente racional.

# 1

Cuando despertó en la habitación que ocupaba en el College, el miembro honorario S.M. Arthur estaba muerto, pero al principio eso no pareció cambiar nada. Todo era familiar: su «cama trineo» de cabecero curvo, las gotas para la tos y el surtido de medicamentos a tomar por la mañana, todo en su debido lugar sobre la mesita de noche junto a un pequeño cuaderno negro, el «diario de sueños», donde anotaba las frases que a veces le venían a la mente, en lugar de imágenes, cuando dormía. Él, desde luego, no se sentía muerto; de hecho, se sentía extrañamente rebosante de salud, habiendo descansado bien y listo para empezar un nuevo día. Los efectos secundarios de las medicinas que tomaba habían desaparecido, aquella desgana que le caracterizaba brillaba por su ausencia, la vista la notaba bien. Alcanzó el pequeño despertador para mirar qué hora era –ese día, un domingo de octubre, los relojes volvían al horario de invierno–, y fue entonces cuando se llevó la primera sorpresa. Las agujas del reloj estaban paradas a las doce de la noche. Y, evidentemente, no era medianoche. No había olvidado darle cuerda como todas las noches antes de acostarse: pero el despertador no hacía tic tac. Y luego una segunda cosa extraña se hizo aparente, incluso en la penumbra del dormitorio. Tenía el despertador en la mano, eso era incontrovertible –aquí estaba, no había duda–, pero de alguna manera seguía estando también sobre la mesita de noche. Como si se hubiera multiplicado. No sabía qué explicación dar a esto. Se incorporó en la cama, rascándose la cabeza.

–La madre que me parió –dijo S.M. en voz alta. (Por el momento le llamaremos S.M. Su nombre completo será revelado a su debido tiempo).

Se levantó de la cama y fue en pijama –azul– al cuarto de baño. Se sentía asombrosamente liviano, cosa que tomó como una buena señal. Quizá había adelgazado medio kilo o así. Al entrar en el baño no tuvo que encender la luz. Sabía dónde estaba todo. No se molestó en levantar el asiento del váter. Esperó. No pasó nada, nada empezó, y finalmente S.M. desistió, se rascó la cabeza una vez más y volvió al dormitorio, donde otro hombre, un desconocido, estaba durmiendo en su cama, también en pijama azul. El corazón empezó a latirle con fuerza, o al menos eso le pareció que pasaba, y acto seguido la confusión le nubló la mente, pues el cuerpo que yacía en la cama –aquel desconocido– no era otro que él mismo.

«Duplicados por todas partes –pensó–. Primero el despertador, y ahora también yo». La gravedad de la situación continuaba escapándosele. No había previsto este giro de los acontecimientos. Tenía sesenta y un años y había esperado vivir unos cuantos más, unos años crepusculares, dorados, o comoquiera que los llamara la gente ahora. Comidas, cenas, galerías que visitar, música que escuchar, películas que ver, libros que leer y, de cuando en cuando, otros seres humanos con los que encontrarse, aunque últimamente se había vuelto un individuo para quien el arte era más interesante que las personas. ¿Habría sufrido alguna adversidad? ¿Y si le habían –y aquí se permitió un estremecimiento pese a que no había cuerpo físico que estremecerse pudiera– asesinado? De ser así, ¿quién podía haberle asesinado? En la semioscuridad de la habitación no se observaban trazas de violencia. Con todo y con eso, no podía descartarlo.

Tras lo que pudo haber sido un rato largo –su percepción del tiempo empezaba a ser inexacta–, la mujer de la limpieza entró en la habitación, y entonces la inevitable maquinaria de la muerte se puso en funcionamiento y ya no le cupo duda alguna de que su vida había terminado. Las luces se encendieron y el ruido fue en aumento conforme iba entrando gente en la habitación, los profesionales de la muerte. Voces oficiales, perentorias y neutras, subían y bajaban de volumen. El preboste del College, lord Emmemm en persona, hizo su entrada con su porte regio de siempre, avanzando como si flotara sobre una pequeña alfombra levitante, la invisible corona enjoyada reluciendo como de costumbre sobre su brillante cabeza, y en sus manos los imaginarios orbe y cetro de la realeza. «Una tragedia», declamó, con una enfática sacudida de cabeza, para a continuación alejarse flotando de nuevo y dejar el quehacer de la muerte a aquellos mejor dotados para ello. S.M. encontró intolerable presenciar ese quehacer y se metió en su estudio para pensar.

Ahora que estaba separado de su cuerpo, era su mente la que hacía todo el trabajo: de hecho, comprobó, él, S.M., se había convertido en su mente. Sin embargo, pese a lo que sus propios ojos demostraban (la visión de su propio cuerpo muerto en la cama), él continuaba viéndose a sí mismo como con su forma física habitual. Es decir, la mente descorporizada en que se había convertido había creado la ilusión de un continente, su cuerpo, que en realidad ya no la contenía. Como resultado de ello, su persona era capaz de seguir empleando un vocabulario cuyos verbos habían sido separados de su significado físico, de la misma manera que lo había sido él de su yo corpóreo.

Intentó hacerse una composición de lugar. Esto de estar muerto no era lo que le habían hecho creer, y necesitaba comprender qué entrañaba exactamente. Él siempre había tenido un intelecto ordenado, de manera que quizá sería bueno empezar con algunas listas. Cosas que no haría nunca. Nunca visitaría Grecia ni las pirámides de Egipto ni la tumba de su madre. Cosas que ya no volvería a hacer: mucha gente pondría en primer lugar el sexo, pero en su caso hacía bastante tiempo que eso no era una preocupación. Quizá pondría en lo alto de la lista «comer comida china». Eso sí que lo iba a echar de menos. Tampoco volvería a nadar ni a tomar el sol ni a viajar en avión, o quizá ni siquiera en coche. Le habían obligado a apearse.

No era momento para frivolidades, se reprendió a sí mismo. Hizo un intento de elevar el tono de su análisis. De lo sucedido parecía colegirse que la vieja discusión en torno a la relación entre el cuerpo y la mente había quedado definitivamente resuelta, y que por lo visto eran dos entes separados, uno alojado dentro del otro pero capaz de sobrevivir a este. Descartes había establecido una distinción entre mente y cerebro. La mente no era materia pero podía influir en la materia. La mente era al cerebro lo que el jinete al caballo. A lo cual podía añadirse ahora una segunda proposición: descabalgado, el jinete podía seguir trabajando. ¿Qué te parece, René? *Casi* aciertas del todo. Finalmente, él nunca se había sentido atraído por el budismo (ni por ninguna otra práctica espiritual), pero la idea que el viejo Gautama tenía de la mente no dejaba de ser interesante. Según Gautama, la mente estaba compuesta de cinco elementos: sensaciones (sí, de eso aún tenía), percepciones (a menos que cuanto le estaba pasando ahora mismo fuera una ilusión, todavía era capaz de percibir cosas), voluntad (para ser sincero, no estaba seguro de qué cantidad de albedrío tenía aún a su disposición, o hasta dónde era o no libre), conciencia sensorial (decididamente problemático; estaba consciente, sí, y parecía tener ciertos sentidos a su disposición, la vista y el oído, para ser exactos, pero parecía que se había quedado sin tacto, gusto y olfato), y forma física (vaya, aquí el no era rotundo). Bueno, aun así, cuatro de cinco, o sea que en parte seguía vigente. Nada mal para un viejo de dos mil quinientos años.

Tenía que aclarar, de ser ello posible, una cuestión relevante: ¿De qué naturaleza era exactamente el espacio al que la muerte lo había propulsado? Si esto era «el más allá», ¿acaso se reducía todo a este vagar en solitario, invisible, por el intocable insaboreable inolible mundo del «más acá»? ¿Y el cielo? ¿Y el infierno? ¿Y toda aquella historia del premio y el castigo? ¿Y qué decir del bardo de los budistas tibetanos, la reencarnación y todo eso? ¿Y dónde quedaba Dios? De momento –y eso que él era consciente de que no había transcurrido mucho rato, claro que, una vez más, su percepción del tiempo, de la duración, dejaba ya bastante que desear–, de momento, pues, no había señal alguna de que el famoso aparato de ultratumba existiera realmente. Tampoco había pistas sobre lo que pudiera durar este tipo de muerte. ¿Acaso había sido relegado para siempre a una especie de inmortalidad en solitario?, ¿o bien era algo finito, previo a una segunda muerte, una muerte que traía consigo el olvido, o quién sabe si permitía el acceso a esa célebre eternidad de *inferno e paradiso*? Y lo que le estaba pasando, ¿era el sino de todos los muertos, o existían muertes diferentes para distintas personas? Y de ser así… ¿por qué?

Se produjo un revuelo en la habitación. *Han venido a por el cadáver*, dedujo, y le chocó ese tono de desapego. *Su cuerpo* se había convertido ya en *el cadáver* en el tiempo transcurrido, y comprendió entonces que había pasado más rato de lo que parecía. «Qué extraño –se dijo a sí mismo–. Toda la vida he sido famoso por mi puntualidad, incluso por presentarme más temprano de lo requerido, y ahora que el tiempo se me ha escapado de las manos, voy a ser –bueno, soy– para siempre el Tardón. El finado S.M. Arthur, alias Tardón».

Esto le hizo tanta gracia que se echó a reír a carcajadas casi histéricas. «Contrólate –pensó–. Eres un muerto y los muertos no tienen mucho de que reír».

Sentía la urgencia de abandonar sus aposentos, de alejarse al menos temporalmente de la situación en la que se encontraba. Pero no estaba seguro de cómo podía hacerse semejante cosa. No quería rondar por el recinto del College en pijama azul. Si ahora era un «espectro», fuera esto lo que fuere, no quería convertirse además en el hazmerreír de todos, un fantasma en ropa de dormir. Lo más probable, empero, era que fuese invisible a los demás; a fin de cuentas, nadie de los que habían entrado esa mañana en sus aposentos se había fijado en que él estuviera allí de pie. Todo esto era muy nuevo, y por lo tanto hacerse una opinión al respecto era todo menos fácil. Pero, aun suponiendo que fuera invisible, prefería ir vestido adecuadamente.

Vio que era más temprano de lo que había temido. El «principio de la duplicación» –el despertador en su mano y también sobre la mesita de noche, su cuerpo en la cama así como su versión fantasma, dentro de la cual se hallaba ahora su mismidad– obró también en su armario ropero. Pudo sacar calcetines y ropa interior de los cajones donde estaban sus originales –y seguían estando, como si tal cosa–, y luego ponerse también sus prendas exteriores favoritas. Su bastón con empuñadura de pomo produjo asimismo una variante ectoplasmática. Ataviado de esta guisa, fue hacia la puerta y descubrió que podía atravesarla, como si el hecho de que estuviera cerrada fuera una invitación a entrar y no al revés. Aquí estaba su escalera, la Escalera A, y empezó a bajar por ella sin saber adónde se dirigía. Estaba en su viejo entorno familiar y, al mismo tiempo, era un extraño en un país desconocido. Había todo un mundo nuevo que aprender y comprender.

## 2

El College estaba entre otros *colleges* a orillas de un riachuelo en un paisaje llano, y su ilustre capilla se elevaba como una imposibilidad sobre céspedes bien cuidados: piedra transformada en música. Por la mañana y a primera hora de la tarde la capilla estallaba en cánticos, y mientras las viejas piedras cantaban a Dios, el mundo circundante se antojaba brevemente puro y hasta santo. El miembro honorario S. M. Arthur estaba lejos de ser un hombre religioso pero esa palabra, «santo», parecía ineludible, y de todos modos él ya no estaba en condiciones de decir qué clase de vocabulario era el adecuado a su nueva realidad. ¿Iba camino de conocer a algún tipo de Ser Supremo (o más de Uno)? Nada indicaba que existiera tal posibilidad, pero por otro lado nada indicaba tampoco que fuera imposible. Lo que sí había, descubrió al salir a la intemperie del patio delantero, era niebla.

Era una niebla espesa y de un tono verdoso, una niebla a la antigua usanza como la que la gente de la generación de S. M. Arthur solía llamar «puré de guisantes». No se veían los edificios del College, aunque aquí y allá la luz artificial de una ventana conseguía perforar el aire opaco. La Gatehouse y la capilla quedaban tapadas, y eso hacía que las voces del coro dominical sonaran más angelicalmente incorpóreas que de costumbre. Qué tiempo tan raro, pensó. Debería haber cogido una chaqueta. Pero no sentía frío. Tal vez los muertos ya no eran sensibles a preocupaciones tales como el calor, el frío, la contaminación, los cambios climáticos, los terremotos... Un muerto no habitaba ya el mundo natural. Estaba en el mundo antinatural o, digamos, la esfera sobrenatural. Qué preocupaciones y qué leyes podía haber en este mundo nuevo, era algo que tenía que descubrir. Apenas si había llegado y no había ningún guía, ningún Virgilio, que pudiera mostrarle el camino.

«Abandonad toda esperanza», se le ocurrió pensar. El himno que estaba sonando pareció darle la razón.

«Del mundano los placeres se desvanecen -cantaba el coro-. Toda esa pompa de la que se jactaba».

Entre la niebla se movían siluetas breves e imprecisas, aparecían y se esfumaban. ¿Serían los vivos, o los muertos?, ¿sus colegas de antaño o los fantasmas de fallecidos tiempo atrás, visibles solo a medias, atrapados en el limbo neblinoso? De repente le entró miedo, giró sobre sus talones y volvió adentro. El bar y sala común de los estudiantes estaba en la planta baja de Escalera A. Llegado a la puerta de doble hoja de madera de arce, la atravesó sin más.

El College era pequeño y durante la mayor parte de su historia todos los alumnos habían sido varones jóvenes; tampoco entre el claustro profesoral había ninguna mujer. Lamentablemente, corría el malicioso rumor de que en el College había «demasiados homosexuales», aun cuando la norma de «solo para chicos» la aplicaba también la mayoría de los otros *colleges* que bordeaban el riachuelo. No obstante, en el año de la muerte de S. M. Arthur se había producido un cambio: por fin, la institución también aceptaba mujeres. Ahora no solo había chicas estudiantes sino también profesoras. La estudiante india de dieciocho años, a quien por el momento llamaré R. sin más, era miembro de la primera hornada de alumnas, y fue ella la primera en ver el fantasma del difunto autor.

R. dijo después que esa primera vez se sintió como debieron de sentirse Horatio y Marcellus en las murallas de Elsinore cuando hicieron frente al fantasma del padre de Hamlet. Pero este no era ningún espectro de la realeza; era una figura con una gorra plana de tweed, una chaqueta de tweed a juego y unos pantalones de pana marrón, y estaba sentado a una pequeña mesa fingiendo tomar sorbos de una media pinta de cerveza con limonada; y su actitud, al caer en la cuenta de que lo habían visto, fue de sorpresa –ni más ni menos, sí– pero también amistosa y cordial. Ella se sentó frente al aparecido, al otro lado de la mesa, incapaz de hablar. El fantasma tampoco dijo esta boca es mía. Pero el silencio entre ambos no fue ni incómodo ni aterrador, sino, como explicó ella más tarde, bastante agradable. «Pensé que se alegraba de ser visto –dijo–. Parecía aliviado».

Finalmente él habló. Sus palabras sonaron como humo en la lejanía, o, en todo caso, como podría sonar un humo si tuviera voz. «Al mirarla –dijo–, me siento inclinado a creer que procede usted de ese lejano país que amo más que a ningún otro lugar de la tierra». A ella el aparecido no le sonaba de nada. La noticia de la muerte del eminente caballero a eso de la medianoche de la víspera no se había extendido aún entre el alumnado. Era una época, cincuenta y tantos años atrás, en que las noticias –a falta de los mecanismos de transmisión de ahora– tardaban más en extenderse. Aunque R. había leído su famoso libro, no lo reconoció por la fotografía de la solapa, donde él aparecía mucho más joven y vestido de una manera más formal, casi hasta lo ridículo.

Conocía, eso sí, como todos los matriculados en el College, la leyenda del Miembro Honorario. Era un integrante de ese raro linaje de genios literarios que publicaban un único libro gracias al cual habían sido propulsados hasta las estrellas.

Tras la publicación, y en el ápice de su fama, le había sido concedida la membresía honoraria. Habitualmente no se trataba más que de un trozo de papel del que se le hacía entrega en un banquete de hermandad y que no incluía el derecho a residir en los terrenos del College. Pero poco tiempo después de recibida la distinción, el joven caballero se personó en la garita de la Gatehouse y pidió a los porteros que lo llevaran a sus aposentos. Como era, en aquel entonces, uno de los dos autores más famoso del país, el College consintió en su demanda y le proporcionó amplias habitaciones en el *piano nobile* de Escalera A. Allí se mudó enseguida el honorario, y en dichos aposentos residió durante el resto de su vida (exceptuando los años de la guerra). No publicó ningún libro más. Cuando un valiente se atrevió a preguntarle por la razón de su prolongado silencio, el miembro honorario S. M. Arthur respondió: «Siempre he escrito movido por una profunda desdicha, y desde que vine a vivir al College he sido feliz, de ahí que no haya vuelto a sentir el impulso de escribir».

Fue uno de los más largos silencios en la historia de la literatura. Cuando se publicó su solitaria novela él tenía solo veinticinco años. El silencio duró treinta y seis, antes, durante y después de la guerra mundial. En el momento de su muerte había otras dos guerras en pleno apogeo, en Indochina y en Bengala, y eso hizo que su fallecimiento pasara más desapercibido de lo que habría cabido esperar.

Cuando se enteró de la noticia, R. se llevó las manos a la cabeza por no haber identificado enseguida al miembro honorario. Pues era cierto que la novela en cuestión estaba ambientada en su país, el de ella, y el afecto que el difunto sentía por aquella inmensa y variopinta tierra era sobradamente conocido. A lo mejor era esa la razón de que él se le hubiera hecho visible. Tenían un amor en común.

Sobre el tema de la felicidad: cuando él mismo estudiaba en el College, S. M. Arthur se había enamorado de alguien del «querido país», como más tarde empezaría a llamarlo: Khan Sahib, historiador del arte, aristócrata, esteta y amante del buen vino y de los caballos de polo. En aquellos tiempos habría sido ilegal que fueran amantes, tanto en el país del uno como en el del otro, pero la cultura, belleza y donaire de Khan Sahib se antepusieron a todas las inquietudes de S. M. relativas a la ley. Por desgracia, cuando S. M. le hizo saber sus sentimientos, cuando final y terroríficamente dijo las palabras «Te quiero», Khan se limitó a decir «Ya lo sé». Al aristócrata no le interesaba una relación ilegal pues sus preferencias iban por las del tipo contrario, pero tenía un don para la amistad, y S. M. se contentó de mil amores (o desamores) con eso.

La amistad entre ambos fue la puerta de entrada a otro amor: el amor por el país del noble, por su cultura, su música, sus textos sagrados, su arte, su historia. Un viaje a la nueva tierra de sus amores se hacía imprescindible y Khan Sahib le abrió todas las puertas. El primer periplo arrojó a S. M. Arthur a un marasmo de sentimientos en conflicto. En aquel entonces, por increíble que parezca, el país de S. M. Arthur todavía mandaba en el otro país, pese a que el gobernante era una pequeña isla situada frente al continente europeo y el gobernado era un gran subcontinente. S. M. descubrió que, a la par de su nuevo y gran afecto por el país colonizado, sentía un profundo odio hacia su país natal por su presencia allí, sumado a una enorme simpatía por el movimiento de independencia que iba cobrando más fuerza cada vez. Además, conoció a un tal señor Sha, contable colegiado, una segunda persona que tenía, a la sazón, las mismas inclinaciones que S. M., y de allí surgió el amor.

S. M. subió a un barco rumbo a Inglaterra para terminar sus estudios, pero lo que más anhelaba era volver. Después de licenciarse, Khan Sahib le consiguió trabajo como secretario personal de un tío suyo, rico magnate textil que vivía en un edificio histórico situado en la parte más antigua de la capital, y S. M. pasó allí dos años, recibiendo frecuentes visitas del señor Sha. Fueron tiempos felices. Al final la historia de amor terminó, como ocurre a menudo con las historias de amor en la vida real; es decir, fue menguando, perdiendo energía, hasta cesar sin más. El señor Sha continuó su camino hacia el futuro –sea el que sea– que la vida depara a los contables colegiados; S. M. Arthur volvió a su país y escribió su gran obra. No se había puesto aún de moda expresar hostilidad hacia el imperio o admiración por el «hombrecillo del taparrabos» que lideraba el movimiento por la libertad, y para un escritor con anhelos de cariz ilegal como los de S. M. Arthur esto era decididamente arriesgado, pero el libro recibió una clamorosa acogida pese a que iba a contracorriente de las actitudes dominantes en el país, y luego vino la membresía honorífica, que otorgó a S. M. un estatus de dignidad y le proporcionó cierta protección contra quienes podrían haberse puesto en su contra.

Una década más tarde, terminada la guerra mundial, el querido país consiguió su libertad, pero para entonces los dos hombres que habían sido los grandes amores de S. M. Arthur, Khan Sahib y el señor Sha, el aristócrata que le dio calabazas y el plebeyo que no se las dio habían muerto ambos de enfermedades sin nombre. S. M. no volvió nunca más a Oriente y tampoco publicó una sola palabra más. El autor del presente texto debe apostillar que la afirmación de que S.M. dejó de escribir porque era feliz no fue sino un velo para tapar la verdad. Y la verdad era un gran secreto. Será revelado en estas páginas.

En sus últimos años S. M. Arthur apenas si abandonó el perímetro del College. Cenaba en el Great Hall, jugaba al cróquet en el Fellow's Garden, y durante los veranos podía vérsele a veces en los jardines de atrás, contemplando el discurrir del río. Y ahora estaba muerto pero todavía dentro del recinto del College, envuelto en una niebla verdosa.

Su nombre figuraba aún sobre la puerta de sus aposentos, pintado en pulcras mayúsculas blancas sobre fondo negro. Pero ahora había unas chillonas tiras de cinta adhesiva amarilla de parte a parte de la entrada con la leyenda NO PASAR en grandes letras negras. Parecía la escena del crimen de un telefilm. En su nuevo estado, a él no le afectaban tales prohibiciones, de modo que entró.

Allí estaba de nuevo, a solas con su muerte. Consideró la idea del futuro y eso lo devolvió a la dicotomía finito/infinito. Si este estado era finito, él se disolvería probablemente en la niebla para formar parte de ella. Los vivos no veían la niebla verdosa. En opinión de los vivos, el aire otoñal era diáfano y vigorizante. La niebla era una nube compuesta por los muertos, muertos a millones, no ya conscientes, no ya nada de nada, y solamente él, como difunto a un paso de fundirse con la niebla, se percataba de su existencia. En vida había dado en creer que la muerte era un final seguido de nada, pero no podía haber adivinado que el descenso a la Nada fuera lo contrario a algo inmediato; que él sería como un terrón de azúcar disolviéndose lentamente en agua.

Examinó su «cuerpo», la ilusión en que habitaba ahora, para ver si de las yemas de sus dedos escapaban partículas de materia, si los bordes de sus prendas de fantasma estaban perdiendo definición. Podía ser que también su conciencia fuera disipándose poco a poco, lo que significaría sucumbir a una versión póstuma de la demencia o de la enfermedad de Alzheimer. ¿Los muertos podían estar enfermos? Él no sabía nada. Por no saber, no sabía ni cómo empezar a saber. Estaba perdido del todo.

«Y la chica, qué –pensó–. ¿No ha sido una buena señal? ¿Una buena señal de qué?». No tenía la menor idea. Pero le había sentado bien. En vida le había irritado mucho el sustantivo *sentimientos*, porque la gente solía asociar esa palabra con el corazón. Los sentimientos se daban en el corazón; el pensamiento, en el cerebro. Qué idiotez. Todo sucedía en el cerebro. Mejor dicho –y ahora tenía que hacer esta distinción–, en la mente. Bueno, pues el encuentro con la estudiante le había sentado bien, mentalmente hablando. ¿Qué conclusión sacar de ello? ¿Acaso podía esperar que en su finita o infinita muerte podría seguir interactuando con una pequeña parte del mundo de los vivos? Dicho en términos del mundo de los vivos, ¿sería un *aparecido*? Al mundo de los vivos le daban miedo los fantasmas, los aparecidos. Las casas *embrujadas* –esto es, habitadas por aparecidos– eran lugares que daban miedo. Surgió el tema del exorcismo. ¿Podía un fantasma ateo ser exorcizado por un sacerdote? Él, francamente, esperaba que no. Y la estudiante del querido país no había sentido miedo. Estaba serena. Eso sí era una buena señal. De qué, eso se aclararía a su debido tiempo. O igual no.

Pero ¿y si esto fuera infinito? ¿Y si simplemente fuera infinito? ¿Cuáles eran las reglas entonces? Se acordó de una vieja película, *Horizontes perdidos.* Dirigida por Frank Capra y con Ronald Colman como protagonista. (S. M. había sido, en vida, un gran aficionado al séptimo arte, capaz de disertar con soltura sobre cine norteamericano –Capra, Hawks, Preston Sturges, Sirk– y también del resto del mundo: Buñuel, Pagnol, Bergman, Jancsó el de los largos planos secuencia y, por descontado, el inmortal Satyajit Ray). Había visto *Horizontes perdidos* cuando era nueva y también su libro lo era y estaba gozando de un éxito mundial. Nunca la había olvidado: el accidente de avión en el Himalaya y la llegada de los supervivientes al valle encantado de Shangri-La, donde ninguna persona envejecía. Pero si abandonaban Shangri-La los años caerían sobre ellos como un alud y todos se desmoronarían hasta desaparecer por completo.

¿Acaso el College era su Shangri-La?

Por primera vez desde que estaba muerto, sintió una oleada de entusiasmo. ¿Sería que Capra y James Hilton, el autor del libro en que se basó la película, habían tropezado con el secreto de la vida eterna? Entonces, de ser eso cierto, mientras permaneciera en la finca del College, podría vivir –o al menos continuar, aun muerto– para siempre jamás. La idea le pareció atractiva. S. M. era solitario por naturaleza, de modo que la soledad no iba a ser un problema. No tendría que comer ni beber ni bañarse ni mear, y sería inmune al calor del día y al frío de la noche. Nunca se encontraría mal. Sus poderes mentales permanecerían intactos. Podría escuchar el coro, rondar por la biblioteca, jugar al críquet fantasma cuando le entrasen ganas, y podría pensar, pensar durante la eternidad entera, y tal vez con tanto tiempo por delante podía ser también que se le ocurriera un pensamiento original.

Estaba sentado en su butaca de piel favorita. En las paredes había cuadros de artistas indios contemporáneos. Khan le había hecho conocer estas obras, y S. M. pensaba que muchos de los artistas eran de alto nivel pero al mismo tiempo sorprendentemente baratos en el mercado del arte pictórico debido a la actitud arrogante, colonialista, de quienes lo dominaban. De ahí que S. M. Arthur hubiera reunido una buena colección. Husain, Raza, Souza, Gaitonde, Subramanian, Amrita Sher-Gil, Jamini Roy y los dos Tagore, Abanindranath y el gran Rabindranath. Y algunos de los más jóvenes, también. Estaba ahora rodeado de ellos en la habitación a oscuras (los de la funeraria habían corrido del todo las cortinas) y él los consideraba amigos, por no decir familiares. De hecho, él no tenía familia que lo llorara. Tampoco amigos de verdad. Sus padres habían muerto, y con su hermana, que había emigrado tiempo atrás al Canadá, no se hablaba porque a ella le parecían muy mal sus inclinaciones sexuales y se negó a leer su escandalosa novela anticolonialista. Era una fanática de la igualdad de oportunidades que también arrugaba la nariz ante las personas de piel más oscura, así como los judíos, los polacos y qué sé yo. El movimiento independentista indio le había parecido «ridículo», y hablaba con sorna de la nación que había nacido el día en que ella cumplía veinte años.

La nula relación con su hermana no le hacía sentir mal. Alguna vez había pensado en contactar con ella, pero luego lo aplazaba. Su hermana era una mujer de un mal humor inextinguible y él no podía soportar la idea de permitir que aquella mala leche se colara de nuevo en su vida. En cuanto a amistades, ya tenía los colegas del College. La mayor parte de las veces los había visto a la hora de cenar, en la mesa de honor. Siempre había buen vino y conversación agradable, y gracias a estos colegas aprendió mucho sobre teoría económica, historia medieval europea, marxismo, la naturaleza del universo, los perniciosos efectos sociales de la familia nuclear y el arte de Pedro Pablo Rubens, Francisco de Goya y El Bosco. Pero lejos de la mesa de honor, todo el mundo iba a la suya. No eran amistades tal como se entienden normalmente; eran conexiones desprovistas de intimidad. Y ahora que estaba desconectado comprendía que sus colegas de antaño manifestaran pesar, pero que, en el fondo, les diera igual. La muerte nos llega a todos. Uno se quitaba el sombrero y a otra cosa mariposa. El trabajo de miembro honorario proseguía sin interrupción.

Estaba triste, cierto, pero tampoco demasiado. La situación no era nueva. Estaba acostumbrado a ello. Lo nuevo era su llegada a Shangri-La. Algo intensamente agradable. Y si la muerte era simplemente esto, bueno, podía sobrellevarla sin mayores problemas.

## 3

«Una debe de sentirse sola, estando muerta», pensó R., la joven universitaria india. Ella ya se sentía sola, lejos de casa, sin contacto con la gente a la que quería. Debido a la guerra en el este, el ejército de su país había requisado todas las líneas telefónicas de larga distancia, no podías enviar telegramas, y los aerogramas tardaban seis semanas en llegar. Tenía una beca completa para estudiar y estaba claro que muchas de las otras chicas de esta primera hornada procedían de familias más acomodadas, lo cual la intimidaba un poco. Además, era la época de la «contracultura», y eso la intimidaba más todavía. La idea del «amor libre» era horripilante; se daba cuenta de que a los chicos les gustaba, pero a ella le parecía algo vergonzoso, como renunciar al honor. Y la idea de fumar *bhang* o *charas* –que aquí eran «maría» o «hachís» o «hierba»– o, peor aún, *afeem*, o sea opio, era repulsiva; en su país había visto a hombres vagar colocados por las calles y ella no tenía el menor deseo de convertirse en una adicta. Jamás había probado el alcohol, y aunque la música dominante excitaba sus sentidos –eso no podía negarlo–, le daba cierto miedo esa excitación, a qué podía conducirla, qué cosas podía empujarla a hacer. Aquellas primeras semanas el único sitio donde se sentía como en casa era la biblioteca. Su pueblo natal le quedaba muy lejos. Ahora su patria eran los libros.

Esta era una cosa más que tenía en común con el muerto. Ambos, por diferentes razones, eran ciudadanos del país de la mente.

Pensó mucho en él después del encuentro en la sala común de los estudiantes. Mejor dicho, le extrañaba sobre todo su propia reacción al verle. Jamás había visto un fantasma y, sin embargo, no había experimentado miedo ni sorpresa. ¿Qué tenía el fantasma que decirle, a ella? El fantasma del padre de Hamlet quería que su hijo vengara su muerte por asesinato. El fantasma de Banquo era producto de la maldad de Macbeth y se aparecía para acusarlo. Los fantasmas de Charles Dickens tenían por misión apartar al avaro Scrooge de su cruel avaricia y volverlo un poco más humano y generoso. El fantasma de Canterville de Oscar Wilde era un chiste, o peor aún: la víctima de un chiste. En el folclore de R. los fantasmas eran casi siempre peligrosos y querían hacerte daño, volverte loco o incluso matarte. Ninguna de estas historias de fantasmas parecía cuadrar con el escritor de la gorra de tweed. Quizá no volvería a aparecer nunca más. Pero tal vez estaría bien leer su libro de nuevo.

Al principio le resultó imposible imaginarse hablando de aquel encuentro con ninguna de las jóvenes que pululaban por los pasillos del nuevo edificio femenino del College. R. temía convertirse de inmediato, a ojos de ellas, en la exótica chica de piel morena que veía espectros. La loca de piel morena. Es decir, esa persona a la que nadie invita a su casa para pasar el fin de semana. Había algunas africanas, un par de jamaicanas, una tailandesa y dos japonesas. Quizá con el tiempo podría confiarse a una o dos de ellas. Las que le ponían más nerviosa eran las inglesas.

En la sala de arte y ensayo próxima a la plaza del mercado ponían el clásico japonés *Ugetsu Monogatari*. En la película tenía un papel protagonista un fantasma femenino. Y, también en la sala de arte y ensayo, estaba aquella película polaca titulada *El manuscrito encontrado en Zaragoza*, donde salían más fantasmas seductoras. Había fantasmas por doquier. Empezaba a darse cuenta de que ahora el misticismo tenía un gran atractivo para los jóvenes. Muchos le preguntaban por la Meditación Trascendental –la trataban como si ella tuviera que ser una experta porque eso se había originado en su país– y se sorprendían de su absoluta falta de interés en rishis, maharishis, gurus, mahagurus y demás «hombres divinos» por el estilo. Sea como fuere, la creencia en lo mágico y lo misterioso estaba definitivamente en el aire. No cabe duda de que las sustancias alucinógenas tenían bastante que ver en esa creencia. De modo que… quizá podría hablar. Pero de momento no. Era demasiado pronto.

El miembro honorario no reapareció enseguida. Ella se concentró en sus estudios. Se había especializado en Historia y era el momento de lanzarse con decisión desde las playas del presente al océano del pasado. Era una persona pragmática y nada sentimental y se decía a sí misma, muy seria: «Si vuelve el fantasma, ya te ocuparás de ello (de él) cuando toque. Mientras tanto, presta atención a la historia del papado en la Edad Media, al Sacro Imperio Romano y también, en contraste con eso, al ascenso del humanismo durante el Renacimiento italiano».

Ella no era religiosa, pero le fascinaba la histórica lucha entre Iglesia y Estado, entre Dios y el Mundo. Se enamoró del léxico y la iconografía de todo ello. El pasado se arremolinaba en su interior. La humillación de Canossa, la Dieta de Worms, el conflicto *Eigenkirche*. La lucha de ideas le resultaba más cautivadora que las propias batallas, aunque los combates militares, así como el armamento de la fe, con sus anatemas, sus excomuniones, etcétera, tenían su propio encanto. Analizó el argumento de que la Iglesia tenía poder divino, *auctoritas*, mientras que el monarca únicamente gozaba de un poder temporal, *potestas*. Y el contraargumento sobre la propiedad: que la Iglesia fuera dueña de las iglesias no impedía que el Estado pudiera reclamar como suyo el terreno en el que se levantaban. Encontró gratificante la idea de la Iglesia invisible que estaba por encima de la visible. Las Noventa y Cinco tesis de Lutero claveteadas en la puerta de la iglesia de Wittenberg. La guerra entre este mundo y el mundo de más allá. En Italia se juntaban los dos debido a la pura mundanidad del papado y al poder de los Estados papales. El control del papado por las grandes familias. Los papas Medici. Los papas Borgia. Los papas della Rovere. Y el temor a las nuevas ideas humanistas. Las *Novecientas tesis* de Pico della Mirandola, condenadas y destruidas. Giordano Bruno quemado en la hoguera; no solo sus novedosas ideas sobre la posibilidad de vida en otros planetas y la probabilidad de que la Tierra no fuese el centro de lo que él planteaba como un universo infinito, sino también su cuerpo de cincuenta y dos años.

Hasta su encuentro con el fantasma R. había considerado la batalla Iglesia-Estado una guerra entre ficción y hechos. El orbe divino era ficción. El mundo era real. Eso no podía estar más claro, pensaba. Pero ahora se sentía un tanto confusa. Necesitaba comprender la naturaleza del fenómeno del que había sido testigo. ¿Se trataba de una especie de eco de la vida –una aberración que no socavaba sus puntos de vista en lo fundamental–, o acaso era la prueba de que había vida después de la muerte? Necesitaba ver otra vez al fantasma. Eran muchas las preguntas que quería hacerle.

La guerra en Indochina no cesaba y sus compañeros de estudios la tenían muy presente. Pero la guerra en Bengala, de la que solo ella parecía preocuparse, tocó a su fin. El enemigo se rindió y un país nuevo vio la luz: Bangladesh. Ese mismo día –un buen augurio a todas luces, ¿no?– surgió una oportunidad que, confiaba R., tal vez conduciría a los nuevos encuentros espectrales que ella deseaba con tanto fervor. En una reunión celebrada en el Great Hall, lord Emmemm anunció que el miembro honorario S. M. Arthur había dejado al College, a perpetuidad, todas sus posesiones mundanas, entre ellas su colección de arte y el copyright (y los futuros ingresos que pudieran derivarse) de su novela clásica. A cambio, las autoridades del College habían decidido que los aposentos del finado se quedaran donde estaban. Todo iba a conservarse igual que como estaba el día de su muerte, a modo de museo, de santuario dedicado a su genio, y una tarde a la semana ese espacio estaría abierto al público durante tres horas. La tarea de supervisar dichas sesiones públicas sería encomendada a un estudiante dispuesto a realizar dicho cometido. Se admitían solicitudes. Tan pronto esas palabras salieron de labios de lord Emmemm, R. se levantó de un salto con el brazo en alto. El preboste hizo un gesto imperioso de cabeza.

«Oh, un miembro de la revolución sexual –exclamó, queriendo decir, o así lo interpretó ella, la llegada de mujeres a un espacio reservado para hombres durante casi seis centurias–. Venga a verme mañana», ordenó antes de dar media vuelta.

Entrar en la residencia del preboste era penetrar en un espacio donde no habría sido sorprendente encontrar una zarza ardiente o unas tablas de piedra con los mandamientos grabados en ellas junto a una columna de fuego. Un sombrío ujier la condujo hacia lo que en su país se habría llamado el Diwan-e-Khas, la Sala de Audiencias Privadas. Allí, en presencia de muchos libros encuadernados en piel y una esfera celeste de estilo florentino y grandes dimensiones, R. esperó. Era una joven de muchos recursos y mente independiente, pero pese a su fortaleza de carácter no pudo evitar la idea, al entrar el preboste en la estancia, de hacer una venia o una pequeña reverencia, aunque hincar la rodilla quizá sería ir demasiado lejos. Por el volumen y forma abovedada de su cabeza, era difícil no pensar en una catedral humana, y R. se preguntó si en algún rincón de aquellos aposentos no habría tal vez una *cathedra*, el trono del College cuyo jefe supremo era él. A lo que más se parecía el *provost*, pensó, era a uno de aquellos papas Medici o Borgia que había estudiado: refinado, más monarca que santo, y probablemente despiadado. En su presencia uno hacía bien en bajar la voz. El hombre vestía un extravagante terno del mismo tono rojo que el de los hábitos cardenalicios, lo cual –sin duda a propósito– ensalzaba su aire de personalidad eclesiástica. Había una capilla en un extremo del Front Lawn, eso era verdad. Pero esto de aquí era el Vaticano.

–Usted es cristiana, me han contado –dijo lord Emmemm, el preboste.

–En realidad no, señoría –respondió ella–. Aunque mi familia sí lo es, y de niña solían llevarme los domingos a la catedral anglicana de santo Tomás en Bombay, señor. Tomás el incrédulo.

–Ya ve en qué acabó el hombre. Excelente. «En realidad no» es la mejor manera de ser cristiano, de todas formas. Y miembro de la Iglesia de la Duda. Excelente también. Le irá bien aquí en el College.

–Gracias, preboste.

–Bien, y ya puestos, ¿qué tal le va? ¿Acostumbrándose a ser una chica en un club de chicos?

–Yo creo que es más bien al revés, que el club de chicos se acostumbre a nosotras –respondió, sorprendida ella misma del tono desafiante de su voz.

–No podría haber nadie mejor para custodiar los efectos de nuestro miembro honorario –dijo lord Emmemm–. Su fantasma sin duda daría el visto bueno.

Esto la pilló desprevenida. ¿Acaso lord Emmemm había visto lo que ella?

–¿Su fantasma, señor? –dijo, sin pensar–. ¿A usted también se le ha aparecido?

–Querida, esta casa de vetusta mampostería alberga muchos fantasmas.

–Oh, entiendo, señor. No me cabe ninguna duda.

Lord Emmemm frunció el entrecejo.

–¿Ha dicho usted *también*?

–Disculpe, lord Emmemm –dijo ella–. Temo haberme expresado mal.

El preboste asintió con la cabeza.

–Una lengua difícil, el inglés –dijo–. Aunque debo decir que lo habla usted con gran fluidez…

El arte indio que colgaba de las paredes en los aposentos del difunto miembro honorario la dejó cautivada. Había un cuadro en el que cuatro mujeres, que parecían todas la misma, eran representadas en estado de duelo, saris blancos y el pelo muy corto. Estaban sentadas en sillas de respaldo recto encima de una alfombra de intrincado dibujo: plantas frondosas entrelazándose sobre un fondo dorado y, entre las plantas, miniaturizadas, cosas que presumiblemente habían pertenecido al muerto: un coche, un sillón, una cama, todo en pequeño. También estaba el difunto, en tamaño juguete infantil, vestido con prendas blancas y tirado entre la vegetación cual muñeco desechado. ¿Cómo podían las dolientes estar tan tristes, se preguntó R., si el que había fallecido era tan insignificante? Empezó a interpretar la obra como un signo de la famosa modestia del miembro honorario. En el College se contaba la anécdota de que cuando el novelista Evelyn Waugh murió, el honorable S. M. Arthur había dicho durante una cena en la mesa de honor: «Ese sí era un gran novelista inglés, no como yo». En boca de cualquier otra persona esa afirmación habría sonado a falsa modestia, pero viniendo de él solo podía ser sincera. R., pues, imaginó que el muerto de la pintura era él, y que luego el fantasma, o sea él, decía que no tenían por qué llorarlo en demasía y que, de todas formas, no era merecedor de duelo alguno.

Empezó a ver la colección de obras de arte como una guía para entender al hombre. Había un cuadro en el que, sobre un simple fondo rojo, se veía a un hombre reclinado al pie de un árbol de estilizadas formas y de la parte superior de cuyo tronco pendía un cable eléctrico de un azul vivo con un enchufe al otro extremo. Esto era el Buda, afirmaba un pequeño texto en la base de la obra, y el árbol era la higuera al pie de la cual el gran sabio había alcanzado la iluminación; pero, como se observaba claramente, el árbol no estaba enchufado, de manera que la iluminación no había tenido lugar, o no todavía. Adquirir aquel cuadro tal vez había sido una manera de decirse a sí mismo que también él carecía de sabiduría genuina. La imagen no contenía ninguna representación de una toma de corriente para conectar el enchufe: la iluminación, pues, parecía algo inalcanzable. El miembro honorario S. M. Arthur estaba diciéndose a sí mismo que él nunca sería sabio.

Y había un cuadro de un limpiaventanas sujetando una manguera con agua saliendo a borbotones por un pitorro de un rosa subido. Tras investigar sobre el autor, a R. no le extrañó enterarse de que sus inclinaciones sexuales cuadraban con las del miembro honorario, y de que se vio obligado por los requisitos legales de la época a pintar su auténtica naturaleza, por decirlo así, en clave. R. había decidido leer cuanto se hubiera escrito sobre el miembro honorario y su obra, y en más de un escrito pudo ver, expresada con cautela –también en clave– la insinuación de que el motivo de su larguísimo silencio fue la imposibilidad de poner por escrito de manera abierta y sincera su verdadera naturaleza. Pero aquí estaba, representaba en una pared de su hogar: El limpiaventanas no era otro que él.

Por último estuvo contemplando una obra que daba la sensación de ser un comentario sobre la vida de ultratumba.

En la parte inferior del lienzo el artista había representado una escena urbana en tonos negros y gris oscuro: una ciudad sucia y antipática. Pero en medio de todo ello se elevaba una cuerda dorada, y según iba subiendo el cielo se veía más despejado y de un azul más luminoso, y en lo alto del lienzo había esponjosas nubes blancas y un atisbo, nada más que un atisbo, de las puertas del paraíso.

Bueno, ella le deseaba eso al miembro honorario, esa ascensión a la gloria, pero también esperaba que antes de cubrir la última etapa de su travesía se dejara ver de nuevo y pudieran hablar.

# 4

Los martes por la tarde, que era cuando sus aposentos estaban abiertos al público, el libro de registro de visitantes permanecía vacío, sin una sola firma. El difunto había guardado silencio demasiados años. Su novela era recordada, sí, pero a él lo habían olvidado. Descubrió que eso lo afectaba, le daba rabia, cosa que no se esperaba. En vida se había acostumbrado a la soledad, de hecho la había buscado, apartándose todavía joven de su renombre para encerrarse en la torre de marfil de viejos enfermizos donde había acabado muriendo. Entonces ¿por qué había de dolerle una vez muerto esa soledad elegida? Por lo visto, la muerte era un estado más sentimental y narcisista que la vida. La muerte quería –*necesitaba*– atención. Era extraño que uno encontrara de mal gusto esta tesis y que sin embargo lo afectara esa demanda de atención por parte de la muerte. Él ya no era el de antes. Qué era ahora, no estaba claro. Pero no el que había conocido, en quien se reconocía y como él creía que era. Un poco como si la mente, liberada del cuerpo, se volviera extraña *para sí misma*. Como si el yo individual residiera en la unión de carne y pensamiento.

Decidió evitar sus aposentos durante las horas de visita de los martes, a pesar de la presencia allí de la estudiante que podía verle. De momento prefería no ser visto; necesitaba recuperar su equilibrio, si es que un muerto podía aspirar a realizar semejante proeza. ¿Qué utilidad tenían para un muerto el aplomo, la compostura, la confianza en sí mismo? No obstante lo cual, él deseaba esas cosas.

No tenía apenas nada que hacer. No podía pasar las páginas de un libro ni encender el televisor ni tomarse una copa de borgoña. Había perdido su poder sobre las cosas del mundo. Suponía que ese era el problema de los poltergeist, que se empeñaban en continuar su relación con las cosas materiales pero sin éxito, y lo máximo que eran capaces de conseguir era una simple chapuza fantasmal. Rompían cosas.

Si las cosas mundanas no se podían utilizar, ¿cuáles eran entonces las cosas de los muertos?

Los días habían perdido su ritmo, al no depender de despertarse, dormir y comer. Vagaba atemporalmente por los terrenos del College en medio de la inexorable fosca. Y es que aquella niebla verdosa no despejaba; si acaso, parecía más densa que antes. Era una niebla que devoraba tiempo. Horas, minutos, semanas perdían su significado. Le resultaba muy difícil abandonar el concepto de puntualidad, por el que siempre se había regido. El tiempo, ahora, carecía de significado salvo los martes entre la una y las cuatro de la tarde, cuando sus aposentos estaban abiertos al público, pero no acudía nadie a visitarlos.

Decidió poner a prueba su teoría del Shangri-La. Si sus suposiciones eran correctas, entonces salir de los límites del College sería peligroso, pero aun así necesitaba saber la verdad. ¿Peligroso? ¿Tú estás tonto o qué? Desdeñó sus propias advertencias. ¿Qué podía ser peligroso, para él, en sus circunstancias? Ya estaba muerto, ¿no?

A pesar de la niebla, sabía exactamente dónde estaba. Ahí mismo, a un paso de Escalera A, estaba el muro de piedra, con sus ventanas arqueadas, que separa el recinto del College de la calle pública. Y en el justo medio del muro estaba la Gatehouse. Formando ángulo recto con el muro, al final del mismo, empezaba el flanco meridional de la capilla. Y pasadas las pequeñas capillas laterales estaba la puerta de entrada a la capilla. Torció a la derecha siguiendo la pared occidental del edificio, con su gran vidriera justo encima de su cabeza, aunque invisible debido a la niebla, y enfrente de él, invisible también, la entrada lateral al College. Alargó la mano y palpó los barrotes de la verja de hierro. Estaba abierta. ¿Se atrevería a franquearla?

Se quitó la gorra de tweed, que había sido «creada» del mismo modo que él. Al igual que él había salido de su cuerpo para convertirse en lo que era ahora –fuese lo que fuese–, también la gorra se había elevado de su ser material y, de un modo u otro, había conservado su gorridad. De ello se seguía que ambos estaban hechos de la misma materia, que eran la misma especie de ilusión, y por esa razón la gorra sería el objeto idóneo para hacer la prueba. Sin darse tiempo a cambiar de opinión, la lanzó hacia la calle. Y antes de que la niebla pudiera tragársela se oyó un fuerte ruido, un espantoso chisporroteo, y S. M. Arthur vio claramente cómo la gorra se hacía trizas.

Contemplar la destrucción de su estimada gorra llenó de miedo a S. M. Arthur. El «efecto Shangri-La» (ahora quedaba demostrado que era real) ya no le parecía agradable. Ahora se veía a sí mismo como un ente roto y atrapado en una suerte de prisión. Podía parecer el College pero, al menos para él, la realidad era muy otra. Él ya no vivía, apenas si podía hacer nada, no tenía otros objetivos, y sus únicas opciones eran permanecer indefinidamente en este estado, o bien seguir a su gorra más allá del límite y ser violentamente destruido.

Esto no era para nada un paraíso inmortal. Era la antesala del infierno.

# 5

R. tenía en sus manos la obra no publicada del miembro honorario. El College le había pedido que revisara sus papeles a fin de que, una ver organizado el material, el profesorado de literatura pudiera examinarlo para ver qué había y qué podía hacerse con ello. Al principio R. se sintió como una intrusa penetrando en una zona secreta que solamente los ojos del autor debían ver. Las manos le temblaban mientras leía. Pero el recelo inicial pronto dio paso a una suerte de tristeza lectora, pues lo que descubrió fue una larga serie de fracasos: comienzos sin mitad ni final; ideas bosquejadas que no habían llegado a plasmarse; y al menos dos proyectos –guardados en dos gruesos archivadores, uno rojo y el otro verde– en los cuales el miembro honorario había trabajado con denuedo, escribiendo numerosas versiones hasta llenar centenares de páginas, pero sin encontrar la manera de darles forma de libro. Lo que era evidente, incluso tras una simple ojeada a los documentos, era que S. M. Arthur nunca había abandonado su arte por más que no volviera a publicar nada. Había seguido escribiendo, negándose a aceptar que el arte pudiera haberlo abandonado.

Había cosas inacabadas que eran casi buenas.

Una reflexión sobre las manos de su padre que, de haberse completado, habría sido un retrato de aquel caballero, un testarudo comerciante que murió joven. *Caballero* no era palabra que le cuadrase. Las manos del viejo no eran finas. Había tenido que trepar por la escala social, y su hijo, S. M., fue el primer miembro de la familia en acceder a un *college*. Las manos del padre eran manos de trabajador. El padre de S. M. Arthur, como el de Kafka, era un bruto. Tal vez esa similitud había impedido a S. M. terminar la obra. Los padres brutales habían sido ya «tratados» por aquel vendedor de seguros praguense que escribía libros.

Un cuento sobre un joven que acaba cogiéndoles miedo a los aviones (*aeroplanos,* al estilo inglés de la época) y se niega a viajar en ellos, pero luego descubre que él puede volar.

Una visión apocalíptica (bueno, un fragmento) en que el Edén aparece al final de los tiempos, en vez de al principio: «El jardín del fin del mundo». Adán y Eva, desnudos en el paraíso, contemplaban la muerte del universo.

Un relato cómico titulado «William Shakespeare» sobre un hombre que se llamaba así, William Shakespeare, hecho que le hacía odiar a sus padres. Trabajaba de director de ventas en una empresa que fabricaba colchones de espuma. (Este tenía un comienzo prometedor pero al final quedaba en nada).

Un cuento que, pensó ella, ojalá hubiera terminado, donde el miembro honorario revelaba que llevaba tiempo pensando en la mortalidad. Su título: «El país de las fronteras menguantes». El héroe de la historia vive en un país que, misteriosamente, va perdiendo extensión de día en día. La idea parecía ser que al final las fronteras llegaban al propio contorno de su cuerpo, más allá del cual no había ya nada. Pero el autor no tenía claro el desenlace, y el texto iba divagando hasta parar en seco.

En la parte superior de los documentos que contenía el archivador rojo había una carta personal de Evelyn Waugh, escrita desde su casa, Combe Florey House, en Somerset. Waugh era solo siete años mayor que el miembro honorario pero parecía un anciano hombre de Estado escribiéndole a un joven rebelde. «Ha recorrido usted un largo camino hasta dar con su excelente novela –decía–. ¿No cree que podría dar con su compañera un poco más cerca? Nos ha dado usted su “materia de India”. ¿Qué tal si nos regalara su Materia de Bretaña?». (Las tres últimas palabras, subrayadas dos veces). La estudiante india, R., conocía la famosa anécdota de cuando Pushkin le dio a Gogol la idea para su *Almas muertas*, y ahora tenía en sus manos la versión inglesa de ese regalo. «La Materia de Bretaña» era el nombre que tomaba la constelación de leyendas en torno a la figura del rey Arturo. El homónimo S. M. Arthur había batallado durante años y años para hacer lo que pedía Waugh. Intentó con creciente desasosiego convertir la Mesa Redonda y la búsqueda del Grial en metáforas de la Gran Bretaña contemporánea durante la Segunda Guerra Mundial. Según su opinión (y la de R. también, conforme iba leyendo), no había tenido éxito. Los diversos intentos y las notas de trabajo daban fe de su desesperación.

El archivador verde, que llevaba el membrete «Tardanza», contenía textos más recientes y menos desarrollados. R. no pudo evitar copiar algunas frases en su propia libreta.

Puntualidad = lo oportuno, ser de tu época vs. tardanza = marginalidad, estar aparte. «Anacronismo».

Mozart = uno de los nuestros. Beethoven = un extraño. Mozart es iglesia, Beethoven antiiglesia. M no un inadaptado, B colérico / por la sordera / desafía las normas.

Próspero «Romperé mi báculo». La edad como renuncia.

Uno puede morir en paz con el mundo, con todo resuelto, o bien ponerse furioso y romperlo todo. Ira, rabia contra los moribundos y cía.

La Muerte –refractada– como ironía.

Otrolandia. El País del Otro / Allí donde uno es Otreado. Patria sin la P. Su opuesto.

Tardanza = aceptación de tus defectos/falibilidad, sin pedantería pero con la confianza que da la experiencia.

De joven, finge ser sabio. De viejo, finge ser vigoroso.

Y unas palabras aisladas y misteriosas, escritas en mayúsculas, con subrayados y signos de exclamación:

EMMEMM. ¿¿¿LIBERTAD VERSUS BONDAD???
TONTERÍAS TONTERÍAS
NO CREÍBLE.
¡¡¡TONTERÍAS!!!

Había un último archivador, negro. Este tenía cerradura, pero no había ninguna llave. La cerradura era simple; forzarla sería fácil, pero por cuestión de principios ella no podía hacer una cosa así. Habría que hablar con lord Emmemm.

R. había perdido casi toda esperanza de volver a ver al miembro honorario cuando, de repente, allí estaba, sentado en su sillón favorito. Eso le levantó un poco el ánimo, pero enseguida vio que estaba diferente: menos afable, e incluso más decrépito en cierto modo. Ya no llevaba la gorra de tweed y sus ralos cabellos apuntaban en todas direcciones. Su semblante era taciturno; no, peor que eso: mostraba desconcierto y pánico.

–Hola… –dijo ella, tanteando.

El miembro honorario alzó la cabeza y la miró.

–Deduzco que todavía me ve –dijo, y su voz sonó más a humo que en la ocasión anterior–. Usted y solo usted. Quizá podría ayudarme a abordar un enigma. Este: Yo estoy muerto, es obvio. Dicho lo cual, ¿por qué estoy también no muerto?

Era difícil acertar con una respuesta.

–Podría tratarse de una especie de error –dijo ella.

–Una especie de error –repitió el fantasma–. Qué humillante. Hasta la muerte es una forma de humillación, prueba del sinsentido de la vida. Un error que le permite a uno seguir viviendo sin un objetivo, incapaz de tener la menor repercusión en nada, es todavía peor: una humillación por partida doble. Y yo estoy muy versado en el tema de la humillación. Además, un error que le permite a uno seguir viviendo en vano. De eso también sé un montón.

Ella se quedó sin saber qué decir.

–No entiendo nada –añadió él–. Estoy desorientado. No hay sentido que buscarle a las cosas. ¿De qué manera construir significados sin tener vida?

Esta vez ella sí tenía una respuesta, y la expuso con torpes palabras.

–Los recién nacidos –dijo– también están desconcertados, carecen de lenguaje, carecen del más mínimo concepto de lo real. ¿Se podría entender su estado actual no como un final sino como una especie de nuevo comienzo en una realidad nueva? ¿No una muerte sino un nacimiento?

Se dio cuenta de que había sobresaltado a su interlocutor.

–¿Un nacimiento, dice? –Incrédulo. Y acto seguido–: Un nacimiento. –Desdeñoso ahora. «No, no, por supuesto que no». Y de nuevo–: Un nacimiento. –Esta vez como reflexionando. *Hmm. Un nacimiento.* Estaba considerando la idea. *Hmm.* E, instantes después, la cabeza moviéndose de lado a lado: No, lo suyo no era un renacimiento. No se trataba de eso.

S. M. Arthur se inclinó al frente y la miró con los ojos entornados.

–¿Cómo se llama usted?

–Rosa, señor –dijo ella, irguiéndose como si estuviera en una parada militar y se cuadrara frente al oficial.

En respuesta, el miembro honorario dijo en un tono burlonamente militar:

–¡Descanse! –Su humor había mejorado mucho, y ella se relajó un poquito–. Y yo me llamo Merlyn –le dijo él–. Simon Merlyn Arthur.

Ella se permitió una leve sonrisa antes de decir:

–Sí, señor. S.M. Arthur. Sé quién es usted, naturalmente.

Ya lo tenemos ahí. El momento que quien esto escribe estaba esperando. Se han presentado mutuamente, la joven y el fantasma, de modo que podemos, no sin alivio, abandonar las precavidas iniciales que hemos estado empleando y empezar a conocerlos mejor también nosotros.

–Hábleme de usted –dijo él.

# 6

El primer trimestre había terminado pero ella no iba a ir a casa. Los vuelos eran demasiado caros para un viaje de ida y vuelta durante las pausas en el calendario, de modo que solo volvía a casa una vez al año, al término del curso académico. Lo habían arreglado para que ella pudiera quedarse en su habitación durante todas las vacaciones. El bloque de las mujeres estaba vacío, y hasta que empezara el segundo trimestre estaría sola allí «arriba»: le iba a tocar pasar las navidades en soledad.

Para hacer una llamada de larga distancia a su familia el día de Navidad tendría que concertar una «llamada por tiempo». La llamada se la pasaría una operadora internacional y su duración sería de tres minutos exactos. Hacia el final de los mismos la operadora le preguntaría si deseaba alargar la llamada, y en caso afirmativo dispondría de otros tres minutos. Esta era la máxima extensión disponible, pero como la llamada era cara de por sí, decidió que tres minutos en total era lo máximo que podía permitirse con su magro presupuesto. A lo mejor sus padres concertaban también una «llamada por tiempo» y eso les permitiría disponer de seis minutos más para hablar.

«Estas próximas semanas voy a estar rondando como alma en pena por los pasillos desiertos, sabe usted –dijo–, así que seremos dos fantasmas».

Este iba a ser su primer invierno inglés. Tenía miedo de que su chaquetón no fuera a bastarle y, como probablemente habría nieve y heladas, le preocupaba también la idoneidad de su calzado. Pero los estudios le iban bien; sus tutores la habían felicitado, y eso era lo importante. Con o sin beca completa, los medios económicos de sus padres eran limitados. Solo unas buenas notas los compensarían por el sacrificio que estaban haciendo. Ella se veía capaz de lidiar con la soledad y las heladas.

Inglaterra no era lo que ella se esperaba. Había aprendido muchas cosas del país antes de su llegada, su historia, su literatura, y hablaba la lengua con soltura (como también el hindi y el konkani). Pero no bien hubo aterrizado se dio cuenta de que no entendía nada, y que lo que la gente sabía del país de donde ella procedía era prácticamente cero. «India, tío», decían sus compañeros de estudios. «Ravi Shankar, tío. Fabuloso». Enseguida aprendió que en la jerga del momento todo era fabuloso salvo cosas que eran fabulosas de verdad. «Hasta el martes, tío. Fabuloso». «¿Te gusta la comida china? Fabuloso». «¿Vienes a manifestarte contra la guerra? Fabuloso». Pero cosas fabulosas como una puesta de sol, un rostro, la música, el amor, estas solamente eran «muy bonitas».

Le estaba costando adaptarse, encajar. «Un huevo en el desayuno, aunque solo sea uno –le aconsejaba la publicidad de los autobuses–. Tome medio litro de leche al día, sea caliente o fría», «Bájele la cremallera al plátano». Un sinfín de tonterías. La violencia se olía en el aire. Las bombas de la Angry Brigade, el conflicto de Irlanda del Norte; claro que entonces había violencia por doquier. La guerra en India acababa de terminar y los combatientes estaban enterrando o incinerando a sus muertos, según cuál fuera su tradición.

–¿Puedo preguntarle –dijo con cierto apuro– qué le pasó? Me refiero a después de...

–Después de morirme. –El miembro honorario le brindó la verdad y nada más que la verdad–: No lo sé. Inhumación o incineración. Nadie me lo ha dicho.

También ella, ese mismo año y en su propio grupo, había vivido una muerte (y otra que casi lo fue) por persona interpuesta. Un estudiante de primer curso fue hallado muerto en su habitación. Y otro, compañero suyo de estudios de Historia, quedó tan maltrecho que ya no regía y hubo de abandonar el College. Ella oyó decir que ahora trabajaba recogiendo hojarasca en un parque público. Estas dos calamidades fueron su introducción a un mundo nuevo, o a una palabra antigua utilizada de una manera nueva.

*Ácido.*

Los terrones de azúcar de la muerte. Momentos después se encontró contando lo que había ocurrido, hablándole de la muerte al muerto, incapaz de aguantarse pese a lo extraño de la situación.

–El ácido les reventó literalmente la cabeza –dijo–. Con el tiempo se ha ido imponiendo eso de *flipar* o *alucinar* en relación con el efecto que un disco, una película o una idea pueden causarle a uno, pero aquellas fueron verdaderas explosiones en el cerebro. *Malos viajes*. Después de lo que pasó, no puedo seguir utilizando este tipo de expresiones.

Básicamente lo que pretendía decir era esto: que su generación, o, mejor dicho, la versión College de la misma, le daba miedo. En su país, saliendo con amigas y amigos por la zona del Bandstand, en Bandra, paseando al anochecer por Marine Drive, yendo a por *kulfi* cerca de Chowpatty Beach o a «jam sessions» de jazz los fines de semana y chasqueando los dedos al compás de lo que tocaban Chris Perry, Lorna Cordeiro o Chic Chocolate, nadie la tenía por una chica tímida y conservadora. Llevaba faldas y blusas occidentales como las demás; era popular y extrovertida. Pero una vez en el College se había encerrado en su concha.

–No sé qué es lo que esperan de mí –dijo–. No soy como ellos.

–¿Es usted puntual? –preguntó él–. ¿Le gusta llegar a tiempo si tiene una cita?

–Siempre llego pronto. La primera. A veces me veo obligada a dar una vuelta para no llegar tan temprano.

–Yo era igual –dijo el miembro honorario–. Pero tanto usted como yo somos impostores. Dicen que la puntualidad es signo de que uno va a la par con la época. Pero usted está desincronizada, y yo siempre fui muy mío: puntual, pero sumido por las circunstancias en un profundo aislamiento. Quiero decir que ambos fingimos poseer una normalidad que realmente no tenemos. Usted en el ahora; yo, en el pasado. Somos gente «tardona» haciéndose pasar por «puntual».

–Supongo que sí –respondió ella, no muy convencida.

–Somos tal para cual –le aseguró él–. Usted viva y yo muerto. Pero como dos gotas de agua.

–Hay una diferencia –dijo ella, sin pensar. «Hay muchísimas diferencias. ¿Por qué me dice estas cosas?». Finalmente puso una sola en la balanza–: Mi padre es un hombre encantador –dijo–. De buen carácter, afable, franco. –Su padre era un dirigente de uno de los pequeños partidos regionales. Muchos de sus colegas recibían visitas regulares de hombres anónimos a sueldo de alguno de los padrinos de la mafia (Vardhabhai, Haji Mastan, Yusuf Patel), hombres que se marchaban dejando allí maletines repletos de billetes de divisas fuertes. Pero su padre no era corrupto. Los sindicatos del crimen no habían podido con él. De ahí que no fuera rico–. Y no es ningún bruto –añadió.

–Veo que ha estado leyendo mis papeles –dijo él, al comprender por qué ella había mencionado esto–. Se lo han pedido. Bien. Bien. Así ahorramos tiempo.

–¿Me permite –dijo ella con cuidado– que le pregunte por el archivador negro?

La actitud del miembro honorario cambió, dejó de ser cordial.

–No –dijo–. No se lo permito.

Las horas de visita estaban a punto de concluir. Ella se levantó rápidamente y empezó a prepararse para cerrar los aposentos y volver a su habitación.

–Deje las luces encendidas –le dijo él, el tono de voz nuevamente suave–, y las puertas interiores y los armarios abiertos.

Ella se apresuró a hacerlo. Había cruzado alguna línea roja y la reacción de él la había asustado. No sabía de qué podía ser capaz un ente del mundo de los espíritus en pleno ataque de ira. Quería salir de allí cuanto antes.

Justo en el momento de marcharse, él la llamó.

–Venga otro día –dijo, en un tono como de disculpa, casi dándole coba–. No solo los martes. Venga cuando quiera.

# 7

Sí, su segundo nombre era Merlyn y su apellido Arthur. Cuando era joven había gente que le llamaba Merlyn. Khan Sahib, que nunca llegó a ser su amante, y el señor Shah, el contable, que sí. Para ambos él era Merlyn. Y el nombre «S. Merlyn Arthur» fue naturalmente el motivo de que Waugh le recomendara en su carta que tomara la Materia de Bretaña como su segundo gran tema literario. Pero mucho tiempo atrás, después de la muerte de aquellos dos hombres a los que había amado sin éxito y con éxito, y tras la cosa indecible, la cosa de la que aún no se podía hablar, renunció para siempre a su segundo nombre. Él no era ningún mago. O, si una vez tuvo la buena fortuna de que la magia hechizara las páginas de su libro, ese milagro había terminado. Si en una ocasión fue Próspero, había pasado mucho tiempo desde que rompiera su báculo. Mejor dicho: otros se lo habían roto.

Pero había vuelto a emplear su segundo nombre al presentarse a Rosa. Y él mismo se había sorprendido de hacerlo.

Tras la carta de Waugh se había hecho esta pregunta: si él era Arthur, un Arturo, cuál era su particular Grial, eso que todos los caballeros puros debían buscar hasta encontrarlo, la cosa que concedía la bendición. Y él conocía la respuesta pero ignoraba cómo plantear la búsqueda. Para empezar él no era un –¿cómo lo llamaban ahora?– un activista nato. Y luego, cuatro años antes de morir, el Grial fue encontrado. El Grial era un decreto del Parlamento según el cual dos adultos del mismo sexo y mayores de veintiún años podían dedicarse a satisfacer en privado su actividad homosexual predilecta. La puesta en práctica de tales deseos en público seguía siendo merecedora de penas graves. La nueva libertad solo existía en Inglaterra y en Gales. La realidad homosexual continuaba siendo ilegal en Escocia y en Irlanda del Norte. Él procuraría no pisar esas zonas del reino desunido. Pero en el resto de la nación ya no era necesario mentir ni esconderse.

Se había convertido por fin en el amor que osaba pronunciar su nombre. La palabra «queer» era de uso general pero casi siempre tenía un sentido peyorativo, y el término «gay» apenas si empezaba a utilizarse, pero a un hombre de su generación le costaba utilizarlo debido a sus antiguas acepciones: alegre, festivo, feliz. Él decía «homosexual» o incluso, en plan más arcaico, «homosexualista». A veces también «homoerótico». Eran términos que cuadraban mejor con su léxico pasado de moda.

Sin embargo, para cuando fue hallado el Grial y concedida su bendición, era ya tarde para él. Sus días de conducta «homoerótica» habían quedado atrás. Ese capítulo había tocado a su fin. Y cuatro años más tarde, al despertar, descubría que estaba muerto.

Llevaba ya varios meses muerto, pero por fin empezaba a entender por qué seguía aún aquí, dentro de los terrenos del College. Había algo pendiente, algo que necesitaba ser terminado para que él pudiera descansar. Y ese algo quizá podría disipar la niebla en la que, actualmente, estaba inmerso su ser.

Venganza. Exoneración y después venganza.

Y su único objetivo no era otro que el preboste del College, lord Emmemm.

Por Nochebuena, en la capilla, el preboste ataviado con sus mejores galas cardenalicias presidió un servicio navideño de nueve lecciones y villancicos. La capilla era territorio del capellán y el coro estaba en manos del director de coro, pero todo el College sabía en quién recaía el auténtico poder y cuyo anillo era necesario besar. Emmemm hizo un cortés asentimiento de cabeza mirando a derecha e izquierda, y acto seguido alzó una regia mano y ofreció gestos de benevolencia tanto al coro como a los feligreses, su calva bóveda catedralicia reluciendo como dotada de halo, y luego tomó asiento en el banco que le correspondía. La capa roja de invierno se posó en torno a él cual globo mayestático. «In dulci jubilo», cantó el coro. Eran unas navidades blancas y todo estaba bien. El espléndido retablo de Rubens, la *Adoración*, contemplaba la escena desde más arriba del altar. Años antes un vándalo había pintarrajeado las siglas «IRA» en la esquina inferior derecha, pero la restauración había sido perfecta: ni rastro de la pintada. La restauración, ponderó lord Emmemm, era el arte de ocultar daños. Eso se le había dado históricamente bien al College.

Él se veía a sí mismo no solo como el director del College sino como su personificación, del mismo modo que la reina encarnaba a la nación entera. Si la capilla era piedra transformada en música, entonces el College en su totalidad se hacía carne en él. Había habido frecuentes rumores de que lord Emmemm abandonaría su cargo para entrar en el gobierno pero eso a él no le interesaba, porque en el College era el jefe supremo. Había nacido con el siglo XX y llevaba treinta años rigiendo aquí, desde el año de Dunquerque. Se había salvado de servir en el ejército debido a sus pies planos, y con dichos pies planos había entrado en la vida del intelecto. Ya desde entonces, durante la guerra y en los años posteriores, había estado rodeado de hombres (y ahora de mujeres) con un brillante currículo académico, y ocupaba –o así se lo decía a sí mismo– el corazón mismo de los grandes temas filosóficos de la época. Era él quien había planteado e impulsado el crucial debate entre libertad y bondad. Pero este acto navideño no era el lugar idóneo para reflexionar sobre cosas así. Se retrepó en su asiento y se relajó. El coro cantaba «Adeste fideles». Y venid también los infieles, murmuró para sus adentros. El College era una iglesia de miras amplias.

El fantasma del miembro honorario S. Merlyn Arthur entró en la capilla justo en el momento en que el villancico terminaba. Nadie reparó en su presencia. El preboste estaba leyendo una lección, la historia de cómo Adán y Eva fueron expulsados del Paraíso. La serpiente. «Esta te herirá en la cabeza, y tú le herirás en el calcañar». El miembro honorario permaneció al fondo de la capilla, de espaldas a la pared, hasta que el coro se arrancó a cantar otra vez, ahora sobre una aldea perdida de Tierra Santa, pero igual podrían haber estado cantando sobre el lugar en que se encontraban: «Las esperanzas y temores de todos los años confluyen esta noche en ti».

El miembro honorario empezó a andar. Todos los asientos de la antecapilla estaban ocupados. Ninguna cabeza se volvió. Era lo que él esperaba. Franqueó la arcada donde estaba el recargado biombo renacentista de madera que dividía en dos la capilla y albergaba además el órgano, y un momento después estaba con el coro, detrás del cual y a lo largo del mismo se hallaban los asientos de los miembros importantes del College y los dignatarios invitados. También aquí estaba todo ocupado. Si hubiera querido sentarse para poder disfrutar del servicio navideño, no habría encontrado dónde hacerlo. Pero él no necesitaba un asiento. Lord Emmemm estaba en el lugar de honor, y hacia allí se dirigió el miembro honorario. Al llegar, dio media vuelta y se sentó; ahora su espectro se superponía al preboste, sus piernas solapadas con las de Emmemm, su trasero dentro del perímetro de las más amplias posaderas del preboste, los respectivos torsos ocupando el mismo espacio, la cabeza de uno y de otro en el mismo lugar exacto. Nadie le vio, y mucho menos lord Emmemm; pero una cosa es ver y la otra sentir. El preboste empezó a sentir frío, luego más frío, después mucho, mucho frío: se podría decir que un frío mortal. Se arrebujó en su capa, pero de nada le sirvió. Empezó a tiritar, al principio solo un poco, pero luego compulsivamente. Sus colegas de los asientos vecinos le miraban. Ahora le castañeteaban los dientes. Se miró las manos. Tenía las puntas de los dedos moradas. Finalmente el frío devino tan intenso, tan doloroso, que lord Emmemm no pudo contenerse más. Para consternación de todos y cada uno de los presentes, se puso en pie de un salto, profirió una disculpa incomprensible y huyó de allí. El miembro honorario no fue tras él, sino que se acomodó en el banco recién abandonado. Tras un momento de absoluta confusión, el director del coro hizo que sus cantantes reanudaran la música. El miembro honorario se dispuso a disfrutarla cómodamente. No se había sentido tan bien desde el día de su óbito.

Recuerda, lector, que en aquella época las noticias no se propagaban como lo hacen ahora, por vía tecnológica. Viajaban en paloma mensajera, por decirlo así. Y esta ave, actualmente extinta, del viejo mundo, el «boca a boca», era casi tan veloz como nuestros vehículos de ahora. Segundos después del escándalo en la capilla, todo el mundo en el College sabía que lord Emmemm se había vuelto loco y huido a gritos de la casa del Señor.

Rosa, nuestra estudiante hindú, se enteró por Wyatt, cuyos padres vivían en Senegal como diplomáticos franceses, y que también estaba pasando las vacaciones «arriba» porque África quedaba demasiado lejos. Wyatt era negro además de francés, de ahí que sus compañeros de estudios lo tuvieran por un personaje fascinante: indomable por naturaleza, *chouette* –aquí diríamos ahora «molón» o cosa similar–; en fin, que estaba muy bien. Su verdadero nombre era Lionel Septembre, pero sentía una gran admiración por el fenómeno contracultural de aquellos tiempos –que tanto alarmaba a Rosa–, de modo que se hacía llamar Wyatt, que era el nombre del personaje interpretado por Peter Fonda en la película *Easy Rider*, el cual se hacía llamar también Capitán América. Wyatt, para hacerla reír, le había contado que la película la había visto en París en una *version originale*, diálogos en inglés con subtítulos en francés, y que la frase «No acapares ese canuto» había sido traducida como «Passez-moi le cigarette». Ella no rio. Los porros eran algo ajeno a su visión del mundo, y aunque Lionel Septembre y ella eran lo que él llamaba *cinéastes* –otra palabra nueva–, el gusto de Rosa por el cine estaba moldeado por su ciudad natal, una ciudad obsesionada con el cine, y las películas que más conocía eran de un tipo muy diferente. Ella no había querido ver *Easy Rider*, pero sabía que al final mataban a los héroes. «O sea que trata de la muerte», había comentado. Wyatt discrepó. «Il s'agit de la liberté».

Iban bastante a menudo al cine. Fue él quien la llevó a ver *Ugetsu* y *El manuscrito encontrado en Zaragoza* en la sala de arte y ensayo cercana a la plaza del mercado. También le dio a conocer la *nouvelle vague* (*Pierrot le Fou*, *À bout de souffle*, *Alphaville*), y ella empezó a verse reflejada en aquellas misteriosas heroínas godardianas y a imaginar a Lionel/Wyatt como una especie de Belmondo negro. En la oscuridad de la pequeña sala de cine, bañada en la palpitante luz de la pantalla, notó surgir en su interior un sentimiento que por el momento no se atrevió a llamar por su nombre.

Pero comprendió lo que él había querido decir con «libertad».

Pensó en el miembro honorario. ¿Era eso, quizá, lo que había perseguido en vida sin llegar a encontrarlo? ¿Libertad? ¿Y era libre ahora? ¿Podía llegar a ser libre aun no estando vivo? Ni siquiera estaba segura de qué quería decir con esto. Era una situación imposible de entender racionalmente.

¿Qué había en el archivador negro?

Los aposentos del miembro honorario habían sido cerrados al público durante las vacaciones, de modo que no había ido por allí, ignoraba si él seguía manifestándose en aquel lugar, tampoco lo vio en ninguna otra parte. Pero estaba convencida de que el episodio del preboste huyendo a gritos estaba de algún modo relacionado con la historia en la que ella se había visto envuelta. Al fin y al cabo, ¿cuántas cosas inexplicables podían acontecer en un pequeño *college* que no estuviesen relacionadas? El miembro honorario estaba involucrado en el escándalo de la capilla. Y de ser así, eso representaba sin duda un cambio drástico de comportamiento. Ya no era un fantasma pasivo y melancólico. Había empezado a asustar a este y aquel.

Ella había sentido miedo, de su ira al menos, al preguntarle por el archivador negro. Y esa era la verdadera razón por la que no se había acercado a Escalera A. Por otra parte, estaba intentando convencerse a sí misma de dar la espalda a los muertos. Plantar cara a la vida. La vida, aquellas navidades, era quizá Wyatt, aunque ella lo encontraba un poco demasiado fabuloso para su gusto, y él no buscaba la permanencia. Claro que ella quizá tampoco. Un día hizo acopio de valor y le dijo que prescindiera de aquella tontería de nombre americano. Lionel Septembre estaba muy bien y no tenía por qué cambiarlo. Él le habló entonces de su desencanto con sus padres, con la historia colonial de Francia en África, de su desencanto con Europa. Unos años antes se encontraba en París durante *les événements*, la sublevación estudiantil, la noche de las barricadas, la huelga general y luego la aplastante victoria de De Gaulle en las elecciones, que puso fin a la revuelta. En aquel entonces él era demasiado joven para sumarse a las protestas. Vivía en el piso que sus padres tenían en la Avenue Foch y vio las noticias por televisión. «Perdimos –dijo–. Primero nos maltrataron y luego nos vencieron. Triunfó el status quo; la revolución no tuvo éxito».

Ella le escuchó en silencio, y al cabo dijo: «Todo esto no es motivo para renegar de tu familia». El caso es que un momento después estaban abrazados. Pero ella era virgen y no estaba preparada y él dijo que lo comprendía, y entonces ella se dio cuenta de que lo había perdido. En la era del amor libre, ella no se sentía, y no quería ser, libre. En las notas del miembro honorario había leído algunas frases sobre la disputa entre libertad y bondad. Por muy doloroso que fuese, e incluso si ello la marginaba de gente de su misma edad, ella quería –de momento al menos– ser buena.

El fantasma ya no le daba miedo. Aquel brote de mal humor hizo que se acordara de un tío suyo, un hombre encantador que era proclive a arrebatos de ira seguidos de un prolongado arrepentimiento. Muchas veces enviaba notas a las víctimas de sus exabruptos ofreciendo disculpas. Era su tío favorito y había muerto joven de un ataque al corazón, tal vez resultado de un exceso de ardientes erupciones seguidas de rápidos enfriamientos. Rosa empezaba a pensar en el miembro honorario como un tío en el sentido que esa palabra tiene en la India. Un tío, o *chacha*, no tenía por qué ser un pariente consanguíneo ni un tío por matrimonio. Podía ser un respetable hombre mayor, cualquier persona mayor por la que una sintiera afecto. ¿Cómo le llamaría? ¿Tío Simon? ¿Tío Merlyn?, ¿Arthur Chacha?

En Bombay eran cinco horas y media más tarde que en el meridiano de Greenwich. Una curiosa consecuencia de ello era que si ponías tu reloj boca abajo en Inglaterra sus agujas señalaban qué hora era en la India. La mañana del día de Navidad, un tanto melancólica tras la llamada telefónica de tres minutos máximo a sus padres, allá en su antípoda zona horaria, volvió a los aposentos del miembro honorario. Allí estaba él, en su sillón, con su traje de tweed, y era evidente que se había buscado otra gorra. Su aspecto había empeorado: se lo veía más transparente, más –por decirlo de alguna manera–

*muerto.* Su piel había perdido color, y todo él emanaba una fetidez especial, un hedor a descomposición. Él no parecía consciente de esos cambios y se despabiló considerablemente al entrar ella.

–Mira por dónde –dijo. Su voz sonaba más frágil–. Me alegro de que haya venido.

–Feliz Navidad –dijo ella.

Él sonrió. Sus dientes se veían descoloridos.

–Considéreme –dijo, intentando echarle un poco de humor– el fantasma del presente navideño. Bueno, o del pasado. De lo que estoy casi seguro es de que no soy el futuro.

–A decir verdad –respondió ella, sorprendiéndose de su osadía–, empiezo a pensar en usted como en mi tío favorito número dos.

Él inclinó la cabeza, como aceptando el cumplido, y luego pidió ayuda. En vida, le explicó, le habían gustado mucho los acertijos; uno de sus pasatiempos diarios preferidos era hacer el intrincado crucigrama de *The Times* en nueve minutos justos. Ahora ya no traían el periódico y él no podía sostener un lápiz ni pasar las páginas. Sin embargo, y comoquiera que sus aposentos habían quedado congelados en el tiempo debido a su fallecimiento, había un viejo ejemplar del diario sobre la mesa contigua a la puerta principal. «Quizá tendría usted la gentileza de abrirlo por la página adecuada y luego sentarse a mi lado, leerme las preguntas y escribir las respuestas conforme yo se las vaya diciendo».

Quince minutos más tarde, el crucigrama estaba terminado.

–¿Cuánto? ¿Quince minutos? –preguntó el miembro honorario.

–Sí, Arthur Chacha. Eso está muy bien.

–Es decepcionante –dijo él–. Se nota que estoy en baja forma. –Luego pensó que tenía algo más importante que decir en día tan señalado–: Tengo una especie de regalo para usted –le dijo a Rosa–. Creo que quizá ha llegado el momento de ser menos críptico y responder a su pregunta sobre el contenido del archivador negro, pese a que hacerlo significa quebrantar la ley. Yo, ahora, estoy más allá de donde alcanza el brazo de la ley, pero usted no, querida. Por consiguiente dejo a su criterio responder o no a la siguiente pregunta antes de proceder. ¿Está dispuesta a recibir una información que legalmente no debería usted recibir?

Lo inesperado de estas palabras colocó a Rosa en un aprieto.

–No lo sé –dijo–. ¿Puedo pensármelo?

En su país, sus amistades le tomaban el pelo con frecuencia por ser tan cauta, por su renuencia a tomar decisiones en el momento incluso sobre cosas tan simples como si ir a ver la nueva película al Eros o al Metro (o quizá al Regal o el New Empire o incluso el Excelsior), y algunos habían amenazado con hacerle una camiseta con la leyenda «Deja que me lo piense». Pero no podía evitarlo: ella era así.

–Vaya a dar una vuelta –le sugirió él–. Fíjese, nieva un poco. A mí el frío siempre me ayudaba a reflexionar y a ver las cosas con claridad.

# 8

Lord Emmemm pasó todo el día de Navidad solo. No tenía pareja en la vida, siendo lo que en aquel entonces se llamaba un «soltero empedernido», y había dicho al personal que atendía la Residencia del preboste que podían ir a pasar las fiestas con sus familias respectivas. Le habían dejado comida en la cocina, repartida en bandejas y fuentes cubiertas con paños, la fruta y los cereales que le gustaba desayunar, y para el tradicional ágape navideño había salmón ahumado con rodajas de pan integral y una buena cantidad de pavo frío y jamón asado a la miel con acompañamiento de ensaladas de pepino y remolacha y patatas nuevas, y, aparte, tarros de chutney dulce y salsa de rábanos, y por último un pudin de Navidad con una botella de brandy para verter un chorrito encima en el momento adecuado y flambearlo. Los cubiertos resplandecían, la loza brillaba, las servilletas estaban pulcramente dobladas en forma de flor. Una familia numerosa se habría alimentado mejor que bien con aquellas abundantes provisiones. Había además un surtido de vinos: botellas de jerez, un buen borgoña, y también oporto de las legendarias bodegas del College, todo ello con su respectiva copa al lado para cuando a él le apeteciera.

Pero a él no le apetecía nada. La experiencia en la capilla lo había dejado helado hasta los huesos, literal y metafóricamente. Era consciente de haberse puesto en ridículo y sabía que iba a ser la comidilla tanto de colegas como de alumnos y que buena parte de esas habladurías sería malintencionada. Como persona obsesionada con su posición en el mundo, hecha a la medida de su *amour-propre*, en otras circunstancias esto habría estado en el primer plano de sus pensamientos, pero esta vez tenía otras y más lúgubres preocupaciones.

Lo ocurrido le había causado verdadero pánico y por partida doble, porque mientras el frío helado iba atenazando todo su cuerpo había recibido, como por vía sobrenatural, el significado y origen de la frialdad misma. Un espíritu se había sentado en su butaca, no encima de él sino *dentro* de él, el cuerpo-espectro fundiéndose con sus propias carne y sangre. Y en aquel momento supo con toda certeza de quién se trataba.

Del miembro honorario S. M. Arthur. Merlyn. ¿Qué sortilegio era este? ¿Qué oculta magia negra? ¿Qué funesta malevolencia venida del más allá contra su persona? Pues la manifestación era malévola, de eso no le cabía la menor duda.

Y sabía por qué.

Dejó el banquete navideño intacto, agarró por el cuello la botella de brandy Napoleon, cogió una copa tipo balón, entró en la biblioteca y, en un gesto fútil que ponía en evidencia el alcance de su turbación, cerró la puerta y echó el pestillo.

En el hogar ardía una lumbre baja. Él había añadido leña a lo largo del día, confiando en que sus extremidades recuperaran el calor. Así había sido en parte, por fin, y el coñac también ayudó. Dejó botella y balón sobre un velador contiguo a la butaca más próxima al fuego, fue hasta un determinado estante y bajó una determinada carpeta delgada con tapas de piel. Cuero rojo, y en la cubierta, en letras doradas, la leyenda: LIBERTAD VS. BONDAD, POR L. L. EMMEMM. Aposentándose en su butaca, empezó a leer.

Habían pasado cinco años desde que le pidieran dar una serie de conferencias en la radio. Fue la serie de conferencias más prestigiosa del país. Su contribución había causado un gran revuelo, cosa que no le desagradó, si bien las objeciones de muchos colegas del College le habían aportado cierta (no mucha) inquietud. En esta carpeta especial había conservado su manuscrito. Estaba orgulloso de su caligrafía. Era elegante y hermosa, como él.

Estas habían sido sus propuestas principales: *en primer lugar*, que el concepto de «libertad» llevaba consigo un nutrido y variado bagaje, un grupo de conceptos relacionados a los que se podría llamar individualismo, anarquismo, despreocupación, irresponsabilidad, egoísmo, narcisismo, delincuencia. Si uno abrazaba la causa de la libertad, entonces la pregunta era: ¿Libertad de qué? ¿De la opresión? Muy bien, pero ¿cómo había que definir esto? La persecución era de todo punto indeseable, pero *opresión* podía ser también una «palabra excusa» con la que describir una oposición a la conducta indeseable de la persona «libre». ¿Indeseable para quién? Para el Grupo. La Sociedad. El ente que es más grande que el yo. Más sobre esto bajo el epígrafe «bondad». ¿O libertad respecto del Estado? Sí, había grupos –las mujeres, por ejemplo– que sostenían que el Estado no tenía ningún derecho a interferir en las decisiones que ellas tomaban sobre su propio cuerpo, y uno no puede menos de pensar que esa opinión era justa. Pero los libertarios extremos, en Estados Unidos por ejemplo, utilizaban la idea de «libertad respecto del Estado» para justificar variadas formas de delincuencia o incluso militancia. Así pues, ¿podía afirmarse que había extremos de libertad *para el yo* que militaban contra la libertad *de la mayoría*? Lo cual ponía sobre la mesa dos categorías de libertad, la «buena» y la «mala». Eso daba pie a la pregunta siguiente: ¿Cómo definir la libertad buena y la libertad mala y quién debía hacerlo? ¿Eran universales y eternas, o sus definiciones variaban al compás de la historia? Él había ahondado en estas cuestiones hasta ofrecer posibles respuestas –que muchos juzgaron conflictivas–, y su conclusión había sido explosiva. Podía ser, había planteado finalmente, que para ser «bueno» uno hubiera de abandonar la idea de ser «libre».

Y luego, *en segundo lugar*, había examinado la «bondad». Aquí quedó en evidencia que su tesis era una versión «moral» o un complemento del viejo debate sociedad vs. individuo, y que él se ponía firmemente del lado de la «sociedad», esto es, que creía que en muchos casos los derechos del grupo tenían prioridad sobre los del individuo, lo cual a su vez era afirmar que él en política era conservador y que su filosofía derivaba del hecho de formar parte de la clase dominante. En su argumentación la bondad era algo propio de la comunidad, un valor al que se había llegado por acuerdo, por puntos de vista compartidos. Uno no podía ser bueno estando aislado. Ser bueno implicaba ser visto siendo bueno, ser bueno en contextos sociales, *hacer el bien*. Poco le faltó para rechazar de plano la idea de *ser* bueno. El bien no era algo inherente al yo, sino un producto de la conducta social. Uno podía *volverse* bueno, eso sí, siempre que adoptara un comportamiento bueno.

De ahí, pues, su *conclusión* de que libertad y bondad eran dos conceptos que había que entender como irreconciliables y que el individuo moral tenía la necesidad y la obligación de decidir de qué lado estaba. Para ser bueno había que hacer concesiones en lo referente a la libertad y poner la libertad absoluta en manos del bien común. Ser libre era abandonar la idea de ser bueno.

«Ser libre era abandonar la idea de ser bueno». Esa fue la síntesis que atizó el fuego. Ministros, arzobispos, directores de periódico, artistas le atacaron sin piedad. Que lo suyo era de una *delirante ofuscación*, que sus ideas eran *difusas* y su argumentación *ridícula*. Que había construido una *falsa oposición*. Bondad y libertad no eran cosas incompatibles. La Libertad era un elemento crucial en el Bien, y el ámbito de la bondad tendía inevitablemente hacia la libertad para todos. En la cámara de los Comunes, uno de los polemistas radicales más célebres del país lo calificó de «desgracia para el College que preside». Emmemm asimiló todo ello con una especie de encogimiento intelectual de hombros. El objeto del pensamiento serio era procurar que la sociedad se cuestionara a sí misma. Eso era cosa sabida. Él no había hecho más que añadir una nueva propuesta a la anterior: que el objeto del pensamiento serio era también intentar que el individuo se cuestionara a sí mismo y que ambos, el Bueno y el Libre, se interrogaran mutuamente. La democracia era argumentación, y él no había hecho sino iniciar una argumentación con la esperanza de que fuese productiva.

Dentro del College los comentarios más cortantes vinieron del puño y la letra del miembro honorario. «Me induce usted a sospechar –escribía S.M. Arthur en una nota personal dirigida a lord Emmemm–, que es perfectamente viable que una persona pueda no ser libre ni buena». Emmemm se lo había pasado por alto; bastantes problemas tenía ya el miembro honorario.

Acordarse de Arthur hizo que reviviera el terror experimentado en la capilla. ¿Era posible que el hombre lo estuviera acechando desde el otro mundo? ¿Estaba él mismo volviéndose loco, o acaso semejante cosa era posible? Y entonces se acordó de lo que había dicho la joven estudiante india. Había dicho «también».

# 9

Rosa había escuchado las conferencias de lord Emmemm y las había leído cuando las publicó *The Times*. Ella procedía de un país donde con mucha frecuencia las opiniones de la colectividad pesaban más que los derechos del individuo, de ahí que se identificara con buena parte del contenido de aquellas. Pero también la afectaba el espíritu de la época y su celebración de la libertad. A ella, en su país, la consideraban un espíritu libre, y aquí en cambio una persona conservadora; no sabía hacia dónde tirar. De verse obligada a escoger entre esos dos polos a fin de ser una persona ética, por citar a lord Emmemm, entonces no le cabía duda: debía de ser inmoral, porque no sabía cómo elegir.

Lo que sí sabía, mientras caminaba a solas por la nieve, era que su encuentro con el miembro honorario S.M. Arthur era cl hccho más significativo dc su vida hasta la fecha y que ne cesitaba vivirlo al máximo posible de su potencial. De modo que sí, accedería a escuchar esas palabras no legales, y si ello significaba elegir libremente en vez de obedecer a la ley como haría una persona buena, bien, por esta vez al menos se pondría de ese lado. Había estado paseando por el sendero entre el río y el jardín de la parte de atrás. El cielo estaba colmado de nieve, no había estrellas ni luna. Dio media vuelta y deshizo el camino en dirección a Escalera A, lista para cualesquiera indecencias que la noche pudiera sacar a la luz. Ella sabía guardar un secreto. Fuera lo que fuese lo que él le contara, aun por muy escandaloso o turbador que pudiera ser, sus labios permanecerían sellados.

Anochecía cuando vio acercarse a Lionel Septembre.

–Estar solo en un día como hoy es una pena –dijo él–. ¿Te importa si te acompaño?

Rosa decidió que, puesto que era un día de secretos, le revelaría el suyo propio a su compañero.

–Tengo que contarte una cosa –dijo–. Cuando lo hayas oído pensarás que estoy loca de remate y saldrás corriendo y no me dirigirás la palabra nunca más.

–Hoy se celebra el parto de una virgen –dijo él–. ¿Es más raro que eso?

Y Rosa se lo contó. El primer encuentro en el bar de la cantina de estudiantes. Las frecuentes conversaciones. El cariño que le estaba tomando al escritor fallecido. Su *tío*. Lionel Septembre escuchó con atención, muy serio, no hizo el menor intento de interrumpirla. Ella terminó de hablar y entonces se detuvo y le miró, esperando su rechazo y su mofa.

–En Senegal, donde viven mis padres –dijo él–, cuentan la historia del Ceddo, un fantasma del pasado que mete miedo a los vivos. A veces se le da un tinte heroico, al Ceddo, pero hay versiones que lo pintan como un espíritu brutal. Ah, y tiene un enemigo, el Marabout, y lo persigue a través del espacio y del tiempo. Al escucharte me he acordado de todo eso. ¿Tu Ceddo tiene algún enemigo?

–Creo que su enemigo es lord Emmemm –dijo Rosa–. Entonces ¿no crees que esté loca?

–He pensado mucho en ti, en tu inteligencia, en tu belleza, en tus (si me permites decirlo) reticencias físicas. Y he decidido lo siguiente: acepto tus condiciones.

Ella notó que se acaloraba.

–No sé muy bien qué significa eso –dijo–, pero sospecho que estás mintiendo.

–Significa que sí, que aquí me tienes. Y que lo que me cuentes, me lo creo. Y que no es necesario hacer lo que tú no quieras hacer.

–Ahora sé seguro que mientes –dijo ella.

Lionel Septembre la rodeó con sus brazos y permanecieron así, con la nieve cayendo suave, muy suavemente a su alrededor.

–Ve a verle –le dijo él–. Escucha lo que tenga que decirte.

El miembro honorario la estaba esperando cuando ella volvió a sus aposentos.

–Cuéntemelo todo –dijo Rosa.

Y él empezó:

Siempre había sido un devoto de los crucigramas, los problemas de ajedrez, los acertijos, abordaba todo ello con entusiasmo y pronto descubrió que poseía el tipo de cerebro capaz de desenmascarar los engaños de los maestros del enigma. Una vez instalado en el College a raíz del éxito de su libro, encontró allí muchos espíritus afines, amantes de problemas y adivinanzas y expertos como él en su resolución. Pero luego, el 3 de septiembre de 1939, este tipo de frivolidades pareció volverse irrelevante para siempre jamás. La guerra mundial, la segunda en solo veintiún años, había estallado. Él tenía veintinueve años. La literatura le pareció tan irrelevante como los crucigramas. Él mismo se sentía irrelevante. Enterarse de que lord Emmemm se había salvado de hacer el servicio militar porque tenía los pies planos –en lenguaje médico sonaba todavía más absurdo: *pes planus*– le dejó indiferente. Pero luego resultó que él mismo fue declarado no apto por una combinación de miopía, astigmatismo y glaucoma incipiente. Cuando se lo notificaron, se sintió un inútil. Estaba convencido de que habría sido la peor clase de soldado posible, y que de haber sido enviado a primera línea del frente no habría durado vivo ni veinticuatro horas. No obstante, que lo rechazaran fue una gran decepción. Más que eso: una fuente de auténtica vergüenza.

Luego, sin más explicaciones, recibió orden de presentarse inmediatamente en la GC&CS, la escuela gubernamental de Códigos y Cifrados, en Buckinghamshire. Esas siglas, GC&CS, no se utilizaban en ningún tipo de comunicación. Al lugar en concreto se lo conocía, entre otras cosas, como Station X. Y fue allí donde el escritor S. M. Arthur libró su guerra.

Le dijeron que fuera a Cabaña 6. A poco de entrar oyó por primera vez los nombres Enigma y Lorenz, y en ese instante comprendió que eran esos entes, y no Adolf Hitler, los verdaderos enemigos a los que se enfrentaba. No había visto nunca aquellas máquinas que generaban mensajes cifrados utilizando técnicas de las que él nada sabía; su trabajo consistía en descifrar los códigos y proporcionar traducciones al inglés de los mensajes secretos alemanes cuyo nombre en clave era *Fish* [Pez]. Se había convertido en un pescador lejos de cualquier río o mar.

Los criptógrafos: eran maestros del ajedrez, matemáticos, genios del crucigrama. Pero el pistoletazo de salida fue la información deducida de sus homólogos polacos. A partir de ahí descifraron los códigos de Enigma y de Lorenz, y también los de variantes de estas máquinas cuando aparecieron, un trabajo realizado de principio a fin en el más absoluto secreto. Los alemanes nunca supieron que los criptógrafos del enemigo leían sus mensajes en clave y los pasaban al alto mando militar; nadie conocía los nombres de dichas personas ni la existencia del pseudónimo HMS Pembroke V, también conocido como Room 47, Foreign Office o RAF Eastcote, o sea Station X, donde peces alemanes eran capturados cada día.

—Yo no soy de fanfarronear —dijo el miembro honorario—, pero la opinión (y cuando digo opinión me refiero a la del historiador oficial del servicio de Inteligencia británico) es que gracias a nuestro trabajo la guerra duró varios años menos, y que sin él no está claro que hubiéramos ganado nosotros.

Terminada la guerra, cada cual siguió su camino. No se escribieron ni hablaron por teléfono, no volvieron a verse nunca más. Se convirtieron en mutuos desconocidos, nada sabían de la vida de los otros durante la posguerra y tampoco tenían interés en conocerse mejor. Jamás se escribió sobre el trabajo que hicieron, nunca se habló de ello, quedó tapado por una niebla tan espesa como esta en la que él se encontraba envuelto ahora. Bueno, y qué. Ellos no perseguían la fama. Habían servido a su país y cada uno de ellos llevaba dentro de sí este recuerdo. Con eso bastaba. El decreto que prohibía toda mención del gran secreto debía estar vigente durante cinco décadas. Pero luego, hacía ahora cuatro años, el gobierno revisó la ley y la vigencia pasó de cinco a tres décadas.

–Treinta años desde el final de la guerra son cuatro años a partir de ahora. Dentro de cuatro años se podrá contar lo que hicimos –dijo el miembro honorario–. Hasta entonces, cuanto acaba usted de oír es ilegal que yo se lo haya contado e impropio de usted haberlo oído. Las leyes sobre el secreto son extremadamente estrictas.

–Ha esperado usted mucho –dijo ella–. Veintiséis años, ha estado mordiéndose la lengua. ¿No hubiera sido más sensato aguantar otros cuatro años y luego obtener todo el reconocimiento que se merece? ¿Por qué contármelo ahora?

–En primer lugar, querida –respondió él–, porque estoy muerto, ya sabe usted. No creo que dentro de cuatro años quede de mí ni una sola migaja. Como estoy seguro de que podrá ver, y como yo también sé, lo que queda de mí se va descomponiendo. No pasará mucho tiempo antes de que lo que usted calificó de error sea rectificado y yo desaparezca definitivamente. Este interregnum en el que ahora me encuentro resulta que no es una especie de refugio «eterno» contra los estragos del tiempo; no es ningún Shangri-La sino una sala de espera. Y en segundo lugar, dentro de cuatro años usted tampoco estará aquí, habrá terminado sus estudios y encarará el futuro que le esté deparado, sea cual sea. Encontrará el amor, ya sea con ese Monsieur Septembre o con cualquier otro monsieur o incluso, aunque sospecho que no, un matrimonio concertado allá en su país de origen. Tendrá su brillante futuro y dejará de preocuparle esta anécdota de un pasado remoto.

Ella decidió pasar esto por alto.

–¿Y todo lo que me ha contado hoy está detallado en ese archivador negro? –preguntó.

–No –dijo él–. Poner por escrito cualquier cosa relacionada con esto habría sido una insensatez. Digamos que esta historia es a modo de prólogo. El archivador contiene un secreto de una índole muy diferente.

La guerra había terminado. Estaba de vuelta en el College. La faceta de él que siempre había estado prohibida seguía estando prohibida. Con todo y con eso, su deseo de lo prohibido había ido en aumento. Tras cinco años en Cabaña 6, donde, abrumado por la necesidad, no había pensado una sola vez en las demandas de su cuerpo, ahora, en plena época de austeridad y racionamientos, él quería amor. La gente había besado a desconocidos en plena calle el día que la paz volvió. Él también quería besar a un desconocido.

–El país de usted se ganó su libertad –le dijo a Rosa–, aunque, como sin duda habría señalado Emmemm, esa libertad estaba reñida con la bondad debido a las matanzas subsiguientes, ese millón de muertos. ¿O fueron quizá dos millones? Imposible saberlo. Le confieso que no estaba pensando en esos asesinatos religiosos. Me acordaba, por puro egoísmo, de los dos hombres a quienes amé en su día. Y me pregunté si, volviendo después de tantos años, y caído ya el imperio que tanto detesté, podría hallar de nuevo en ese país de libertad recién conquistada lo que tanto necesitaba encontrar.

Él no volvió. Fue la India la que volvió a él. En la plaza del pueblo encontró al hombre a quien luego se referiría como el «Brown Bobby», un poli, un guardia de origen sudasiático que estaba haciendo su ronda. En aquella época había muy pocos «maderos» indios en las calles de Inglaterra, no digamos ya que fueran carismáticamente apuestos, con sus turbantes en lugar del casco tradicional; y el miembro honorario entabló una amistosa conversación con el agente Jai Singh y le felicitó por su pionero papel cívico. No mucho tiempo después el guardia pasó de Brown Bobby a B.B. y de ahí a *bibi*, que era como decir «señora» o, alternativamente, «esposa». De hecho, el guardia tenía mujer, y cuando el miembro honorario fue por primera vez a casa de su nuevo amigo, la sorpresa que se llevó fue considerable. Pero el agente Singh lo tranquilizó en un tono jovial. «No debe usted preocuparse, señor –dijo, poniendo un brazo sobre los hombros del miembro honorario–. No hay problema. La señora estará encantada de compartir».

Y así funcionaron las cosas durante un tiempo –«casi diez años, en realidad», dijo el miembro honorario–, y las tres partes implicadas parecían satisfechas con el arreglo. Los tres *bibis*, Brown Bobby y sus dos esposas, daban la impresión de estar a gusto con su *ménage à trois*. Iban juntos de excursión al campo, o al cine, pasaban las vacaciones juntos en una helada playa inglesa, a ojos de todo el mundo «como una tediosa familia pequeñoburguesa», en palabras del miembro honorario.

–Demasiado bueno para ser verdad, por descontado –añadió–. Y un buen día todo el tinglado se fue a hacer puñetas.

El oficial al mando de la comisaría hizo llamar al guardia Jai Singh. «Su mujer se ha presentado aquí para hablar conmigo –le dijo el capitán–. Alega que durante los últimos diez años ha estado usted practicando actividades sadomíticas con un miembro del College. Le doy la opción de renunciar ahora mismo a su cargo o ser cesado con efecto inmediato. Después, entregará usted la insignia y el uniforme y saldrá de aquí cagando leches para no regresar nunca más, mientras decidimos qué acciones tomamos en su contra. Y ahora, largo de aquí».

La noticia no tardó en llegar a oídos del preboste. El College contaba con una insólita ordenanza local por la que ningún agente de la ley podía entrar en su recinto sin el beneplácito del preboste. Lord Emmemm declinó dar su autorización «por el momento» y se personó en los aposentos del miembro honorario.

«Un mal asunto», dijo.

«Malo para el College», dijo por añadidura.

«El College se ha portado bien con usted –añadió–. Demasiado bien, podrían afirmar algunos».

«Lo único que esperábamos de usted era discreción», señaló acto seguido.

«Un buen lío –acabó diciendo–. Tendré que meditar sobre la mejor línea de actuación».

–Yo estaba bloqueado –le dijo a Rosa el miembro honorario–. La idea de ir a la cárcel me horrorizaba. No me quitaba de encima las palabras de Wilde. Aquello del «hombre que contemplara / con tal anhelo en los ojos / esa pequeña cúpula azul / que los presos llaman cielo». Y también: «Ignoro si las leyes aciertan / o si las leyes se equivocan; / lo único que aquí sabemos / es que el muro es resistente, / y que cada día es como un año, / un año de largos días». Imaginar aquello me resultaba insoportable. Sabía que allí no iba a sobrevivir. Temí que mi vida hubiera llegado a su final.

»Y entonces Emmemm vino con una una "solución". Así fue como lo llamó. Incluso creo que dijo, si la memoria no me falla, "una solución elegante". Había hablado ya de ello con las autoridades, me explicó, y si yo aceptaba no habría arresto ni escándalo para mí como para el College, y no tendría que cumplir condena en prisión. ¡Bueno! Qué alegría me llevé. Pero ¿cuál podía ser, esa milagrosa solución?

»Fue la primera vez en mi vida que oí hablar del DES, o sea dietilestilbrestol. Este medicamento, me explicó Emmemm, se utilizaba como tratamiento en casos de cáncer de próstata. Esa sería nuestra tapadera: a mí me habían diagnosticado este cáncer, estaba bajo tratamiento y el diagnóstico era excelente. Nadie sabría nada más del asunto. Al guardia Singh y su mujer les habían entregado billetes baratos de solo ida a Delhi y estaban ya de camino. No volverían a causar problemas a nadie.

»Pero el fármaco tenía otro uso. Tenía el efecto de parar la producción de hormonas sexuales. Era lo que llamaban un inhibidor de la síntesis de andrógenos; impedía que el cuerpo produjera testosterona.

»En otros términos, se trataba de una *castración química*. Y eso era lo que ellos me pedían que aceptara. Convertirme en eunuco por vía medicamentosa. ¿Beneficios? Conservar mi reputación y evitar una larga condena de prisión.

»Acepté. La otra alternativa era impensable, de modo que tomé el medicamento. Lo tomé hasta un día antes de morir. El frasco de píldoras estaba sobre mi mesita de noche cuando me encontraron muerto en la cama. Incluso tras la legalización de cuatro años atrás, me vi obligado a seguir con el tratamiento so pena de perder mi alojamiento en el College. Ese era el trato. Hasta el día de hoy nadie ha sabido la verdad salvo varios personajes anónimos de las altas esferas de poder, Emmemm y yo mismo. Y ahora la sabe usted también.

# 10

De pronto Emmemm estaba en el umbral de los aposentos del miembro honorario. Había algo inusual en su semblante: miedo.

–Hace rato que la busco, señorita –bramó, tratando con ello de disimular el temor que sentía–. ¿Sé puede saber qué está haciendo aquí?

–Fue usted quien me pidió que cuidara de estos aposentos, señor –respondió Rosa–. Solo intento asegurarme de que todo esté como debe estar.

–Durante las navidades estos aposentos están cerrados –dijo Emmemm–. No hay ninguna razón para que ande husmeando por aquí.

–Perdón –dijo ella–. Le ruego que me disculpe. Ahora mismo me marcho.

–Quédese. Necesito hablar con usted.

–¿Conmigo, señor?

–Sí, maldita sea, con usted. ¿Recuerda nuestra última conversación?

–No estoy muy segura, señor.

–Sí, sí. Yo dije, hablando metafóricamente, «Su fantasma le daría el visto bueno». Y usted, aparentemente no de forma metafórica, contestó: «¿A usted también se le ha aparecido?». *También*, o sea queriendo decir que se le había aparecido. Pues bien, señorita, ahora le pregunto: ¿Es cierto eso?

Ella no supo qué decir y se quedó allí plantada, muda y con cara de imbécil.

El miembro honorario acudió en su ayuda.

–Dígale que sí –dijo.

–¿Está seguro? –preguntó ella.

–Sí.

–¿A quién le está usted hablando? –exigió saber lord Emmemm–. Aquí no hay nadie más. –Entonces abrió mucho los ojos, antes de preguntar–: ¿Es él? ¿Está en esta habitación?

–Responda que sí –dijo el miembro honorario.

–Sí –dijo ella–. Sí, milord. Está aquí.

–¿Usted puede verle?

–Dígale que sí.

–Sí, señor. Le veo y le oigo. No sé por qué razón, pero así es.

–Extraordinario –exclamó lord Emmemm, y luego preguntó en un tono imperativo–: ¿Qué es lo que quiere? Porque algo querrá, seguro. ¿De qué diablos se trata? Ese hombre debería estar en paz. ¿Lo entiendes, Simon Merlyn? ¿Me estás oyendo? ¡En paz!

–Dile que quiero la verdad.

–Dice que quiere la verdad, señor.

–¿La verdad? ¿Qué verdad? ¿Pero qué diantres se propone ahora?

–Dile que sabe muy bien de qué hablo y que deje de mentir de una vez.

–Disculpe señor, pero dice que usted lo sabe muy bien, y que debería dejar de mentir.

Lord Emmemm guardó silencio.

–Dígale que si no lo hace, me meteré dentro de él y le daré cada noche el tratamiento de frío mortal hasta que eso lo mate a él también.

–No puedo decir eso.

Eran dos gladiadores frente a frente, pensó ella, el uno vengativo, el otro por fin a su merced, y ella en medio como una especie de traductora o intérprete, perpleja y aterrorizada y fuera de lugar. La arena no era lugar para intermediarios.

–¿Qué es lo que no puede decir? Le hablo a usted, señorita. ¿Está jugando conmigo?

–No, señor. Claro que no.

–Vamos, dígaselo a ese cabrón.

–Esto es muy complicado.

–¿Qué es muy complicado? Desembuche. Vamos.

–Señor, él dice que si no cuenta la verdad, le... le seguirá atormentando hasta que eso le mate. Lo siento, señor. No puedo continuar.

Lord Emmemm se llevó una mano a la frente.

–Esto es de pesadilla –dijo.

–Dígale que quiero una descripción detallada del modo en que se me trató. Que quiero verlo en la primera plana de los periódicos. Y que quiero una disculpa pública. Que se humille pidiendo disculpas públicamente.

Temblando, ella repitió las palabras del miembro honorario. A continuación, este habló de nuevo.

–Dígale que me arrancó una parte esencial de mi libertad, pero que ello no supuso nada de bueno. Él mismo es la refutación viviente de su ridícula teoría.

Así se lo dijo ella. Emmemm se tambaleó ligeramente y acto seguido se abalanzó sobre la butaca de piel.

–No se siente ahí, señor –gritó ella.

–Maldita sea. ¿Por qué?

–Porque ahí está él. Es donde está ahora mismo.

Con un aullido animal, lord Emmemm salió corriendo de la habitación.

–Vaya, eso ha sido realmente gratificante –dijo el miembro honorario–. Ha sido incluso divertido.

La confesión de lord Emmemm en la televisión nacional empezó con la afirmación de que era el momento oportuno, puesto que las actitudes sociales habían cambiado: las posturas que habían hecho que la homosexualidad estuviera proscrita habían sido sustituidas por un consenso mucho más liberal, y la ley había seguido la línea que marcaba la opinión pública. En aquellos viejos tiempos el mundo era diferente. Su deseo no había sido otro que ahorrarle a un gran talento literario lo que William Wordsworth había llamado las «sombras de la prisión», que empezaban ya a cernirse sobre él. Él reconocía ahora, dijo lord Emmemm, que una ley injusta lo había llevado a cometer una grave injusticia, a poner al autor en una prisión cuyos muros y barrotes no estaban hechos de piedra o acero sino de productos químicos, sustancias que anublaron su cerebro y que, sin duda alguna, privaron a la cultura de los nuevos frutos de su genio. Deseaba, dijo, expresar el mayor de los arrepentimientos, al que se sumaba un gran sentimiento de alivio por el hecho de que hubiera llegado la hora en que las preferencias privadas de personas como S.M. Arthur podían ser manifestadas abiertamente y sin temor. La confesión de lord Emmemm, curiosamente, terminaba contradiciendo sus palabras iniciales. «Esta explicación, esta disculpa, esta manifestación de amargo arrepentimiento por mi parte y la del College al que sirvo, llega tarde, muchos quizá dirán que demasiado tarde, pero, quién sabe, más vale tarde que nunca».

Entre las fuertes críticas que suscitó la declaración de Emmemm se contaban, de manera especialmente dañina, cartas anónimas a la prensa señalándolo como adepto no salido del «armario» de las mismas prácticas que habían conducido a la «castración» del miembro honorario. (Quede claro que la expresión «salir del armario» no era de uso común entonces; si se ha empleado aquí es porque hoy en día la entiende casi todo el mundo). La acusación de «traidor a su propia causa» fue lo que acabó con él. Tras renunciar a su cargo de preboste, se fue a vivir a una casita en el sudoeste de Inglaterra, se retiró de la vida pública como de la académica y falleció anónimamente unos años después. *The Times* publicó apenas un pequeño obituario.

Rosa vio la disculpa por la tele junto con el miembro honorario, quien al final asintió vigorosamente con la cabeza.

–He aquí la diferencia entre los libros y la vida real –dijo–. En los libros es preciso llevar las cosas a un desenlace satisfactorio, mientras que en la vida real las cosas no son tan limpias. En mi caso, el segundo secreto no verá la luz hasta que yo lleve mucho tiempo muerto. Temo que pronto llegará el momento de morir de nuevo. Las cosas no se hacen «mejor tarde que nunca», que suena un poco autocomplaciente, sino, digamos, «justo a tiempo»; lo otro es tarde y basta. Demasiado tarde para mí, y yo mismo llego demasiado tarde. La niebla que me envolvía como una mortaja empieza a clarear y veo el camino. Es hora de partir.

–Pero seguro que aún podrá quedarse algún tiempo –dijo ella, con un tono de súplica en la voz–. Tío, no puede ser que quiera usted abandonar... –No completó la palabra que tenía en la cabeza.

Abandonarme.

–Querida –dijo él–, llorar por una primera muerte es muy comprensible. Hacerlo por una segunda, es decir la muerte de quien ya está muerto, es ligeramente ridículo.

Ella se enjugó los ojos.

–Además –añadió el miembro honorario–, ya tengo bastante planeada mi salida. Vaya al puente sobre el río mañana a las seis de la tarde. Traiga a Monsieur Septembre si lo desea. Él probablemente no verá nada, pero así podrá usted cogerle de la mano.

# 11

Era el día de Nochebuena. Había dejado de nevar y el cielo estaba despejado, las estrellas brillando con fuerza. Rosa y su Lionel, bien abrigados contra el frío esperaron de pie en el pequeño puente que cruzaba el riachuelo. El miembro honorario llegó puntual –a la hora, no con retraso, tal como había vivido– y con sus acostumbrados traje y gorra de tweed. Cruzó el jardín hasta la orilla, miró hacia donde estaban ellos y levantó una mano. En ese momento Rosa vio aproximarse la batea.

De pie en la plataforma trasera de la embarcación, empuñando la pértiga, iba un caballero indio de elegante atuendo: traje de color crema, chaleco floral, foulard color borgoña y zapatos de dos colores, crema y chocolate. Sentado en la batea, pero en aquel momento poniéndose de pie, había un hombre vestido con un dhoti indio y una sencilla chaqueta tipo Nehru a cuadros blancos y negros, un personaje mucho menos aristocrático pero tan limpio y pulcro como el otro. Khan Sahib, pues de él se trataba, condujo diestra y lentamente la batea siguiendo la ribera. El señor Shah, pues no podía ser otro que él, se irguió y extendió el brazo. El miembro honorario se había vuelto casi transparente, y los otros dos –pudo observar Rosa– también dejaban ver al través de sus formas el paisaje llano, el riachuelo, la batea misma. De repente se acordó de unos versos de Kipling que hablaban de la magia de Inglaterra.

*She is not any common Earth, / Water or wood or air, / But Merlin's Isle of Gramarye, / Where you and I will fare.**

Pero la magia estaba a punto de dejar paso definitivamente a la vida cotidiana.

El miembro honorario estaba en la batea, que ahora avanzaba hacia el puente.

–¿Adónde va, Arthur Chacha? –le gritó ella.

Lionel, que no estaba viendo nada, le apretó la mano. Ella se permitó apoyar el cuerpo en el de él. Una sensación reconfortante.

–¿Adónde si no? –respondió el miembro honorario alzando también la voz–. A Avalon.

Entonces la batea pasó bajo el puente, pero no salió por el otro lado.

## UNA NOTA AL PIE

Cuatro años después, terminado el embargo de tres décadas, el valiosísimo trabajo de Station X durante la Segunda Guerra Mundial fue ampliamente divulgado y los desencriptadores recibieron por fin el reconocimiento que merecían. Los pocos que habían sobrevivido recibieron honores de Estado, y a los que habían muerto se les concedieron los mismos honores a título póstumo. Se lanzó una serie conmemorativa de sellos con la media docena de jefes del equipo Cabaña 6; uno de los sellos llevaba la imagen de Simon Merlyn Arthur.

Uno de los desencriptadores supervivientes declaró a la prensa que el grupo al que él pertenecía, el de Buckinghamshire, utilizaba un apodo privado.

Eran «la Mesa Redonda».

* «No es un lugar cualquiera, / ni sus aguas, ni sus bosques, ni sus aires. / Es la isla de Merlín, la de Gramarye, / hacia donde tú y yo nos dirigiremos». Traducción de Cristina Sánchez-Andrade. (*N. del T.*)

# OKLAHOMA

# PRÓLOGO

El texto que viene a continuación es la última obra de un escritor a quien perdimos tristemente demasiado pronto, Mamouli Ajeeb, el cual prefería darse a conocer por sus *initiales de plume*, «M. A». El manuscrito fue enviado por email a la editorial el día antes de que nos dejara, acompañado por una nota pidiendo su publicación (contradiciendo una indicación en el propio texto de que no debía publicarse) y que se lo considerara una obra puramente de ficción a pesar de su forma «autoficcional». El autor la describía como «una narración que es falsa y por lo tanto verdadera, como lo es la ficción». Se muestra aquí tal como fue enviada, sin editar. La inexacta cronología y la deliberadamente imprecisa localización de partes del cuento, que para algunos lectores pueden resultar un obstáculo, es esencial para su naturaleza onírica, y, en ausencia del autor, sería impropio adecuar dichos aspectos de la obra. Es inevitable que puedan verse asimismo como un claro indicio de que el autor estaba mentalmente perturbado. Queda tan solo indicar que se han colocado al final ciertas notas explicativas y se ha añadido el título, *Oklahoma*. El texto fue enviado sin título, pero la editorial juzgó inevitable titularlo así.

# OKLAHOMA

*De M. A.*

# 1

–Kafka tenía más o menos tu edad cuando escribió la primera novela –me dijo tío K. aquel primer fin de semana en Long Island–, y nunca la tituló *América*. Ese fue el título que su amigo y albacea Brod le puso al manuscrito inacabado tras la muerte del autor. ¿La has leído?

–No –confesé yo, con veintisiete años y avergonzado.

Tenía la mitad de años que tío K, pero eso no me pareció excusa de ninguna clase. Se supone que lo hemos leído todo, ¿no es cierto?, si es que pretendemos que nuestra vocación sea escribir. Debemos llevar bibliotecas enteras metidas en la cabeza, como Peter Kien, el protagonista de *Auto de fe*, de Canetti. Yo tenía amigos que podían recitar de memoria cientos de poemas. «Shelley», decía yo, por ejemplo, y ellos se tiraban veinte minutos recitando palabra por palabra. «Byron». Otros veinte minutos. Yo no tengo esa capacidad. Bueno, si es Bob Dylan, igual sí podría.

–Pensó en titularla *El desaparecido* –dijo tío K., pensando en voz alta– pero dejó el libro por terminar en mitad del último capítulo y no volvió a retomarlo nunca más.

A tío K. le obsesionaba la desaparición. Sus novelas y relatos estaban llenos de personas que se esfumaban. Escribió cuentos de fantasmas sobre gente en paradero desconocido que luego reaparecía en forma de espectro, y otros en los que seres humanos eran raptados por naves espaciales para no regresar más. Escribió sobre lo que les pasaba a quienes se quedaban cuando partían aquellos que no se quedaban, ya fuera porque se iban a la guerra o con otra mujer o por motivos que no llegaban a explicarse. La muerte, cómo no, era una forma de desaparición, de ahí que le interesase también como tema, en especial a medida que fue haciéndose viejo. Escribió mucho sobre la muerte. El más conocido de estos libros llevaba un título tomado en préstamo de un dramaturgo inglés: *La ausencia de presencia.*

Hacía listas de ausencias en la vida real y también de ficción. Los huecos dejados en los Beatles por el asesinato de John Lennon y la enfermedad letal de George Harrison. Las trece obras de arte robadas del museo Isabella Stewart Gardner, en Boston, y nunca recuperados a pesar de la recompensa de diez millones de dólares que ofreció el museo. Amelia Earhart. El hijo de los Lindbergh. El bebé devorado por un dingo.

Y desapariciones mitológicas. El rey Arturo herido y llevado en secreto a Avalon; Barbarroja durmiendo en algún lugar de una cueva. El gigante Finn MacCool dormido como un bebé al pie de un risco en Irlanda, chupándose el pulgar. Los dioses griegos, tras asistir a la boda de Cadmo y Armonía, retirándose para siempre de los asuntos humanos. La lista era larga. Y también tenía fe en reapariciones, en regresos improbables. «Todos los Finnegans –gustaba de decir tío K., sobre todo después de haber ingerido whisky– despiertan tarde o temprano».

Aquella tarde tenía en mente al primer antihéroe de Kafka, el inconcluso Karl Rossmann.

–En la novela tiene solo dieciséis años y hace poco que ha llegado de Europa por mar –dijo tío K.–. Va en un vagón de tren lleno de humo camino de Oklahoma para formar parte de una cosa llamada Teatro de la Naturaleza. Es un largo viaje y eso le hace comprender lo grande que es América. Durante el trayecto ve grandes montañas, oscuros desfiladeros, puentes sobre impetuosos ríos. Se diría que la geografía es un tanto arbitraria. Pero él es un joven optimista y espera hallar en Oklahoma (no es así como Kafka lo expresa) alguna especie de realización personal, una materialización del sueño americano. Incluso, quién sabe, la felicidad. Pero no llega a su destino. Kafka deja de escribirlo. Es casi una crueldad. Rossmann se pierde para siempre jamás en ese vagón saturado de humo y congelado en el tiempo. El muchacho que desapareció. Y yo tengo muchas ganas de saber qué fue de él.

–¿Y si terminaras tú el relato? –me atreví a sugerir.

Tío K. frunció el entrecejo.

–No creas que no lo he pensado –dijo.

Ahora me parece entender por qué no intentó escribir ese final. Para empezar, creo que en Karl Rossmann veía a otro Kafka –muerto demasiado joven pero también eterno–, y «terminar» en su nombre sería algo así como un delito de lesa majestad, un acto de traición, ponerse un abrigo que a todos nos vendría ancho y que nadie era digno de llevar, aunque aparentemente tuviéramos la misma talla. Y, segundo, ¿quién de nosotros sería capaz de imaginar cómo sería esa Oklahoma, ese descubrimiento kafkiano de la felicidad, esa Nueva Jerusalén *à la Franz*? Ponerle un final feliz a un relato de Kafka no quedaría bien, sería un –tal vez inevitable– paso en falso. Tío K. no era un pensador utópico. Oklahoma seguiría siendo un territorio sin describir, al menos por él.

Y en tercer lugar, tío K. entendía su país –«América», o como de chico lo llamaba yo en mi lengua materna, «Amríka»– como algo también inacabado, en cierto modo perdido en mitad de su propia historia, de su desconocido futuro; así pues, tenía sentido que la novela quedara inconclusa. El hecho de ser incompleta completaba precisamente su significado.

Nos quedamos un rato callados, y luego él me pidió esa cosa que tanto me costaba hacer.

–Háblame un poco de poetas que te gusten –dijo–, así me haré una idea de quién eres.

Es que se me da mal, quise decirle, pero había un poema que por alguna razón tenía grabado en la cabeza, uno del gran poeta polaco Zbigniew Herbert. Se lo recité. No voy a repetirlo aquí entero, pero ahí van unos fragmentos.

*Ve adonde fueron aquellos en la oscura linde*
*tras el vellocino de oro de la nada tu premio final*

y

*y deja que tu impotente Ira sea como el mar*
*siempre que oigas la voz de los insultados y apaleados.*

K. me preguntó qué era aquello. Le expliqué que el poema se titulaba «Tornada de Don Cogito» y que el tal Cogito era un alter ego imaginario del autor.

–O sea –dijo–, que a ti te van los temas colectivos, las ideas con mayúscula. Democracia, fascismo, historia, ética, revolución, Dios, mitología, ética, las grandes cuestiones. Probablemente fracasarás. Como casi todos los que escriben para el público. Yo, bueno, escribí mi novela sobre la guerra, pero últimamente cada vez me interesa más lo privado. Tú tienes a tu Cogito... y yo, bien, yo ahora presto atención al señor Palomar, que naturalmente es el alter ego de Italo Calvino, a quien solo le importan los distintos cantos de los pájaros que anidan en los árboles de su jardín, las llamadas y respuestas, así como el ritmo de las olas al romper en la playa cercana, que también, por decirlo así, llaman y responden. Y por supuesto yo también fracaso, claro. Ahora deberías tomarte un whisky y quizá luego nos llevaremos bien. En ese aparador de allá guardo mi colección de vasos, copas y demás. Se podría decir que son de anticuario. Elige el que más te guste.

Había un abundante desayuno-almuerzo dominical que había preparado la mujer a quien llamaré tía K., excelente escritora por derecho propio, autora de brillantes ensayos pero interiormente furiosa por que dichos ensayos fueran más admirados que su obra de ficción, lo que la hacía compararse con el genio argentino Jorge Luis Borges, quien siempre opinó que su verdadero logro estaba en su poesía y no en los extraños relatos cortos que de vez en cuando se sacaba de la manga y que lo hicieron inmortal. «Reconócelo –me dijo desafiante cuando cometí el error de elogiarla por sus ensayos–, ¡no has leído ni una palabra de mi obra de ficción en toda tu vida!». Balbucí una tímida respuesta, pero lo que no confesé fue que había leído esas novelas experimentales, y que por ello mismo no las había mencionado.

En la mesa, junto con los waffles, el sirope de arce, los huevos revueltos, los bagels con salmón ahumado y queso fundido, los rösti de patata, los zumos, había dos cuencos llenos de dulces: bombones tanto comerciales como artesanales, cordiales de coco, golosinas con mucho azúcar industrial y envoltorio de plástico. Tío K. se pirraba por estas cosas, aun sabiendo que eran malas para los dientes; su dentadura estaba en un estado deplorable.

–Si no me hubiera dado por esto de escribir –dijo–, habría sido feliz regentando una tienda de golosinas en el quinto infierno.

Volví en autobús a la ciudad, y reconozco que lo que me rondaba la cabeza nada tenía que ver con Franz Kafka y su Oklahoma. Charlando en el porche trasero aquella soleada mañana en el East End de Long Island, tío K. llevaba un polo azul cielo y un pantalón corto holgado de color caqui, y, ejem, como no pude dejar de observar, sin calzoncillos debajo. Tenía en la mano su segundo o quién sabe si tercer whisky de la mañana y contemplaba el jardín de tía K. a través de sus gafas de sol con montura de carey, apoltronado en un sillón de resina de ratán con las piernas separadas, enseñando a aquel joven e inocente autor mucho más de sí mismo de lo que el susodicho joven autor esperaba llegar a saber de él.

Durante aquel agitado y confuso viaje en bus de regreso a Nueva York, me pregunté si tío K. no lo habría hecho adrede. Finalmente, por una cuestión de respeto, decidí creer que no. Tío K., me recordé a mí mismo, no solo escribía sobre desapariciones sino también sobre apariciones inesperadas.

En aquel entonces todo era nuevo para mí. Me había graduado en Cambridge hacía seis años y disfrutaba de mi primer éxito como escritor. Visitaba Nueva York para promocionar la muy positiva publicación de mi debut literario en Estados Unidos. Las puertas de ese mundo se me abrían y allí estaba yo, casi por arte de magia, convertido en huésped de fin de semana de un autor a quien admiraba desde antiguo y que había decidido, generosamente y por azar, invitarme a su casa. Tras aquel primer fin de semana, durante un tiempo, de vez en cuando me enviaba postales escritas a mano con algún que otro consejo y firmando «Tío K.». Por lo visto se me daba muy bien adquirir «tíos». En un congreso literario, en India, conocí al eminente y prolífico novelista Mulk Raj Anand, socialista y partidario de Gandhi, además de amigo de E. M. Forster y otros miembros del grupo de Bloomsbury, autor de *El intocable* y *Coolie*, admirados retratos de la vida de los pobres; también él empezó a enviarme mensajes –aerogramas– y a firmarlos con un «Tío Mulk». Así, bien avunculado, me lancé a la vida de la escritura.

(Tío Mulk vivió hasta los noventa y ocho años de edad, pero no fue capaz de acabar la novela autobiográfica en siete volúmenes que había decidido escribir. El cuarto volumen se publicó veinte años antes de su muerte, pero no hubo quinto libro. Yo empecé a asociarlo con el Karl de Kafka pero en versión anciano. Él también estaba inconcluso, congelado en el tiempo a cuatro séptimas partes del camino de su propia historia. Y él también había desaparecido en una página en blanco).

Tras el ataque sorpresa a Pearl Harbor y la inmediata entrada formal de Estados Unidos en la Segunda Guerra Mundial, aviadores norteamericanos (canadienses incluidos) se apuntaron como voluntarios en la Royal Air Force. El joven tío K., que a la sazón no era tío de nadie, fue uno de ellos. Entró a formar parte de los Pathfinders, cuya tarea consistía en volar por delante de los escuadrones de bombarderos británicos y lanzar bengalas para iluminar el camino hacia los objetivos a bombardear. Este sistema, en pleno funcionamiento ya en 1943, incrementó de manera sustancial la eficiencia de los bombardeos, pero a expensas de la seguridad de la tripulación de los Pathfinders, puesto que tenían que volver a casa atravesando cielos muy iluminados, lo cual facilitaba el trabajo del fuego antiaéreo alemán. Muchos pilotos de la fuerza Pathfinder que sobrevivieron a la guerra sufrirían después problemas psicológicos que los expertos de entonces llamaban fatiga de combate o neurosis de guerra, y que ahora estarían agrupados bajo el epígrafe de trastorno por estrés postraumático (TEPT). Cuando tío K. regresó a América terminada la guerra, se casó casi de inmediato con aquella mujer de armas tomar y se hizo un nombre como novelista con *Los iluminadores*, un libro basado en sus experiencias bélicas. Cuando salía a colación el tema de los trastornos mentales, él siempre le quitaba hierro. «Nada que un vaso de buen whisky no pueda arreglar», decía. Pero a medida que se hacía mayor el daño fue volviéndose cada vez más evidente. Sus cambios de humor y sus depresiones cobraron hondura y ganaron frecuencia. Tuve suerte de que mi primer fin de semana con él en Long Island coincidiera con una de sus buenas rachas. Después las tuvo mucho peores.

Yo entonces vivía en Londres pero mantenía contacto intermitente con tío K. e iba a verle una vez o dos, cuando podía, a su casa de Long Island, aunque reparé en que tía K. estaba empezando a considerarme una especie de intruso, seguramente porque, como escritor de origen indio residente en el Reino Unido, procedía de un ambiente muy distinto al suyo. Pero yo los admiraba a ambos y me sentía privilegiado por gozar de ese pequeño contacto con ellos y confiaba en que tarde o temprano tía K. y yo congeniaríamos. Una de las últimas veces que fui a visitarlos ella me contó detalles del lento declive de su esposo. El alcohol lo reclamaba más temprano cada vez, de eso fui testigo en nuestro primer encuentro, pero su borrachera era feliz, afable, nada de broncas ni actitudes alarmantes, de modo que a nadie parecía importarle demasiado que consumiera tanto whisky. Pero las depresiones eran duras. Y, a veces, era incapaz de distinguir entre lo real y lo irreal. El día de Navidad estaba mirando *El mago de Oz* en la televisión y (según tía K.) cuando Dorothy, al final, exclama que Oz es un lugar de verdad y que cómo era que nadie la había creído, tío K. gritó a voz en cuello: «¡Sí señor!», dicho lo cual se quedó frito tal como estaba en su butaca junto a la lumbre y los inquietos familiares y alarmados amigos trataron, no sin dificultad, de recuperar el espíritu navideño.

Me mudé a Nueva York quince años después de mi primera visita a la ciudad. Tenía cuarenta y pocos años, pero para entonces ya había dejado de pensar en tío y tía K. Paradójicamente, ahora que los tenía mucho más cerca nuestras vidas iban separándose todavía más. Lo lamentaba, pero me dije a mí mismo que cambios así ocurren en la vida, y, sin aparente distanciamiento, los contactos entre nosotros cesaron, las postales dejaron de llegar. Para consolarme intenté imitar la caligrafía de tío K. en postales que yo mismo me compraba –sí, ya sé, patético–, y diría que no se me daba mal. (Su letra era muy característica, con aquellos grandes trazos curvilíneos, muy diferente de la mía, que es menos florida).

Y luego un día, sin previo aviso, él desapareció.

Vi la noticia en el *Times*. Llamé a tía K., que pareció sorprendida de tener noticias mías. (Hacía mucho tiempo que no hablábamos). Tuve que pedirle dos veces un poco de información, y al final ella me dijo lo que yo ya sabía. «Anoche, no se sabe a qué hora, se metió en el mar y no volvió». No estaba llorando pero era la voz de una mujer que sin duda había llorado, tal vez demasiado rato, tal vez sin parar, y ya no le quedaba dentro ni una sola lágrima.

«Iré», le dije, aunque ella no me lo había pedido, y tía K. respondió (yo diría que con cierta frialdad): «No hace falta, en serio». Así, no queriendo estar donde no se me quería, pasé de tomar el autobús.

Pero estuve atento a las noticias. La ropa de tío K. había sido encontrada en la playa, muy bien doblada, un poco más arriba de la línea de pleamar. Pantalón caqui, un polo sorprendentemente rosa, sus sandalias favoritas, las gafas de sol con montura de carey, una gorra de béisbol gris sin el logo de ningún equipo pese a que él era un hincha de los Mets que detestaba a los odiados Yankees. Ni calzoncillos ni cosa parecida. Una persona que paseaba por la playa a primera hora reconoció las prendas, que casi se podía decir que eran el uniforme de tío K., y había ido a avisar rápidamente a tía K. La casa no estaba lejos, unos quinientos metros calle arriba desde la entrada a la playa. Se inició una búsqueda, por tierra y por mar, pero no dio resultados. No estaba flotando mar adentro ni su cuerpo había quedado varado en la arena. Simplemente había ejecutado lo que toda la vida había sido su obsesión.

El acto de desaparecer.

Una vez un avión grande se estrelló en el mar frente a Long Island. Aquel verano, las playas adquirieron un tinte siniestro. En una fiesta literaria en Nueva York a la que no pude evitar asistir, una mujer se llevó las manos a la cabeza al oír que yo había ido a dar un paseo «por allí» al ponerse el sol. «¿No tiene miedo de *toparse* con alguna *extremidad cercenada*?», me preguntó. Pero nadie se topó con nada parecido. El *New York Times* publicó una fotografía de un vaso de plástico con el logotipo de la compañía aérea. Eso fue todo. Por lo demás... desaparición. El rotativo empleó curiosos eufemismos para explicar por qué un ahogado era difícil de identificar. El cuerpo había sufrido una «intervención de fauna marina». En muchos casos, una «intervención radical de fauna marina».

O sea, que los peces le comían la cara al ahogado.

Y ahora la ropa que llevaba tío K. había sido depositada a orillas de ese mismo mar y yo no podía dejar de pensar en los peces. Pero eso no se lo comenté a nadie.

Me acordé de aquel poema de Herbert. «Y deja que tu impotente Ira sea como el mar».

Yo había vivido mucho tiempo en Inglaterra, de ahí que inevitablemente pensara en Virginia Woolf, quien, temiendo un retorno a la locura, escribió a Leonard, su marido, una última y preciosa carta, se metió una piedra grande en el bolsillo y se adentró en la rápida corriente del río Ouse, que discurría cerca de Monk's House, la casa donde vivía el matrimonio en Rodmell, East Sussex. Tío K. no dejó ninguna nota ni para su esposa ni para nadie, aunque estoy convencido de que él también sufría algún trastorno mental, y más de un comentarista insinuó que tal vez tuvo en mente a Woolf. Partió en silencio, sin dar explicaciones.

Me acordé también de dos «desapariciones acuáticas» menos insignes, una real y otra de ficción. Mediados los años setenta la serie de la BBC *The Fall and Rise of Reginald Perrin* narraba en clave de comedia la historia de un agente comercial que, harto de la vida, fingía su muerte dejando su ropa y otros artículos personales en una playa para luego adoptar una serie de identidades falsas. Resulta que dos años antes un político británico caído en desgracia, John Stonehouse, había intentado fingir su muerte de la misma manera e intentado comenzar una nueva vida en Australia, donde fue descubierto y arrestado unos meses después. Se lo declaró culpable de diversos cargos de fraude financiero y falsificación y fue enviado a prisión.

Así pues: ¿en qué caso encajaba mejor el mutis de tío K.? ¿Fue, como en el de Woolf, algo triste y real? ¿O bien un engaño cómico/fraudulento al estilo Perrin/Stonehouse? ¿Ocurrió de verdad o no? La incógnita duró dos años, hasta que surgió algo parecido a una respuesta.

*Al final todos los Finnegans despiertan.*

## 2

La última vez que vi a tío K. fue varios años atrás, en su local favorito de Manhattan, un restaurante francés de mucha categoría que ya no existe. Yo me encontraba en Nueva York empezando una gira de promoción y le invité a cenar para que celebráramos juntos la publicación de mi nuevo libro. «Soy un envidioso de mierda –me dijo–, y por regla general evito aplaudir a mis colegas de profesión, pero acepto a condición de que me dejes escoger el sitio y no pongas peros a que sea lo más caro posible». Yo ya sabía el sitio que iba a elegir y le dije que me parecía bien. «A ver si puedes conseguir una de esas mesas que tienen en el patio de atrás», me dijo, y fui el primer sorprendido cuando me dijeron que había una libre. Al llegar con tío K. entendí el por qué. Estábamos en plena ola de calor y el patio de atrás era un horno a pesar de que el restaurante había instalado ventiladores eléctricos junto a las mesas. De aquella tarde aprendí que tío K. tenía un lado mezquino. Podía ser que fuera, en efecto, un «envidioso de mierda». Hacerme pagar una cena en un sitio caro y que encima estuviéramos lo más incómodos posible era su idea de una broma. Una vez sentados a la mesa pidió ocho botellas de agua mineral Badoit, y cuando las trajeron abrió una detrás de otra y fue tirando casi todo el líquido sobre sus sandalias para refrescarse los pies. «Mucho mejor», declaró, antes de pedir una botella de whisky «y», le dijo al camarero, blandiendo el dedo índice, «*un* vaso».

Jamás olvidé el incidente, y más de una vez he contado la anécdota para entretener a mis amigos; lo del agua mineral para refrescarse los pies era siempre la guinda del pastel. Pero cuando recibí el paquete y leí lo que contenía me di cuenta de que tío K. tenía un recuerdo muy distinto de aquella ocasión. Durante la cena yo había hablado con entusiasmo y seguramente en exceso de mi reciente visita al Museo del Prado durante un viaje a Madrid para promocionar la traducción al español de mi primera novela. En concreto había mencionado mi amor por las «tres salas más increíbles del mundo», la que contenía las «pinturas negras» de Goya con su sombrío imaginario; la dominada por *Las Meninas* de Velázquez con su compleja perspectiva; y la de El Bosco. Durante la parte Hieronymus de mi soliloquio había mencionado que además de *El jardín de las delicias*, me había llamado mucho la atención un pequeño óleo en el que el artista describía lo que parecía ser una escena de tortura. Llevaba por título *La extracción de la piedra de la locura*, le dije a tío K., y supongo que debí de añadir que a quién se le ocurría imaginar que la locura fuese una piedra alojada en el cerebro y que con unas pinzas y un par de ayudantes para sujetar al loco en cuestión fuera posible extraer la piedra y curar al paciente.

«Pues sí –dijo tío K., pensativo–, supongo que funcionaría».

El sobre grueso que alguien había dejado para mí en mi apartamento no llevaba sello ni matasellos y mi dirección estaba impresa en una etiqueta blanca pegada al sobre. No había remitente en la esquina superior izquierda ni el menor rastro de algo escrito a mano en ninguna parte. El portero no se acordaba de cómo era la persona que lo había traído. «No era un individuo corriente», fue lo máximo que pudo decir. ¿Joven? ¿Viejo? ¿Negro? ¿Blanco? ¿Género? ¿Alguna marca característica? El portero meneó la cabeza. «Un mensajero, nada más», dijo.

Dentro del sobre había dos textos escritos a máquina, sujetos mediante sendas gomas elásticas. La primera página del primer texto llevaba este título: *Piedra: Inserción,* circa *1819*, y la primera página del segundo este otro: *Piedra: Extracción* (sin fecha). Ambos eran anónimos, pero había una nota garabateada en la primera página del primero, y la letra elegante y florida no dejaba lugar a dudas.

«La culpa es tuya», decía la nota.

## 3

PIEDRA. INSERCIÓN, *CIRCA* 1819

Ese fue el año en que el gran pintor cumplió setenta y tres y se compró una casa en la colina a las afueras de Madrid. La Quinta del Sordo, se llamaba. Él estaba sordo desde hacía veintisiete años debido a un envenenamiento por plomo pero no era el sordo que había dado nombre a la casa. Él era el sordo que había comprado la quinta del sordo. Hizo construir un anexo para una cocina y vivió allí durante cinco años, hasta después de cumplir los setenta y ocho.

En sus tiempos pocas personas vivían tantos años y los que sí probablemente estaban tan furiosos como él por cómo había resultado ser la vida y el tramo final de la misma, y por la estupidez y la crueldad de la raza humana. Quizá, cavilaba Francisco, quizá todo el mundo en todas las épocas había sentido algo así cuando el telón empezaba a bajar. Pero no, había imbéciles que estaban estúpidamente serenos conforme se apagaban las luces y encima daban gracias por la «belleza» y el «amor». Le habían contado que un compositor alemán sordo como una tapia había decidido poner música coral a la oda a la Alegría de otro alemán (Schiller), a pesar de que no oía la música que había compuesto; el coro podría haber estado abriendo y cerrando la boca sin emitir sonido alguno, ¿y qué tenía eso que ver con la Alegría? También le habían contado que músicos sordos, en especial percusionistas, muchas veces iban descalzos porque habían aprendido a oír ritmos a través de los pies. Otro motivo para que Francisco se pusiera furioso, ya que sus pies no oían absolutamente nada; y desde hacía casi treinta años no oía música ninguna.

Había tenido que alejarse de la corte real. Gran parte de su vida profesional había discurrido allí, pintando las obras que le encargaban: majas desnudas y vestidas, retratos de guerras cuyas violentas imágenes de ejecuciones y otras muertes lo perseguían en sueños. Durante mucho tiempo había sido una persona respetada en aquellos pasillos palaciegos, pero ahora había un nuevo rey en la ciudad, Fernando VII, un déspota que anhelaba ser *deseado*, que le llamaran *el Deseado*. Tenía veintisiete nombres de pila; bueno, quizá habría que decir nombres «cristianos», aunque su comportamiento tenía poco de cristiano. Los veintisiete nombres le permitieron afirmar que buena parte de los varones nacidos durante su reinado llevaban un nombre de pila en su honor, de tan «deseado» como era. Sin embargo, una vez muerto se le conocería como «el rey Felón». Eso fue unos cuantos años después de la muerte de Francisco, de modo que el artista se vio privado de la satisfacción de saber cómo había decidido la historia recordar a aquel maldito dictador. Eso tal vez habría suavizado su famoso mal genio.

El rey Veintisiete Nombres VII ascendió al trono, fue derrocado, volvió a sentarse en él cinco años después, derogó la constitución liberal, asumió el poder absoluto, hizo frente a una revolución, retomó el poder, encarceló a líderes, periodistas y escritores liberales, creó una policía estatal, hizo muchas cosas horribles que prefiero no detallar, perdió todos los territorios que España tenía en las Américas, se aferró al poder y dejó a su paso una guerra civil cuando por fin estiró la pata.

Cuando Francisco compró la villa la corte empezaba a llenarse de payasos e imbéciles. Los había que se hacían pasar por miembros de familias acaudaladas y que en realidad no poseían más que unas carretas; rondaban por los alrededores del palacio tratando de robar prendas caras de los guardarropas de otros cortesanos para poder dar el pego. Había mujeres seduciendo a miembros lejanos de la familia real con la esperanza de promocionarse. Había mujeres adulando al rey, que se dejaba no solo adular sino más cosas, pero no les daba nada a cambio y las desechaba como pañuelos de sonarse la nariz. Había asesinos buscando la víctima perfecta, gente cuya muerte sería una buena noticia para el monarca. Había bufones cuyo cometido no consistía en hacer reír al rey o decirle verdades incómodas, sino en reírse a mandíbula batiente de las nada graciosas ocurrencias del monarca y escuchar y aplaudir sus descaradas mentiras. Había miembros de bandas criminales a los que el rey había puesto al mando de las fuerzas policiales. Había abogados, jueces y procuradores corruptos para garantizar que las leyes del país se hicieran añicos al capricho de un monarca que se había colocado a sí mismo por encima de la ley. Había nobles que portaban sacos de oro con que sobornar a los íntimos del rey, y sacos aún más grandes para sobornar al propio rey. Había, por encima del resto de cortesanos, potentes coros de tergiversadores de la realidad, trasuntos de un monarca que había perdido toda comprensión de lo que era real y lo que no, cuyo trabajo consistía en elogiar al rey por sus triunfos pese a que las noticias que llegaban de las Américas eran solo de derrotas, acusar a los liberales de los crímenes cometidos por la servidumbre del Deseado, el de los Veintisiete Nombres, acusar a los pocos leales que sacaban a relucir los sacos de oro de ser ellos mismos los destinatarios del dinero sucio y cambiar el significado de ciertas palabras, de forma que cuando el rey desposó no a una sino a dos de sus sobrinas, la palabra *incesto* fuera suprimida sin más del léxico y su uso considerado ilegal, y después de eso hubo que hacer varios cambios más en el diccionario, redescribir violación como amor, horror como patriotismo, represión como buen gobierno, guerra como paz, libertad como esclavitud e ignorancia como fuerza, a fin de asegurar que el monarca absolutista tuviera el poder absoluto también sobre el lenguaje, sobre el vocabulario, la sintaxis, la metáfora y la fábula, y poner el mundo patas arriba de forma que solo pudiera significar lo que el rey deseaba que significase.

Francisco, hombre de tendencias progresistas, necesitaba poner distancia entre él y aquella tropa paranoica y vengativa, huir de aquella testa cobardemente coronada por miedo a perder su propia y vieja cabeza, y esa era la razón de que estuviese en la casa del sordo, resentido, echando humo, entrando en una oscuridad de cosecha propia, desesperado a más no poder, sometido a ataques de pánico histérico, con dolores de viejo y crujir de articulaciones –«Me duele todo», pensaba a diario– y temiendo la aparición de la demencia. Lo atenazaban visiones macabras que empezó a plasmar en negras escenas sobre las paredes de toda la villa.

Un día un pintor en ciernes se presentó en la casa. Francisco se negó a franquearle el paso. El joven, sin embargo, se las apañó para entrar.

*No las mires. No entres aquí para decirme lo que piensas. No están hechas para que tú las mires. Ni para que las mire nadie. Son mías. Me he pasado media vida pintando lo que me pedían que pintara, lo que le gustaba a la gente, a cambio de dinero. Ahora pinto para mí. Cierra los ojos. No me digas que no entiendes cómo puedo vivir con imágenes como estas. Me da igual lo que pienses. Ahora pinto mi cólera. Vivo con mi cólera día y noche. No solo está en las paredes. También dentro de mí. Esos gritos, los llevo dentro. Y no te atrevas a llamarme loco aunque yo mismo tema esa palabra. No soy yo el que está demente. Es el mundo. Estar cuerdo en un mundo de locos es sentirse loco día tras día.*

*Tú eres joven. Vete. Leocadia, dónde estás. Acompaña a este joven hasta la puerta. Estoy cansado de jóvenes. Están hambrientos de mí cuando ya no me queda suficiente ni para alimentarme yo. No quiero admiradores, alumnos ni protegidos. Dejadme en paz. Tengo la bebida y tengo a Leocadia, con eso me basta. ¿Quieres saber cómo afronto el final? Pues con miedo, vino y sexo. Y estas últimas pinturas. Me sobra y me basta. Márchate.*

*–En la casa del sordo hay dos puertas de salida –le dijo Leocadia al joven pintor–. Una te lleva a un sitio mejor; la otra da al infierno. Elige la ruta que prefieras. –El joven optó por la puerta delantera.*

*–Ha elegido la que da al infierno –le contó Leocadia a Francisco.*

Jamás se había sentido tan distanciado de su mundo y de su época. Los jóvenes le habían decepcionado. Lo lógico habría sido que entendieran los peligros de estar sometidos a un gobernante dictatorial y que se hubieran fijado como meta generacional presentar batalla hasta derrocarlo; algunos lo hicieron, Francisco estaba dispuesto a mencionar el nombre de Rafa del Riego, que conspiró con los masones contra el rey absolutista, pero ¡maldita sea!, ¡fracasó!, ¡todos los complots quedaron en nada!, y Francisco ya era demasiado viejo e iracundo para festejar honrosos fracasos, perder era perder y no había tiempo para nuevas derrotas. Por otra parte, la mayoría de la juventud tenía otras disputas; ellos, temerosos de la independencia de ellas y queriendo aplastarla, acabaron alabando la «masculinidad» del rey; ellas, por su parte, tenían también preocupaciones propias. Es decir, los jóvenes estaban inmersos en sus pequeños rifirrafes, de modo que el asunto principal, la pelea contra el tirano, seguía sin ser abordado, y Francisco, rabioso, dio por perdidos a los jóvenes; le asistía el privilegio de hacerlo, por ser viejo, igual que los jóvenes tenían derecho a ignorar las opiniones del anciano, su mensaje del pasado, cuando ellos estaban mirando hacia el futuro. La juventud seguiría –y tal vez debía hacerlo– su propio camino por más que sus planteamientos fueran, en opinión de Francisco, erróneos. Él no tenía ya nada que decir respecto al futuro.

Y bien, los catorce murales que pintó. En un momento previo de honda depresión Francisco había pintado su pequeño *Corral de locos*, que ahora volvía a él, salvo que el corral ya no era tal corral sino el mundo entero y los locos la raza humana en su conjunto. La belleza no le interesaba, y en cuanto al amor, qué decir de ello a su edad, tenía a Leocadia Weiss que cuidaba de la casa y a veces se acostaba con él, lo cual era un consuelo, suponía el pintor, pero Leocadia tenía un marido que debía ser aceptado, y el término *amor* era para Francisco como una de aquellas palabras que habían caído en desuso, como *incesto*. Él desde luego ya no estaba por hacer arte que pudiera calificarse de romántico. A su decrépita edad los amoríos, por no decir el romanticismo en general, habrían sido una absurdidad.

No puso título a las pinturas ni se las explicó a nadie, pero tal vez estas se explicaban solas. Su odio a su propia condición de anciano está presente en las pinturas de los viejos. Un hombre mayor con aspecto razonablemente sereno tenía a otro gritándole al oído, como si la muerte estuviera gritándole a la vida: «Aquí estoy, idiota». Los dos viejos tomando sopa eran caricaturas de la vejez, el uno con los ojos desorbitados y una sonrisa payasil, el otro encorvado y casi como una calavera. Y Saturno devorando a su hijo, el gigante de tremenda boca con mirada de ido agarrando entre sus manos el sanguinolento cuerpo sin cabeza del niño expresaba un odio tan profundo a la juventud, que Francisco no comprendió hasta qué punto lo era, profundo, hasta que lo hubo pintado. Judit decapitando a Holofernes era la clara expresión de los sentimientos del artista sobre la imposibilidad de que entre hombre y mujer haya otra cosa que violencia. Contiguo al anterior, el retrato de Leocadia insinuaba al menos cierta ternura hacia la retratada pese a que el vestido que lleva es fúnebre y su expresión, triste. Dos mozos peleaban de manera brutal e insensata armados de sendos garrotes. Seis hombres apiñados leyendo un folleto que podía ser político o pornográfico o incluso demoníaco. Al principio había dado al personaje central un par de cuernos que brotaban de su cabeza, pero luego pintó encima de ellos. No obstante, al mirar la pintura después, siguió viendo los cuernos. En la pared opuesta pintó varias mujeres riendo a carcajadas, y era evidente que su intención era representarlas riéndose de los hombres. Dos grandes retratos de peregrinos parecían largas marchas de moribundos, gente aterrorizada y muertos propiamente dichos. Dos visiones de personajes alados, una reina demonio en la primera y, en la segunda, las Parcas con la diosa de la muerte en cabeza, empuñando tijeras que tenían el poder de cercenar el Hilo de la Vida. Y las dos pinturas más grandes y aterradoras, una de gran tamaño y la otra pequeña. La grande era de un sabbath negro. El culto al Diablo se había apoderado del mundo y un enorme macho cabrío pintado en silueta, representando al demonio, presidiéndolo todo. Así veía Francisco la realidad. No era solo cuestión de un rey cruel; Satanás se había hecho con el espíritu humano. Dondequiera que mirase, eso era lo que Francisco veía.

Y luego estaba el perro. Él nunca había tenido perro. Ni siquiera le agradaba la idea. Bastante mala era ya la vida humana como para encima estar subordinado a los requerimientos de la vida canina. Y, sin embargo, ahí estaba aquel perro salido de quién sabía dónde, su cabeza surgiendo de una no especificada oscuridad inclinada, y encima de esta una no especificada claridad ocre. ¿Qué le ocurría al perro? No lo sabía. Él pensaba que quizá estaba cayendo al Averno, que tal vez estaba diciendo adiós antes de hundirse por completo en la eterna nada o el fuego del infierno perruno. Su aspecto era de perrito triste. Y por qué no, si su creador era un ser humano triste.

Fue la noche después de terminar el último de los murales, el retrato de Leocadia, cuando se le ocurrió el fantasma del holandés.

*¿Me entiendes? Mi español no muy bueno pero creo que tu holandés es peor.*

Tú qué eres. Llevo cinco años viviendo aquí y esto nunca ha sido una casa encantada. Mi mal encantamiento viene de dentro.

*Soy el espectro de Joen van Aken. O Jerónimo de Aquisgrán. A veces firmaba mis cuadros como Jheronimus. O Hieronymus. Soy de la ciudad de 's-Hertogenbosch, llamada comúnmente Den Bosch. Me apropié del nombre de la ciudad.* Ik ben Bosch. *Soy El Bosco.*

Muerto hace tres siglos. Cuando vivías nunca visitaste España; de hecho apenas si saliste nunca de tu impronunciable ciudad. Y sin embargo aquí estás, cruzando media Europa. Ahora no cabe duda de que me he vuelto loco.

*No, no estás loco, pero he venido a prevenirte de la inminente locura y a instarte a buscar refugio contra ella.*

Vaya, mira quién habla. Un muerto especializado en la locura, que pintó las más dementes visiones jamás plasmadas por la mano de un hombre. Escenas de desenfreno. Un huevo roto con patas. Un hombre desnudo atrapado en una concha. Muchos Adanes comiendo manzanas de un árbol con Evas desnudas tumbadas por allí en la hierba. Una negra con un pavo real en la cabeza. Un panel del Averno con largos haces de opresiva e importuna luz. Una flecha atravesada en un par de orejas que son partidas por un cuchillo. Un príncipe del inframundo con cabeza de pájaro devorando a un hombre desnudo. Cosas que no tienen ningún sentido.

*Al contrario. Tú puedes verme y oírme aunque estás más sordo que una tapia porque eres el único –estos muros me sirven de prueba– que sabe que lo que pinté era la verdad. Que el vuelo de la ra-*

*zón produce monstruos. Y que mi jardín, que tú describes, era y continúa siendo el mundo real.*

Vete. Me estorbas el sueño. Bastante mal duermo ya. Leocadia dice que a veces grito como un poseso mientras estoy dormido, no se sabe por qué. Bueno, los motivos son conocidos, son evidentes. Grito en sueños como un poseso porque hay mucho por lo cual gritar como un poseso. Basta. Haz el favor de partir.

*La locura está en camino. Tienes que marcharte. Hay un gusano. El gusano entra por el oído y se aloja en la parte frontal del cerebro y luego se endurece hasta convertirse en piedra y entonces el cerebro, petrificado de esta manera, se trastorna y así se queda para siempre a menos y hasta que alguien extirpe la piedra.*

Nunca he oído hablar de un gusano así.

*La piedra gusano de la locura. Viaja desde Catay hasta las Américas pero atravesará también Europa. Estará por doquier y pasarán años y tú ya eres viejo.*

Entonces no hay lugar seguro.

*Ve a Francia y busca Eaux-l'Homme. Curiosamente, la x se pronuncia como una k.*

¿Y qué es? ¿Dónde está?

*Ese es el mensaje. No hay más. Si quieres saber mi opinión yo diría que estará por la región de Burdeos. Pero a mí la geografía se me da mal, y no hay mapas.*

¿Por qué tendría que ir allí? Si lo que dices es cierto, la piedra de la locura llegará también a ese lugar. Si la locura está en todas partes, entonces da lo mismo dónde esté uno.

*Tú ve. Allí estarás a salvo. Encontrarás la paz de espíritu en tu vejez.*

Debe de haber alguna razón.

*No, no la hay. Si quieres que me invente una razón te diré que el vino clarete que hacen allí procura inmunidad contra la piedra gusano y puede que con el tiempo ese vino llegue a todas partes y salve al mundo.*

Pretendes que abandone mi casa y viaje hacia el norte buscando un lugar que tal vez no exista siquiera, porque todo esto lo dice un fantasma que solo existe como producto de mi imaginación y al que en estos momentos estoy gritando en sueños como un poseso. Veo que tienes un aura de serenidad y paz de espíritu que, si no me equivoco, es algo que puede alcanzarse cuando uno lleva tres siglos muerto. Yo ni estoy sereno ni tengo paz de espíritu, pero tú me ofreces una especie de paraíso de la tranquilidad. Pues me huele mal, qué quieres que te diga.

*Bien, entonces quédate aquí en la Quinta del Sordo y verás llegar la piedra de la locura. Y sí, en efecto, la muerte trae consigo serenidad. La muerte es otra clase de Eaux-l'Homme. Allí nada puede hacerte daño.*

El primer texto mecanografiado se interrumpía en este punto. En una página adicional escrita a mano el autor había copiado fragmentos de cerca del final de la *América* de Kafka, el final inacabado del último capítulo, que lleva por título «La naturaleza. Teatro de Oklahoma». «El primer día recorrieron una alta cadena montañosa … angostos, lúgubres, mellados valles se abrían … la dirección en la que se extraviaron».

Dos notas añadidas. «¿Yo era el artista? ¿O era el rey Felón?». Y «Tendría que rodear aquellos Alpes. Entonces qué, ¿a la izquierda hacia el golfo de Vizcaya? ¿A la derecha, hacia el mar de las Baleares? ¿Cruzar la frontera cerca de Hendaya, o de Narbona? ¿Existían siquiera en esa época estas poblaciones?». Y dos frases finales. «Puede que la moraleja sea que el arte perdura pero los artistas son vulnerables. Puede que sea una manera de decir: adiós, vida, y hola, eternidad, inmortalidad». Y para concluir, una pregunta que me devolvía la que yo le había hecho la primera vez que fui a Long Island. «¿Por qué no terminas tú la historia?».

De Velázquez, el tercer artista objeto de mis elogios, no hacía mención alguna. Tal era la perfección de *Las Meninas*, pensé, que nada había que añadir. Únicamente era necesario admirar y hacer una venia.

## 4

PIEDRA: EXTRACCIÓN

(A mano en la esquina superior derecha: «Esto también es culpa tuya»).

Segundo mensaje de un muerto, o medio muerto en todo caso. Esta vez sin narración. Un poco de charla sin rodeos y eso que mi cerebro remojado en whisky interpreta como pensamientos. Un intento de –permíteme ser ambicioso– cordura.

¿Yo? Siempre he sido de prosa. He publicado exactamente un (1) poema en toda mi vida y no hace falta decir más al respecto. Cuando miraba poesía solía pensar, no veas, lo que le has hecho hacer ahí al lenguaje, cuántos significados juntos. Alternativamente, y con la misma frecuencia, solía pensar, no sé de qué coño me estás hablando, ni zorra idea. En los tiempos en que yo era un escritor interesante solía acercarme por la mañana a mis estanterías de libros, antes de sentarme a mi mesa, y coger un tomo de poesía al azar y abrirlo por cualquier página solo para ver si ese día en concreto me transmitía algo. Y lo que me transmitía era siempre lo mismo: presta atención. No hay ninguna razón por la que el lenguaje de la prosa deba ser inferior al de la poesía. Ningún motivo para que no estén el uno a la altura del otro. ¿Que se tarda más en escribir el libro? Bueno, y qué. ¿A quién le importa si te tiras años o toda una vida o incluso si te mueres sin haberlo terminado? Nadie está esperando. Que se lo pregunten a Kafka. Tú estás a solas en esa habitación, transformándote en un bicho gordo. Un *Ungeheuren Ungeziefer.* Una alimaña monstruosa. Haz tu trabajo.

Una vez me recitaste al insistente Don Cogito (con toda su Ira y Desprecio) y yo te respondí con el meditativo Palomar (con sus rítmicos pájaros y el mar) y tu soliloquio sobre el Prado me condujo hasta la poeta argentina Alejandra Pizarnik, muerta como yo (¿?), suicidada como yo (¿?), pero antes de eso inspirada también por Joen van Aken, alias El Bosco. Autora de los poemas reunidos en *Extracción de la piedra de la locura,* siempre soñando con la muerte y con encontrar un rinconcito para ella sola que fuera, quizá, un lugar seguro. «Un sitio pequeño donde cantar y poder llorar tranquila a veces». A lo mejor ella también buscaba su Oklahoma y murió porque no llegó a encontrarla. O quizá es que la muerte era su Oklahoma. También tenía un alter ego. Se llamaba Sombra. O sea que empecemos por ahí. «La fe, la esperanza y el amor –leemos en 1 Corintios–, pero de estos tres el más grande es el amor». Así que ahora tenemos a estos tres: Herbert/Cogito, Calvino/Palomar y Pizarnik/Sombra. Y el más grande de los tres es... ¡para! No hay necesidad de elegir. No estoy escribiendo una biblia ni la lista del Top Ten.

Solo intento volver a la vida.

Me encanta Palomar porque se regocija en pequeños detalles de belleza. Los tiempos están colmados de enorme fealdad y para salvarnos recurrimos al microcosmos. Una vez, en un museo de ciencias, en Toronto, vi una película que empezaba con un picado de una mujer tomando el sol en una azotea. Luego, la «cámara» retrocedía, cada vez más, hasta que el espectador veía la ciudad, el país, el continente, el planeta, el sistema solar, la galaxia, el universo. El universo era una obra de arte abstracto que también encarnaba todo lo no abstracto.

Lo real. La cámara hacía luego el movimiento contrario, del universo a la galaxia, al sistema solar, al planeta, al continente, al país, a la ciudad, a la mujer de la azotea, pero no se detenía ahí, se introducía en el interior del cuerpo, en el torrente sanguíneo, la molécula, la célula, la pequeñez subatómica de la vida. Y no solo era aquel el más pequeño de los microcosmos, no solo bello, no solo real, sino que era *igual que el universo*. O lo bastante igual para demostrar lo que pretendía demostrar.

Nosotros somos el universo. En singular y en plural. Las estrellas están contenidas en nosotros.

Es algo que me ayuda.

Y Kafka, el improbable optimista, también tiene algo que decir al respecto. Hace «un llamamiento a la juventud para que no está tan triste, pues no en vano existen la naturaleza y la libertad y Goethe y Schiller y Shakespeare y las flores y los insectos, etcétera». Esto quizá podría leerse incluso como un llamamiento a los viejos. Pizarnik/Sombra lo cita en su poema sobre un jardín. Ella anhela un lugar de deleites terrenales. Y tiene un consejo para mí: «No hay que jugar al espectro porque se llega a serlo».

Confío, pues, en poder desfantasmizarme.

Estoy cerca del linde oscuro de Don Cogito. Pero lo que él recomienda no acabo de verlo. «El vellocino de oro de la nada».

Me pregunto si ser algo –existir– es también un vellocino de oro; si la vida puede ser tan preciada como la no-vida.

Yo me conformaría con un vellocino de plata. La avaricia rompe el saco.

Basta por hoy.

*voy a ocultarme en el lenguaje* (esto lo dice Pizarnik)
*y por qué*
*tengo miedo*

¿Y si uno decide dejar de ocultarse?, ¿y si el escondite que uno elige no es el lenguaje sino un mundo imaginario, Otrolandia, las Quimbambas, esa villa del *Decamerón* a las afueras de Florencia donde gente locuaz se refugió para escapar de la peste negra? ¿O, por qué no, Oklahoma? Trato de encontrar una salida a la fantasía para volver a la realidad. O, hablemos claro: una salida a la demencia y vuelta a lo que podríamos convenir que es la cordura. Un hombre deja su ropa en una playa para hacer qué, para ir adónde, si no para perecer ahogado. La locura viene a ser como un ahogamiento, el yo engullido por el océano del Otro. Ella, que tan bien me conocía, supo que estaba perdiendo la cordura. La perdí. Ahora pienso en la manera de reencontrarla.

¿Qué requisitos se necesitan para una resurrección? (Siempre dando por sentada la falta de apoyo por parte del Todopoderoso. Trato de definir los elementos necesarios para renacer).

En alguna parte leí que las últimas palabras de Italo Calvino, tras el ataque que sufrió en 1985, fueron «Giovanni di Marsalia, fenomenólogo», y nadie entendió qué había querido decir hasta que su esposa, revisando una caja donde Calvino guardaba algunos de sus primeros escritos, publicados en la edición piamontesa del periódico izquierdista *l'Unità*, descubrió que había inventado un paraíso socialista, Marxalia, que al poco tiempo derivó en Marsalia. O sea que en el último momento Calvino volvió a su inicio, tal vez confiando futilmente, con los últimos restos de esperanza de su moribundo cerebro, en reiniciarse y empezar de nuevo.

Estaba la rana sentada cantando debajo del agua; cuando la rana se puso a cantar vino la mosca y la hizo callar. La mosca a la rana, la rana que estaba... ¡y vueltaempezar!... y así una, otra y otra vez.

No recuerdo dónde, T.S. Eliot decía «En mi principio está mi final». Bueno, Tom, convengamos en que no concordamos.

Yo, en mi final, quiero echarle mano a mi principio. ¡Y vueltaempezar!

4 de septiembre de 1942. Incursión aérea sobre Bremen. Los Pathfinders hicieron tres pasadas, *iluminadores* soltando bengalas blancas para marcar la ruta, *señalizadores visuales* soltando bengalas de colores para indicar los blancos, *incendiarios* enfatizando la ubicación gracias a sus bombas, que ardían más tiempo que las bengalas de colores. Nosotros íbamos con la tercera oleada, los incendiarios, y mientras nuestros bombarderos hacían su trabajo (importantes éxitos contra astilleros fábricas aviones centenares o tal vez millares de otras estructuras), nosotros volábamos de vuelta sobre territorio alemán profusamente iluminado entre letales andanadas de artillería antiaérea (ack-ack) viniendo hacia nosotros. Muchas veces pienso que sigo a bordo de aquel avión, que aún no he llegado a casa. Cumplí con mi cometido, pero ahora me enfrento al ack-ack. Si me consta que lo dejé es porque volví a hacerlo más de un centenar de veces.

*¡Ack-ack-ack! ¡Ack-ack-ack! ¡Ack-ack! ¡Ack!*

Mi mujer te dirá cuán a menudo me despertaba en plena noche gritando como un poseso.

Escribí sobre ello. Me ayudó. No desapareció del todo. Poco a poco fue volviendo. Necesito apartarlo otra vez de mí.

Empieza a gustarme ese amigo tuyo, Don Cogito. Me da órdenes. Haz esto, no hagas aquello. Es justo lo que necesito en este momento. Necesito lo que el señor Bellow llamó *instructores de realidad.* (Creo que ya nadie lee a Saul Bellow. Es triste y penoso. En fin. No iba por ahí la cosa).

*Ve erguido*

Para ti es fácil decirlo. Pero ¿con mi espalda? Esta espina dorsal mía no tiene nada derecho ni recto. Encorvado por fuera pero erguido por dentro, es lo máximo que puedo ofrecer.

*Has de dar testimonio*

Esto me lo tomo como una orden política. Debo hablar de la guerra, de los tiranos, de las corrupciones del alma (pero no solo de ella). Yo pensaba que mis tiempos de política habían terminado. Al igual que Pizarnik, había empezado a anhelar nada más que un rinconcito privado, un árbol, un arroyo, un libro en la mano y un vaso al lado. Silencio y agua. Un poquito de música, tal vez. ¿Debo abandonar entonces ese preciado (y, afirmaría yo, bien ganado) lugar y zambullirme de nuevo en la fealdad?

*Sé valiente*

Vale, sí.

*Ira*

De joven yo era irascible. Me ponía a discutir a grito pelado con mis amigos. Ahora temo que esa ira vaya dirigida contra mí. Fíjate en lo que hice, el dolor que causé a personas que no se lo merecían, la vanidad del acto mismo por aquello de suscitar atención, he llegado a leer mis propios obituarios, menos generosos de lo que yo esperaba. En suma, voy a reescribir las órdenes. Debo aceptar la ira ajena. Debo inclinar la cabeza y sentir vergüenza y decir, sí, tenéis razón vosotros y yo estaba equivocado. No volveré a hacerlo.

*Desprecio*

Véase «Ira».

*No perdones*

En cambio, confía en ser perdonado.

*tu rostro de bufón en el espejo*

Bueno, sobre *eso* no hay nada que objetar.

*Sé fiel Ve*

Lo intento. Lo intento.

No, no puedo (ni voy a) decirte dónde estoy. Lo he indicado antes: no es un lugar real. ¿Podría Alicia decirte dónde se encuentra el País de las Maravillas o incluso volver a encontrar la madriguera del conejo? Pero te diré una cosa: cuando me planté desnudo en la playa tuve la opción de elegir entre dos puertas. Una daba a ese lugar que yo quería; la otra, al infierno. La verdad es que no sé en cuál de los dos mundos acabé. Quizá es que detrás de ambas puertas no había más que un solo mundo. Quizá es que el sitio al que yo deseaba llegar era un sitio cuya entrada jamás me habría sido permitida. A fin de cuentas el Agrimensor de Kafka, que solo estaba *jugando* a ser Agrimensor y cuya verdadera identidad no llegamos a conocer en ningún momento, no obtiene finalmente la autorización necesaria para llegar hasta el Castillo. El Castillo no estaba jugando.

Lo sé. Todo esto parecen desvaríos de loco. Estoy en ello. A ver si logro extraer la piedra.

Así terminaba el segundo de los textos, que yo di también por inacabado ya que «extracción» significaba un retorno pleno a la cordura, o al menos así entendía yo la metáfora, y el texto tal como había llegado a mí era la confirmación de que el autor seguía estando mentalmente perturbado.

Al terminar de leerlo tuve la sensación de que el mensaje tácito de las páginas contenidas en el sobre marrón era *Búscame*. El desaparecido pidiendo mi ayuda para reaparecer. Durante largo tiempo no se me ocurrió de qué manera podía yo abordar algo así. El hombre tal vez estaba tan trastornado que ni siquiera él sabía exactamente dónde se hallaba. Como escribe Kafka en las páginas finales de *América*, cuando su personaje inicia el largo viaje en tren de Nueva York ciudad a Oklahoma, «Solo entonces entendió Karl hasta qué punto era enorme América». Y en ese enorme pajar, tío K. era la aguja perdida.

Cuando examiné la estadística sobre desapariciones, sobre personas que simplemente dieron un paso al lado, el panorama me pareció aún más lúgubre. Cada año desaparecían seiscientas mil personas, de modo que la repentina ausencia de un escritor con problemas mentales difícilmente era noticia destacada. Y esta cifra era solo de Estados Unidos, un país sin apenas historia de desapariciones políticas o, para echar mano del eufemismo al uso, «forzadas». Latinoamérica y África habían experimentado este tipo de atrocidad durante largos períodos, y México aún «perdía» 30.000 personas al año. La lista actual de desaparecidos incluía no solo a Siria (es lógico), sino también…, qué pena, a la India. La autoproclamada «mayor democracia del mundo». Mi país de origen. Eso me dejó deprimido una semana entera.

A esa lista había que añadir las desapariciones corrientes de la vida cotidiana. Padres, abuelos, tías y tíos, amigos de los padres, amigos de las tías, hasta que llegaba un momento, como a mí me había ocurrido, en que toda la generación de los que nos habían precedido estaba ya en el otro mundo y no quedaba una sola persona entre mi propia generación y la paciente fosa abierta para uno. Y, para colmo, una inquietante cantidad de miembros de esta generación dio también el salto para zambullirse en la tierra. Me había vuelto dolorosamente consciente de los huecos dejados en el mundo por todos estos desaparecidos, y consciente asimismo de mi propia condición de mortal. Frente a tanta tristeza la desaparición de tío K. se antojaba algo voluntario, y por primera vez pensé que no era de mi incumbencia interferir en ello. Yo no había pedido que me enviara las dos *Piedras*. Necesitaba pensar en qué hacer al respecto, pero yo no era un detective privado ni mucho menos. No me veía recorriendo el país haciendo pesquisas para encontrar a tío K.

Lo que sí es cierto es que él había puesto el tema de América (Estados Unidos) en primer plano de mi pensamiento. La América real y la de ficción. Tío K. recelaba muy mucho de la América real e incluso de la Oklahoma que uno podía encontrar allí en la actualidad. Una tarde de mucho trasiego de whisky él me había sermoneado sobre los asesinatos de nativos americanos en el condado de Osage a manos de blancos que querían robarles el petróleo, así como los atentados con bomba en Oklahoma City. La Oklahoma que a él le interesaba, me explicó, era la del musical –¡Oklahoma!, con sus signos de exclamación definitorios–, donde el ondulante trigo puede en verdad despedir un olor dulzón y donde mi *linda borreguita* y yo nos sentamos a charlar mano a mano mientras observamos cómo un halcón traza círculos perezosos en el cielo. «Espero de verdad que el joven Karl Rossmann se busque una linda borreguita en Oklahoma –me dijo una vez–, y que encuentre la felicidad, o que al menos pueda desatascarse de ese párrafo inacabado, o que el tren llegue de una vez a la maldita estación». La América de los sueños, dijo tío K., era el país del que siempre había estado enamorado. La América que existe en la realidad era problemática. «Los Estados Unidos –me dijo, parafraseando la observación del Stephen Dedalus joyciano sobre la Historia–, son la pesadilla de la que intento despertar».

Debería haber adivinado yo entonces que un hombre que prefería lo no existente a lo existente estaba a un paso de la locura. Pero me dije a mí mismo, bah, él es un novelista, y ya no pensé más en ello hasta que se esfumó.

Al final, lógicamente, me puse en contacto con tía K.

## 5

Aquella mañana, cuando bajé del autobús después de tres horas de viaje al este, no había nadie allí para recibirme y llevarme en coche los casi dos kilómetros desde el punto de desembarque junto a la iglesia del pueblo hasta la residencia de los K. Me sorprendió, pero hacía un día precioso y yo solo llevaba conmigo una pequeña mochila, de modo que no me importó nada caminar. Con suerte tía K. me invitaría a comer, pero en cualquier caso yo estaría de vuelta en la ciudad al caer la noche.

La encontré sentada en una mecedora en el porche delantero. Había una mesa pequeña sobre la cual había puesto una jarra y dos vasos. La edad, supuse, le había dado un aspecto más sombrío de como yo la recordaba. La edad y, por supuesto, la tragedia de su matrimonio. No se levantó, se limitó a señalar hacia la otra silla (esta no era mecedora) que había en el porche.

–Te haces viejo –dijo, la muy cruel, como si me leyera el pensamiento y me lanzara su contenido sobre mi propio tejado–. ¿Un poco de limonada?

Acepté el vaso que me sirvió, dejé la mochila en el suelo y tomé asiento donde ella me había indicado. Lo que siguió fue un silencio más bien largo e incómodo, que yo no estaba seguro de cómo romper. Por fin, ella habló.

–Dejamos de verte –dijo, en un tono carente de sentimiento– porque yo pensaba que estabas medio obsesionado con él de una manera que me parecía *no buena*. Era algo obsesivo. Tú entonces no vivías en América, de lo contrario es probable que yo te hubiera colgado la etiqueta de acosador. Pero luego viniste a vivir a este país, y me pareció llegado el momento de romper el contacto.

No me esperaba ser recibido con algo tan hiriente.

–¿Y él? –pregunté a media voz–. ¿También pensaba eso?

–Desde luego que sí –dijo ella–. No le daba tanta importancia como yo pero era algo que saltaba a la vista.

–Lo lamento. –No se me ocurrió otra cosa que decir.

–Además –añadió, echando sal en la herida–, en tu manera de escribir había algo que confirmó mis sospechas. Te apoderabas de personas reales y las metías en tus libros. «¿Y si probaras la ficción?», estuve a punto de decirte más de una vez. Madame Bovary no era una persona de carne y hueso, sabes. Raskólnikov, tampoco. Ni, ya que los dos hablabais de Kafka, Gregor Samsa o el Agrimensor o Karl Rossmann. Eran inventados, ¿entiendes? En fin. Lo que yo no quería era que te apoderases de nosotros como personajes.

–¿Y eso también lo pensaba él?

–Ya te lo he dicho. Él le daba menos importancia. Lo único que dijo fue: «Bueno, le falta un poquito de imaginación».

–¿Eso dijo?

–Eso dijo.

No parecía que hubiera nada que añadir, después de aquello. En aquel momento demoledor me había olvidado por completo de por qué estaba allí. El sobre que tenía en la mochila había dejado de existir. «Debería irme –pensaba–. Marcharme de aquí sin más».

Fue ella quien puso el tema sobre el tapete, sacándome del trance de desconcierto en que me hallaba inmerso.

–Me telefoneaste para hablar de esos dos textos –dijo–. Como te puedes imaginar, eso suscitó mi curiosidad. Material póstumo de un escritor importante que encima era mi marido, no surge cada día. ¿Has traído esas páginas? –Alargó el brazo, moviendo la mano con gesto imperioso.

–Lo que pasa –me obligué a decir– es que no estoy seguro de que sea material póstumo.

La mecedora dejó de mecerse. Ella se quedó completamente quieta. Fue como si una secuencia de película se hubiera convertido en una fotografía.

–Trae –dijo al fin. Y una vez tuvo el sobre en la mano que me tendía, agregó–: Ahora vete a dar un paseo. Vuelve dentro de un par de horas.

El barrio había cambiado. Donde antes había campos de maíz o de girasoles, ahora había casas. Los pueblos de la campiña se habían convertido en zona residencial junto al mar. Donde antes veías Jeeps ahora veías Porsches, y en las calles secundarias había atascos. Altos setos ocultaban mansiones en algunas vías. A mí todo aquello me daba igual. Caminé sin rumbo fijo con las palabras de tía K. resonando en mis oídos. Me sentía como un proscrito, expulsado del mundo de tío y tía K., o incluso del mundo con mayúsculas. Vi la entrada a una playa y atravesé las dunas hasta el borde del agua. A cierta distancia había una mujer joven con un perro, las huellas de un buggy. Nada de eso me importó. Pensé en si no debía yo también quitarme la ropa y adentrarme en el mar. Nunca aprendí a nadar. Qué distancia podía yo recorrer antes de estar en peligro. No sabía nada de corrientes ni de mareas. Me imaginé a la chica abandonando a su perro y nadando para socorrerme. Qué montón de tonterías.

El tiempo pasaba muy despacio. Yo ya no usaba reloj de pulsera. La hora la sabía por el móvil y era como si se hubiera parado. Cuánto rato tardaría ella en leer los textos. Los leería más de una vez, quizá…

Comprendí que le tenía miedo. No quería volver a su casa. Quería marcharme y esperar a que llegara el autobús para regresar a la ciudad. No volveríamos a vernos. Cómo se me había ocurrido hablarle del sobre. Habría sido mejor enviárselo por correo con una breve nota de presentación. Todo esto no era asunto mío. Yo no formaba ni había formado nunca parte de esta historia. Me había engañado a mí mismo.

Exactamente dos horas después me hallaba delante de tía K. Ella seguía en la mecedora. El sobre estaba en la mesa, al lado de la jarra de limonada. Tenía una cosa alargada sobre el regazo. Cuando estaba ya cerca de la casa me había parecido que podía ser un bastón.

Era una escopeta.

–Vivo sola y soy una mujer mayor –dijo–. Tengo esto a mano por si aparece algún indeseable.

Me quedé allí de pie, no muy seguro de lo que estaba pasando ni de qué era lo mejor que podía hacer. ¿Dar media vuelta y echar a correr?

–Siéntate –me ordenó ella, y eso hice, en el borde de la silla, rígido como un palo, los puños apretados.

–Puesto que te has tomado tantas molestias, tres horas de autobús, etcétera –dijo, en su tono de voz con algo que me sonó a puro y simple sarcasmo–, te diré que estoy de acuerdo contigo, esto no es material póstumo.

Me sobresalté.

–¿Tú ya sabías que estaba aún con vida? –acerté a preguntar.

–Sí –respondió ella con aspereza en la voz–. En el siglo veintiuno no es tan fácil desaparecer. Teléfonos móviles, tarjetas de crédito. Si estás vivo, dejas rastros. Puede que sepas que nunca se lo ha declarado muerto. Oficialmente está desaparecido.

–Tú lo supiste desde el principio –dije, a lo que siguió un largo silencio.

—Te diré lo que supe desde el principio —dijo— y también lo que acabo de descubrir, y después tú te marchas y no vuelves a hablar de ello con nadie nunca más. Y no vuelvas por aquí ni intentes ponerte en contacto conmigo.

—Yo sabía que nuestro matrimonio estaba en las últimas. Él se había distanciado. Vivíamos bajo el mismo techo pero no juntos, salvo que yo hacía la comida y llevaba la casa y lavaba la ropa y cuidaba de las plantas y él no me ayudaba. Pero una cosa sí hizo: bombones artesanales. Ya viste que le pirraba lo dulce. Aprendió a hacerlos él solo con ayuda del móvil y resultó que se le daba muy bien. Trufas y todo eso. A mí no me gustan los bombones ni los caramelos, y eso no mejoró la situación entre nosotros. Además, él me estorbaba en la cocina. Cuando le echaba de allí se metía en su cubil, y si había un partido de fútbol o de béisbol en la tele, se quedaba a mirarlo. Se había formado la opinión de que necesitaba alejarse de todas las facetas de la vida que había llevado hasta entonces, y yo era una más de esas facetas. O sea que necesitaba alejarse de mí, de nuestros hijos, de nuestros amigos. Y también de su trabajo. Se acabaron los libros. Él quería *no* ser un escritor. Necesitaba ser otra cosa, otra persona.

—De los hijos nunca hablabais, ni tú ni él.

—Contigo no, es cierto. Hubo muchas cosas de las que no hablamos contigo. Pero los hijos están ahí. Y también nietos, hermanos, sobrinos y sobrinos nietos. Es una familia razonablemente grande.

—No lo sabía.

—Como te digo, la lista de cosas que no sabías es larga. Por ejemplo, tú no sabías que él no se estaba volviendo loco. Sufría de depresiones graves pero estaba cuerdo. Sabía distinguir el norte del sur y el este del oeste. Le daba miedo la locura pero nunca estuvo loco. La idea de un declive mental es tuya.

–En una ocasión me dijiste que a veces no estaba seguro de qué era real y qué no. Como Dorothy al final de *El mago de Oz*.

–Fue una manera de hablar. Últimamente el estar confuso sobre lo verdadero y lo falso se ha convertido en condición humana. Al menos en este país. No puedo hablar del mundo entero.

–O sea que escenificó su partida. Lo de la ropa pulcramente doblada en la playa.

–Me pilló por sorpresa que lo hiciera en ese momento. Y aún hay partes de esta historia que no tengo claras. Cómo abandonó la playa sin ser visto. Cómo abandonó el pueblo. Pero yo sabía que había estado haciendo preparativos. Muy minuciosos, ya que estamos. Dinero traspasado a una cuenta diferente a nombre de un alias, una empresa pantalla registrada en Delaware que pudiera servirle de tapadera. Dejó a nuestro médico de muchos años (siempre decía que parecía un ewok) por otro médico de atención primaria en sabe Dios qué lejana galaxia. Priorizó lugares pequeños para alejarse de los grandes. En los lugares pequeños de América los escritores no alteran el barómetro de la fama, de modo que el anonimato no solo es factible sino algo normal.

–Tú sabes dónde está.

–Al principio me enfadé mucho y pensé, que se vaya adonde quiera. Pero luego cambié de opinión. El enfado no se me ha pasado, eso no.

–No piensas decirme dónde.

–No seas absurdo.

–Lo comprendo.

–Tú no comprendes nada. He dicho que te contaría más de lo que yo supe en su momento. Aún tengo que contarte lo que acabo de averiguar.

–¿Acerca de él?

–No. De ti.

–No sé –dijo un rato después, pensativa– si debería pegarte un tiro por ser un estúpido, o por ser un presumido, o por creer que la estúpida soy yo. Son tres posibilidades.

Sí, yo tenía miedo de lo que podía ser capaz de hacer aquella mujer claramente chiflada.

–Bueno, queda una cuarta opción, ¿no? –dije–. No pegarme un tiro.

–¿En serio pensabas que te ibas a ir de rositas? ¿Tan estúpido eras, tan creído, o tan estúpida creías que era yo?

De pronto se había puesto a gritarme.

–No sé a qué te refieres –dije. Aunque lo sabía muy bien.

–Está claro que practicaste para imitar la letra –dijo, más calmada–. Y no es una mala falsificación, eso te lo concedo. Incluso podría engañar a ciertas personas. Pero ¿de veras pensaste que me iba a engañar a mí?

Guardé silencio.

–Y esos textos. Insisto, ¿te imaginabas que iba a creerme que los había escrito él? O sea que te vuelvo a preguntar las tres cosas. ¿Tan tonto eres? ¿Tan pagado de ti mismo eres como para pensar que podías escribir cosas así? ¿O me tomas a mí por tan tonta como para no darme cuenta?

Yo no tenía nada que decir.

–Te darás cuenta de que estas páginas suenan a él solo a medias. A medias muy medias. Pero adivina a quién suenan en realidad…

Yo pensé: «Es probable que nunca más tenga nada que decirle a nadie».

–A ti –dijo–. A un escritor que roba personas reales. Suenan como un diálogo entre tu yo de joven y tu yo de mayor. Y a él lo mezclas con tu yo de mayor.

Incliné levemente la cabeza.

–Ahora entiendo que el demente eres tú –dijo–. No solo deseabas conocerle, obsesionarte con él, intimar con él todo lo posible (más de lo que él quería que intimarais). Tú en realidad querías ser él. Debería pegarte un tiro por eso.

»Dicen que en algún oscuro rincón de su mente el falsificador, el plagiario, el impostor lo que quiere es que lo descubran. El famoso falsificador Elmyr de Hory llegó a enseñarle al propio Picasso sus falsificaciones del Período Azul. Pero Elmyr era una especie de genio menor. Cosa que tú no eres.

»Estoy pensando realmente en apretar el gatillo. Según lo veo yo, eres un intruso que ha entrado en mi propiedad y yo tengo que defenderme y defender mi casa. Eres un ser siniestro al que nadie por estos pagos conoce, y yo una ancianita de raza blanca muy respetada en el vecindario. ¿Cómo crees que lo interpretaría la gente?

Levantó la escopeta y apuntó hacia mí, sopesando su posición.

–No dispares –dije yo.

–Voy a contar hasta tres –dijo–, y antes de llegar a tres tú tienes que empezar a hablar. Si quieres conservar la vida tienes que confesar.

La miré: su rostro, sus ojos. Hablaba en serio. No me quedaba otra salida.

Confesé.

Ahora que estoy más calmado puedo poner por escrito estas palabras que, probablemente, nadie leerá. Esto es solo para mí, del mismo modo que las pinturas de la Casa del Sordo eran únicamente para los ojos del pintor. Debo confesar ante mí mismo y confesar también ante ti, mi muy improbable lector. Te he decepcionado. Me he engañado a mí mismo. Y ahora que todo se sabe, aún queda algo más. Queda lo que tengo que hacer. Esa decisión debe ser tomada.

«Todo lo que has dicho es verdad». Cuando acabé de hablar temblaba de pies a cabeza, y cuando ella bajó la escopeta pensé que iba a vomitar allí mismo o, peor aún, a mearme encima. Cualquiera de las dos cosas habría rubricado mi humillación, mi pérdida de autoestima. Le pregunté si podía ir al baño antes de marcharme y ella se echó a reír, pero de tal manera, con tan colosales risotadas, que comprendí que ella estaba liberando igual que yo la tensión acumulada. Le temblaba también todo el cuerpo.

–Eres lo que no hay, desde luego –dijo ella–. Vamos, entra. Ya sabes dónde está.

Crucé la sala de estar y luego la cocina. Pasé junto al aparador de pino galés que siempre habían tenido allí con la porcelana buena bien colocada en sus estantes y también unos cuantos libros y revistas, y había un bol artesanal de madera que contenía tarjetas con números de teléfono de utilidad: un fontanero, un electricista, un manitas, varios amigos. Me llamó la atención una de vivos colores que asomaba por debajo de la del restaurante favorito de tía K. La tarjeta tiró de mí, obligó a mi mano a adelantarse para cogerla a fin de mirarla bien, y, una vez mirada, supe que tenía que robarla y eso fue lo que hice. Después fui al baño y acto seguido hui de la casa para no volver jamás. Ella me vio partir desde el porche. La sensación fue de que todo un segmento de mi vida tocaba a su fin.

He aquí lo que ponía en la tarjeta:

OK KITCHEN
Golosinas-Bombones-Helados

K. Rossmann-propietario

Y debajo una dirección, un número de teléfono, la URL de un sitio web. Todo ello confirmó que el establecimiento se encontraba en un pueblo del nordeste de Estados Unidos.

Pero ¿y el OK?

Eso tenía que ser *Oklahoma*. Oklahoma, allí donde Karl Rossmann podría haber encontrado la paz de no ser porque Kafka decidió abandonarlo en aquel tren en vez de terminar la historia.

Oklahoma, pero mal situada.

## 6

*Era noche cerrada cuando llegué a las afueras de la localidad de O. en la camioneta Mitsubishi que había alquilado, en busca de algo o de alguien que no sabía bien cómo nombrar. Ese día había cubierto una gran distancia viajando por el espacio interestelar, o eso pensé, dejando atrás brillantes galaxias y ardientes nebulosas y agujeros negros que engullían tiempo y espacio, y las enormes dimensiones de todo ello me dejaron pasmado y a la vez muy consciente de mi propia insignificancia. Mi ánimo mejoró al ver las luces del pueblo centelleando en la negrura. Parecía un lugar acogedor y confié en que abriera sus brazos a aquel atribulado viajero y le ayudara en sus pesquisas. Al entrar en el límite municipal noté un fuerte bache en la carretera; todo mi cuerpo dio una sacudida y la espalda me dolió. La gente de estos simpáticos pueblecitos rurales, pensé, debería esforzarse un poco en el mantenimiento de sus calzadas.*

*Yo mismo no estaba seguro de la naturaleza de mi búsqueda. Se la podía llamar caza del hombre, pero una caza del hombre correctamente definida era ir a por alguien buscado por la ley y este no era el caso. Su mujer tal vez le quería, tal vez no. Tal vez lo había dejado marchar sin más. Quizá yo le quería, pero a quién le importaba eso. A la ley, no, por descontado. A la esposa y los hijos –esos hijos desconocidos–, tampoco. Es decir que no había motivo suficiente para un pasquín de «Se busca». No se había cometido delito alguno. Como mucho, un engaño. No había una investigación en marcha y tampoco una persecución. Él era el Hombre que Desapareció, y no parecía que eso representara un problema. Empero, aquí estaba yo, al volante, decidido, a la caza de «Rossmann».*

*Además del gran Franz K. pensé en Godard, en Lemmy Caution entrando en* les faubourgs d'Alphaville *en su Ford Galaxie en busca también de un desaparecido, hallándose en un lugar de héroes muertos (*Et Batman? Il est mort*), un mundo gobernado por un totalitario y una máquina, en el que el amor era ilegal, una «ville» no muy diferente de nuestro Omegaville. Y pensé en el narrador del* Frankenstein *de Mary Shelley entrando también en una población, Ginebra, cuando era noche cerrada, camino del lugar de la monstruosidad. Y en mi emisora de viejos éxitos un cantante que decía sentirse «medio muerto o más». Quizá había yo atravesado una membrana que separaba a los vivos de los muertos y penetrado en un mundo medio muerto o más. Quizá no podría regresar.*

*No hice caso de estas divagaciones. Eran maneras de hacerme sentir más importante de lo que yo era en realidad. Recordé el mensaje del universo. Yo era nadie en un viaje a ninguna parte con una finalidad sin importancia. Un hilo que me conectaba al mundo se había roto y ahora yo flotaba en el espacio lejos de la nave nodriza. El presente se había disuelto y ahora me encontraba en el pasado o bien en el futuro, si no en ambos, o quizá en un sitio que nada tenía que ver. Aquellas titilantes luces no proporcionaban claridad. Lo único que sabía, y con eso bastaba, era que estaba aquí.*

*Había reservado un pequeño alojamiento valiéndome de la tecnología de nuestra época y el GPS de mi teléfono móvil me condujo sin dificultad hasta la puerta. Una tercera tecnología, la caja de seguridad para llaves accionada mediante código, me procuró la entrada. Así, sin el menor contacto humano, me encontré en presencia de una cama, un sofá morado, una nevera vacía, un hervidor. Con eso bastaba. Había llevado conmigo un bocadillo y una cerveza pero no tenía apetito. Mi casero sin rostro me había dejado una botella de agua mineral Poland Spring sobre la encimera de la pequeña cocina y me la bebí. La reserva era solo para esa noche y la siguiente. No esperaba estar allí mucho tiempo. Si la opinión que «K. Rossmann» tenía de mí era tan mala como había dicho tía K., nuestro encuentro sería breve y desagradable. Yo lo sabía, pero necesitaba oír las palabras para liberarme de él. Esto era lo máximo a lo que podía llegar sobre el significado de mi viaje, aunque sabía que había algo más, cosas que en mi estado de fatiga se me negaban. Me tumbé en la cama e intenté dormir. Al amanecer la radio-despertador sonó, obedeciendo las no canceladas instrucciones de un ser humano anterior, y de repente allí estaba la voz del poeta Ginsberg leyendo* Aullido. *Evidentemente acababa de morir. Estuve escuchando durante unos minutos y luego apagué el aparato. Lo último que necesitaba hoy era que una máquina interfiriera con mi pensamiento.*

*La mañana era luminosa, fresca, diáfana. «No surcaba el cielo un solo pájaro» (Lewis Carroll se presentó en mi cabeza sin ser invitado) / «pues, en efecto, no quedaba ninguno». Me ocupé rápidamente de la solitaria trinidad de la toilette mañanera: cagar, duchar, afeitar. Después estuve un buen rato sentado en el sofá, tieso, en el borde mismo, remedando mi pose en el porche de tía K. con su escopeta. Moverme parecía estar fuera de mis posibilidades.*

*Me rondaba una pregunta por la cabeza: cuando mi hora llegara, ¿quién vendría en mi busca?*

*Un bagel, café. Paseo al borde del lago. Tácticas de demora. Procrastinación alimentada por el miedo. Un hombre con abrigo y sombrero, manos hundidas en los bolsillos, bailando claqué en la pasarela de tablas al compás de una música interior, pensé, pero luego vi los pequeños auriculares y comprendí una vez más que éramos cautivos de nuestra tecnología. Su ritmo secreto marcaba nuestros pasos. El hombre del claqué, al reparar en mí, me dedicó de pronto una enorme y resplandeciente sonrisa, un rictus colmado de dientes, centelleante, peligroso. Luego, una mujer sentada en un banco, una mujer de mediana edad y raza blanca, hablando en voz alta al aire vacío. Esta vez no me hizo falta buscar el cable, el diminuto altavoz que colgaba de sus labios escarlata, para saber que ella estaba también enchufada. También ella me hizo una demostración de resplandeciente dentadura, solo que esta vez los dientes estaban manchados de carmín. Qué sonrisas tan desconcertantes. ¿Qué era este distrito de escalofriantes bocas?*

*Di la espalda a los seres humanos para estudiar el movimiento del agua. El lago se perdía de vista en la neblinosa lejanía. Allí la superficie parecía en calma, bañada por el sol a la primera luz de la mañana, pero junto al borde donde yo me encontraba se formaban pequeñas olas. Venían de la izquierda, venían de la derecha, y ahora de frente también. Después retrocedían, por el frente primero, a continuación el lado derecho, luego el izquierdo. Un patrón de líquida danza para un espíritu lacustre de tres patas, una Dama del Lago trípeda.*

*Podía ser que la tienda de golosinas no hubiera abierto. Era demasiado temprano. Me comí el bagel entre sorbos de café sentado en un banco a cierta distancia de la mujer del móvil. No me importaba esperar. No quería estar plantado delante de la puerta como un imbécil ansioso de chuches. Estaba bien dejarse absorber por lo extraño del lugar, por su novedad, sus dientes... Una joven de cabellos oscuros y oscuro abrigo largo, boina y gafas de sol de montura grande se situó en un punto de la pasarela, juntó las manos y se lanzó a recitar; nadie le hizo el menor caso. Cada cual tenía su propio ceremonial matutino y ese era el de ella. No me sonrió.*

*Hablaba quedo, en un tono informal, con una voz grave y áspera, voz de actriz de cine francés. Las frases que decía, a todos y a nadie, eran fragmentos, locuciones fraccionadas, frases sin terminar, pensamientos incompletos.* En catástrofe y mentiras, *empezó, y luego hizo una pausa.* Una mariposa cambia la historia porque. Te veo venir desde la media distancia. Ternura, aspereza, ficciones. Cuando aprenda la palabra amor yo. Oíd las bombas están a punto de. La música cae como lluvia y nos rescata de. *¿De qué? No lo dijo. Estuve escuchando, fascinado, su retahíla de incongruencias. Comprendí lo que intentaba decirnos. La coherencia no existía; nada llevaba a otra cosa. Había tan solo deshilachados* *instantes de semicomprensión. Saber algo era imposible. Todos éramos incompletos, inacabados. Eso era la vida, hasta que la muerte venía a poner la conclusión. Y ninguno de nosotros podría* completar su *historia personal porque ya no estaríamos presentes. Estábamos congelados en nuestros vagones de tren esperando a que otro terminara nuestro relato, que nos completara, suponiendo que a alguien le diera por ahí. De lo contrario, nuestro hado ineludible era la incompletitud.*

*Lo que parecían afirmaciones de lo obvio formaron una segunda estrofa.* Es lo que es. La lluvia es como aguacero. El miedo es como miedo, el amor es como amor. *Las sonrisas que no eran tales sonrisas tenían también un mensaje para mí. El mundo era lo que era. Los trucos del oficio, símil, metáfora, ironía, solo eran obstáculos que oscurecían la verdad. En este punto de la historia era necesario, por no decir imperativo, hablar claro, reconstruir de abajo arriba nuestro contaminado lenguaje.* La guerra es la guerra. El horror es el horror. Una oruga se convierte en una mariposa. El final llega al final.

*Cuando hubo terminado se alejó sin exhibición de dentadura. Un poco más allá, siguiendo la pasarela, penetró en un resplandeciente haz de luz y se perdió de vista. Comprendí que aquella aparición, aquella encarnación de la belleza en clave de ciencia-ficción, no era real, la joven era un fantasma que yo había creado para expresar mi necesidad de amor. El lago era como la superficie líquida del planeta Solaris en la magnífica película de Tarkovsky, una conciencia grande como un planeta capaz de dar vida a las secretas fantasías de los cosmonautas en órbita, una conciencia que podía reencarnar como espectros a sus amores perdidos y volverlos locos. Tal vez era esto lo que había venido yo a aprender tan lejos de casa: Olvídate de Rossmann. Olvida todo lo que te rechace. Busca lo que venga hacia ti y te acepte. Trata de encontrar el amor, antes de que sus fantasmas te vuelvan loco.*

Estuve un buen rato allí en la acera, al otro lado de la calle, contemplando la fachada rosa subido de la tienda. OK KITCHEN en un arcoíris de letras rotuladas con sombras paralelas en la ventana. Un cartel en el que se leía GOLOSINAS BOMBONES HELADOS. Un toldo rosa y una puerta del mismo color. Vi cómo la reja de seguridad ascendía a las 10 en punto. Alguien debía de haber aparcado en el solar que había detrás de la tienda y entrado por la puerta trasera. Una mano giró el rótulo de la puerta de vidrio. De CERRADO a ABIERTO. No me moví.

El interior del establecimiento estaba profusamente iluminado. Vi unas cubetas de helado a mano derecha de la entrada, un despliegue de cajas de bombones en el escaparate, más estantes con caramelos a mano izquierda. Y al fondo de lo que era la tienda propiamente dicha, un vislumbre de mesas donde adultos y niños podían comer sus golosinas en paz. Empezó a entrar y salir gente. La sonrisa que mostraban al emerger de la tienda era aterradora. No había por qué hacer aquello para amedrentarme, pensé. Yo ya estoy asustado.

No sabía cómo entrar en la tienda habiendo dentro tantos desconocidos. Yo necesitaba estar a solas con el Propietario. No me moví de la acera de enfrente. Dentro de la tienda era Oklahoma. Yo no conocía sus leyes.

Era primera hora de la tarde. La tienda llegó a lo que parecía un punto álgido de clientela y luego fue vaciándose. Finalmente vi que se apagaban las luces del interior y crucé la calle. Al llegar yo a la puerta una mano surgió del interior ahora en penumbra para girar el rótulo, de ABIERTO a CERRADO. Antes de que la mano pudiera completar la acción, golpeé al cristal con los nudillos. Pasó un largo momento: nada; después, la puerta se abrió y entré.

Cuando uno entraba en la tienda era recibido por una alegre melodía. Yo conocía la canción pero no conseguí recordar el título. Allí de pie, a oscuras junto a la puerta, dije mi nombre en voz alta. El hombre de la tienda, que yo suponía era el Propietario, no volvió a encender la luz.

*–Se te esperaba –dijo. (Su voz sonaba diferente, claro que hacía mucho que no nos veíamos y ambos éramos ya mayores).*

*Deduje que tía K. habría reparado en la tarjeta de visita que faltaba y le habría llamado para advertirle de que yo podía estar de camino. Me pregunté si guardaría un arma detrás del mostrador. Esto me tenía obsesionado desde la escena con tía K. y la escopeta. Ahora cualquiera te sacaba un arma de fuego. Nunca sabías a quién le gustaba apretar el gatillo. No estaba seguro de encontrarme a salvo.*

*–Tenía que venir –dije.*

*–Según lo veo yo –comentó el hombre en la penumbra–, hay tres posibles razones para ello. Una es el perdón, que es una transacción entre seres humanos. Otra es la absolución, que es una transacción entre un hombre y su dios. Y luego está la venganza.*

*–Es verdad –concedí– que en parte quería ver con mis propios ojos que estabas aquí y luego descubrir tu tapadera, hacer añicos esta pequeña porción de felicidad, deshacer lo que hiciste al dejar la ropa doblada en la playa y obligarte a salir de tu escondrijo para devolverte al mundo real y que sufras como todo hijo de vecino.*

*Este arrebato me cogió desprevenido; me sorprendió tanta ira. Comprendí que su rechazo me había afectado más de lo que yo creía. Aquel hombre me había importado. Yo a él no.*

*–¿Qué te hace pensar que aquí dentro hay felicidad? –me preguntó–. Pinocho consiguió llegar a la isla del placer pero lo que allí encontró fue dolor.*

*–¿Qué es esto, entonces –pregunté a mi vez–, este lugar que parece idílico y en realidad es un purgatorio?*

*–Has dejado atrás el mundo real –replicó el otro–. Seguro que has notado el bache en la carretera justo al llegar.*

*–Sí –concedí–. ¿Qué pasa con eso?*

*–Ahí fue donde ocurrió –dijo.*

*Como no sabía de qué estaba hablando, decidí cambiar de tema y volver a lo de mis motivos.*

*–Al final decidí que descubrir tu impostura no valía la pena. ¿Qué se ganaba con ello? Nada. Renuncié a la idea. Aparte de eso,*

*la absolución no va conmigo, no sé de ningún dios al que pudiera rogar, padre, absuélveme.*

*Tras esta enjundiosa declaración de principios noté que el corazón me latía con fuerza y quise sentarme. Pero las mesas estaba a cierta distancia y en aquella parte del establecimiento no había sillas ni taburetes.*

*–O sea que es el perdón –dijo.*

*Yo guardé silencio.*

*–Eso es fácil –oí que decía la voz desde la oscuridad–. Ni siquiera hay nada que perdonar.*

*–Muy bien –fue mi indecisa contestación–. Eso es bueno, supongo.*

*–Pero no es para lo que has venido –dijo el otro–. Has venido para encararte con aquel que más te inquieta.*

*¿De qué demonios estaba hablando?, me pregunté. ¿Y por qué sus palabras despertaban esos renovados latidos en mi pecho? El corazón me aporreaba como si fuera a salir disparado a través de la piel, como si mi cuerpo entendiera lo que a mi mente se le escapaba…*

*Encendió las luces. Yo me tambaleé y a punto estuve de perder el conocimiento. El hombre de la tienda de golosinas –«K. Rossmann, propietario»– era calvo y tenía la barba gris, mientras que yo tenía el cabello oscuro e iba afeitado. Además, él era unos treinta años mayor que yo, por lo menos. Le calculé más de setenta y cinco. Había adelgazado, y, como a veces el cuerpo se encoge con la edad, era unos dos o tres centímetros más bajo que yo.*

*Pero lo que estaba mirando era mi propia persona.*

## EPÍLOGO

Así terminaba el manuscrito, de manera un tanto repentina y dejando en ascuas al lector. Ignoramos si el autor no fue capaz de completarlo por razones artísticas o si intentó darle un final pero se lo impidió el agravamiento de la depresión que lo llevó a infligirse a sí mismo un final prematuro.

Las notas que vienen a continuación están pensadas para aclarar en lo posible la naturaleza y las intenciones de la obra y, en concreto, analizar e ilustrar la insistencia del autor en que el texto previo fuera considerado una pieza de ficción.

1. *El narrador.* El personaje sin nombre y casi autobiográfico de la historia, simpático solo a medias, detestado por los otros personajes y que se nos revela como persona nada sincera, guarda escasa relación con el autor, un hombre gregario y alcohólico con muchos amigos, parlanchín, lleno de anécdotas divertidas y tan sincero como el que más; un valiente que supo esconder la oscuridad que estaba creciendo en su interior y que al final se lo llevó por delante. (El tema de la depresión en *Oklahoma* revela claramente al lector lo que el autor tanto se esforzó por ocultar).

2. *Tío y tía K.* Aunque en el retrato de ambos hay leves ecos de conocidas personalidades literarias norteamericanas, está claro que no se pretende que sean retratos de individuos reales

sino que son producto del capricho del autor. Dicho de otra manera, lo que se nos ofrece es algo inventado pero disfrazado de memorias, una elección muy apropiada para un cuento en el que verdad y mentiras tienen su parte de importancia.

3. *Fragmento posiblemente relacionado n.º 1.* Entre los papeles del autor se han descubierto determinados pasajes que pueden haber sido bocetos o borradores a incluir en este historia. Uno de ellos describe el encuentro entre un padre y el hijo al que creía perdido y la subsiguiente llegada de ambos a un lugar de alegría; resumiendo, esa *rara avis* en la obra de M.A.: un final feliz. Los imagina en una barca de remos en un lago de forma alargada no muy diferente del lago en cuya orilla se asienta, según se dice, la localidad de O. Pescan (no capturan ni un solo pez) y charlan sin parar. Podría conjeturarse que esto fue una versión temprana del encuentro entre el yo joven y el yo viejo del narrador en la tienda de golosinas.

4. *Fragmento posiblemente relacionado n.º 2.* Un relato fantástico de un viaje al futuro a cargo de un narrador (de nuevo un escritor) ansioso por saber lo que le vida le deparará. Una vez más, un encuentro con un personaje masculino y mayor (¿tal vez más sabio?). El hombre mayor no desvela lo que no deben saber aquellos a quienes no les ha sucedido aún, pero anima al narrador a no cejar en su intento, diciéndole que, si bien su obra puede haber dejado de interesar en la actualidad, la rueda sigue girando y su situación va a mejorar. «En la literatura, como en todo, hay modas –dice el hombre mayor–, y al final puede ser que vuelvas a ponerte de moda, un giro de los acontecimientos que, como todo verdadero artista, deberías despreciar». (La mala acogida de la obra posterior de M.A. contribuyó sin duda alguna a su decisión de poner fin a su vida).

5. *Respecto a la localidad de O.* La atención del lector recae inevitablemente en ese bache, cuando el narrador está a punto de llegar a O. Debería quedar claro que este punto marca un cambio radical; el texto deja atrás toda pretensión de naturalismo para mutar en fantasía de pleno derecho. Debemos suponer que la localidad en cuestión no existe, como tampoco sus habitantes. Ni la tienda de golosinas, ni su propietario. Estamos en un pueblo fantasma; se lo podría comparar con el Comala de *Pedro Páramo*, la novela del gran escritor mexicano Juan Rulfo, o con otros lugares encantados. El autor indica en su manuscrito que todo el pasaje debe ir en cursivas para dejar claro este cambio radical, y así se ha hecho. La «localidad de O». debe entenderse como una ilusión o una alucinación creada por necesidad o por esperanza. O por desesperación.

6. *Fragmento posiblemente relacionado n.º 3.* Una hoja de papel en la que aparecen las siguientes líneas de un diálogo sin acotaciones. Se podría especular que estaba pensado como una conversación entre los dos «yoes» fantasma del narrador, y que tal vez fue descartado o, quién sabe si, reservado para incluirlo más adelante:

–¿Cómo debe uno afrontar los últimos días de su vida? ¿Con serenidad o con rabia?

–Los lunes, miércoles y viernes estoy furioso con la vida, con el mundo y lo que pasa en él, furioso por la muerte de amigos, las flaquezas del cuerpo, la raza humana en su conjunto y por la cercanía del final de la línea férrea. Los martes, jueves y sábados me siento totalmente en paz y, muchas veces, decido escuchar a Doris Day cantando *Que será, será*. Los domingos suelo estar confuso y me doy a la bebida, por regla general un Manhattan con hielo o bien un Old Fashioned, pero con bourbon en lugar de whisky de centeno.

Cabe añadir que debido al prematuro final de la vida del autor, su yo viejo no llegó a existir y en consecuencia no habría podido conocer a su yo joven ni siquiera en un cuento de fantasmas. Este pasaje, ay, tal vez fue excluido del texto porque el autor sabía ya que nunca llegaría a la senectud.

7. *Mamouli Ajeeb*. Curiosamente, en su lengua materna, *ajeeb* significa poco común o raro, mientras que la traducción de *mamouli* sería ordinario, normal, o común y corriente. O sea que el hombre se llamaba Sr. Normal Raro. Sr. Anodino Peculiar. Sr. Corriente Pococomún. Que optara por no compartir con sus lectores tan oximorónico nombre, por ocultarlo tras el anonimato de unas iniciales, sería indicativo de que sentía cierto engorro al respecto. Pero al mismo tiempo él siempre se sintió atraído tanto por la extraña empresa de la vida como por su vulgar cotidianeidad. Se podría decir, pues, sin faltar a la verdad, que estuvo a la altura de su nombre y apellido.

Pobre hombre, quedará como alguien que desapareció demasiado joven, que dejó su ropa pulcramente doblada en una playa y se adentró en el agua. Un hombre inacabado, deseoso de felicidad pero incapaz de alcanzarla, congelado para siempre en el tiempo antes de que el tren llegara a su destino. Un hombre en busca de su Oklahoma… sin llegar a encontrarla.

# EL VIEJO DE LA PIAZZA

Cada día, a eso de las cuatro de la tarde, cuando el calor empieza a disminuir, el viejo llega a la piazza. Camina despacio, arrastrando los pies, que lleva metidos en unos polvorientos mocasines de color marrón. La mayor parte de los días viste una americana azul oscuro abrochada hasta el cuello y pantalones azul marino anudados en torno a la cintura mediante un cordón. Tiene los cabellos blancos y se cubre la cabeza con una boina. Va a la única cafetería de la piazza, el Café de la Fuente, se sienta en una silla de madera frente a una mesa de madera y pide un café solo bien cargado. A las seis pide una caña de cerveza y un bocadillo. A las ocho se levanta de la silla, se limpia los labios y se aleja con arrastrar de pies, seguramente camino de su casa. No nos hace falta saber dónde vive. Todo cuanto de importante ha sucedido en su vida ha tenido lugar, y así seguirá siendo, justo aquí, en la pequeña piazza.

Toma asiento. Él es el público, un público compuesto de una sola persona. El espectáculo va a dar comienzo.

Es una piazza en la que desembocan siete estrechas calles, una en cada esquina y una en cada punto medio de tres de los cuatro costados de la piazza; solamente el lado donde está la iglesia no está interrumpido por una calle adoquinada. Debería ser un lugar tranquilo, una soñolienta plaza de provincias, pero no es así. Alrededor de la piazza, en todas direcciones, se oyen las voces y los gritos de las riñas, seis días a la semana. La mayoría de esos días hay más gente en la piazza que la que vive en el pueblo. Es como si vinieran aquí, a esta apacible placita de este apacible pueblo, para meterse en peleas. Conducen quince kilómetros desde la gran ciudad para dar rienda suelta a su mal humor. Alzan la voz, se golpean la palma de la mano izquierda con el puño de la derecha, patean el suelo (en esto no hacen distingos: pie izquierdo o pie derecho, da igual). Si están montados en una motocicleta hacen sonar la bocina en un gesto de frustración, cuando no para silenciar a sus adversarios. Si discuten estando al volante de coches contiguos con las ventanillas bajadas, le dan al claxon igual que los motoristas pero también pisan el acelerador y, cuando la irritación llega a un punto en que ya es imposible de soportar, suben las ventanillas.

Las discusiones no tienen fin, ya sean sobre la probabilidad de que se desate un huracán, o sobre el escándalo del soborno que hubo detrás del polémico galardón de los Juegos Olímpicos de Verano a una ciudad del círculo polar Ártico, o sobre la inviabilidad del amor y la futilidad de la política y los ilícitos amoríos secretos de eminentes sacerdotes católicos. Debaten sobre si la Tierra es plana o esférica y sobre la eficacia de las vacunas contra el sarampión, las paperas y la rubéola. No se ponen de acuerdo acerca de qué sabores de helado son los mejores y tienen firmes e irreconciliables opiniones en relación con la belleza de determinadas actrices de cine. Si han leído novelas de escritores que son también, o lo fueron, marido y mujer, toman partido con vehemencia por el uno o por la otra y no hay quien les haga cambiar de parecer. Se diría que no hay nada que una a estas gentes nuestras salvo su amor a la riña misma, la riña entendida como una forma pública de arte, como el corazón que define nuestra cultura. El alboroto es espantoso, crece a medida que el día pierde luz y continúa hasta bien entrada la noche. A eso de las doce el populacho ya ha empinado bastante el codo, y eso hace que las discusiones sean aún más acaloradas. No es raro que haya algún intercambio de puñetazos.

El viejo escucha, sentado en el Café de la Fuente. Sin embargo, puesto que se marcha a las ocho de la tarde, evita la fase posterior de la jornada, cuando el alcohol ha hecho su efecto y los puños empiezan a volar.

Los domingos son tranquilos. El domingo todo el mundo se queda en casa y come, o va a la iglesia, implora el perdón y luego vuelve a casa y come.

El viejo no viene los domingos a la piazza.

Así han sido las cosas en la plaza desde el final de la llamada época del «sí». Esa era siniestra comenzó unos cuarenta años atrás, cuando durante un período de media década las discusiones fueron declaradas ilegales. Todos estábamos obligados, en todo momento, a estar de acuerdo con los demás. Cualquier proposición que se hiciera, aun la más risible –la transubstanciación del pan y el vino en carne y sangre, la metamorfosis nocturna de la población inmigrante en babeantes monstruos sexuales, los beneficios de subir los impuestos que pagaban los pobres, la transmigración de las almas, o la necesidad de la guerra–, estaba prohibido ridiculizarla, aunque los inmigrantes regentaran la mejor pastelería y panadería del pueblo y también la mejor tienda de vinos, y aunque la mayoría de nosotros sea pobre y nadie se acuerde de haber vivido anteriormente como tortugas, o extranjeros, o anguilas, y solo una pequeña minoría sea belicosa por naturaleza. Era necesario estar de acuerdo en todo momento.

Incluso nuestra lengua –¡la lengua en la que tan bella poesía se había escrito!– fue modificada. La palabra «no» dejó de ser una opción. Solo había «sí» y variantes de «sí»: «por supuesto», «desde luego», «pues claro», «por descontado», «totalmente», «no cabe duda» y «de acuerdo». Cuando alguien, algún extremista, recordaba la palabra «no», era peor que si hubiera dicho algo escandaloso, algo pecaminoso. Y es que sonaba arcaica. Una palabra inservible de un pasado remoto y en ruinas, como el vestigio de un templo erigido para honrar a un dios en quien nadie creía ya, en quien nadie había creído durante milenios. El dios del «no». ¡Tuvo que ser sin duda un dios bien ridículo! En todo caso, eso era lo que pensábamos muchos de nosotros.

Nuestra lengua, sin embargo, se nos enfurruñó. Venía a sentarse a solas en una esquina de la piazza y a menudo meneaba la cabeza, apesadumbrada. Se volvió pedestre. Nos informó de que por el momento no estaba dispuesta a remontar el vuelo ni a viajar siquiera en tren, bicicleta o autobús. Dijo que los pies le pesaban como el plomo y que prefería estar allí sentada y contemplar las cosas que las lenguas contemplan cuando están a solas y se sienten maltratadas. Si necesitaba moverse, nos dijo, lo haría a pie y a su ritmo.

Su actitud intimidaba. Llevaba prendas ceñidas que a buen seguro constreñían sus movimientos, y unos zapatos muy incómodos. Nadie se le acercaba.

Nuestra lengua no iba a sentarse con el viejo en el Café de la Fuente. Siempre estaba sola en su esquina. No hablaban entre ellos.

En los tiempos del «sí» universal, la piazza estaba en calma. Se oía cantar a los pájaros, las alondras, que todavía no habían sido diezmadas por las partidas de cazade fin de semana. En mitad de la piazza hay una pequeña fuente –la fuente, claro está, que da nombre a la cafetería–, y en los viejos tiempos el silencio permitía escuchar el apacible murmullo del agua y sosegar el corazón dolorido. En aquel entonces el viejo era más joven, y el corazón le dolía a menudo por los reiterados rechazos de muchachas con el pelo de diferentes colores a los sentimientos que él sinceramente les ofrecía.

Incluso en tiempos de la prohibición de la palabra «no», las jóvenes se las apañaban para hacerle saber que lo que él sentía por ellas no era correspondido. «Eres muy amable –decían las mujeres de variopintos cabellos–, pero justo esa tarde tenemos hora para que nos tiñan de amarillo (o marrón, o rojo, o negro)».

Bueno, pero quizá otra tarde, se atrevía él a preguntar, y ellas respondían: «Tu generosidad nos conmueve, pero tenemos hora para teñirnos de negro (o de rojo, o marrón, o amarillo), todas las tardes de ahora en adelante salvo los domingos, que nos quedamos en casa y comemos, o bien, algunas vamos primero a la iglesia a implorar perdón y luego volvemos a casa y comemos».

Pasado un tiempo, el viejo dejó de intentarlo. Seguía yendo a primera hora de la tarde al Café de la Fuente para sentarse en su silla de respaldo recto y escuchar el fluir del agua. Envejeció cuando aún no le tocaba, ajado como los muebles antiguos de imitación, y todo porque descubrió que hasta en los tiempos del «sí» había un «no» tácito. Los cabellos se le volvieron blancos sentado en su silla de madera viendo pasar el mundo.

Transcurrieron cinco años. Al final fue nuestra propia lengua la que se rebeló contra el «sí». Se levantó de su lugar en la esquina de la piazza donde había estado meditando en silencio durante media década y soltó un largo y penetrante alarido que se clavó como un puñal en nuestros oídos. El grito cubrió todas las distancias con la velocidad del rayo. No contenía palabras. Sin embargo, fue sonar el alarido y todas nuestras palabras se desbocaron. Salían a borbotones de la boca de la gente sin que nadie pudiera contenerlas. La gente notaba grandes pegotes de léxico agolpándose en su laringe, presionando los dientes. Algunos de nosotros, los más cautos, apretamos los dientes con fuerza para impedir que salieran las palabras, pero la insistencia de las cataratas verbales terminaba por abrirnos la boca, y allá que iban disparadas, como niños de internado no mixto al final de un largo y deprimente semestre. Las palabras corrieron en desbandada hasta la piazza como chicas y chicos en busca de felices reencuentros. Fue todo un espectáculo.

Se podría decir que aquellas primeras locuciones fueron más exabruptos que otra cosa –«¡Mierda!», por ejemplo, o «¡Vete por ahí!» o incluso el excesivamente enfático «¡Que te den por culo!»–, y supongo que tanta vulgaridad era lamentable, pero lo cierto es que estas palabras tan eficientes y de tanto carácter dieron resultado, fueron como cachiporras, como cartuchos de dinamita, y a medida que golpeaban a nuestro alrededor propiciaron rápidamente un feo desenlace al reinado del «sí». El «sí» y sus compañeros de viaje (los ya mentados «por supuesto», «pues claro», «por descontado», «totalmente», «no cabe duda» y «de acuerdo») fueron colgados en la piazza de sendos ganchos carniceros, y ahí se acabó la cosa.

Fue entonces cuando empezó la era de la discusión. «¡Pero qué dices!». «¡Bobadas!». «¡Paparruchas!». «¡Sandeces!». «¡Qué tontería!». «¡Mentiroso!». «¡Imbécil!». «¡Ni se te ocurra!». «¡Pero tú estás loco!». «¡Menuda chorrada propia de un fanático y un ignorante!». «¡Vete por ahí! ¡A nadie le interesa lo que digas!». Quién hubiera dicho que tan feas y desagradables palabras iban a tener un papel protagonista en aquel momento, en lugar de la bella y justamente célebre poesía en nuestra lengua, a la que nos referíamos más arriba… De odas y sonetos, poesía lírica y épica, nadie hacía caso; todo eran actitudes chocantes y mucho gesticular con impotencia.

Nuestra lengua permaneció en su esquina de la piazza, observando, pero se había despojado del corsé y de aquellos horribles zuecos, y ahora sus largos cabellos y su falda larga ondeaban libremente en torno a ella. La falda llegaba hasta el suelo, de modo que no se le veían los zapatos, aunque nos pareció que llevaba el compás con los pies al ritmo de alguna música privada.

El viejo experimentó también la presión de las palabras en su esfuerzo por brotar de su interior. Intentó contenerlas, pues no estaba seguro de cuáles podían ser o qué podían hacer o qué podían engendrar o destruir, pero las palabras salieron disparadas igual, como un vómito, palabras que apenas si reconocía como propias brotaron enojadas de sus labios, desdeñosas, críticas. Por suerte todo el mundo estaba experimentando su propia versión del mismo fenómeno, de modo que nadie prestaba atención, y él mismo olvidó muy pronto cuáles habían sido esas primeras palabras y se retrepó en su silla de siempre para contemplar la vida de la piazza tal como era ahora.

Una vez concluida la época del «sí» y puesta en marcha la temporada de riñas y discusiones, los cantos de las alondras y el sosegante murmullo de la fuente dejaron de oírse; a la fuente le importaban muy poco los cambios en la sociedad y continuó haciendo lo de siempre, a su desenfadada manera. El viejo –aquel hombre envejecido por la tristeza– ya no hacía preguntas del corazón a miembros del sexo opuesto, preguntas cuyas respuestas él ya sabía, ya que ahora podían formularse a las claras, sin irse por las ramas y sin pretextos de citas en la peluquería.

Al principio, durante una breve temporada, añoró el silencio de los cinco años del «sí». Había habido algo alentador en el hecho de estar en un constante estado de afirmación, en evitar la negatividad acentuando lo positivo. Renunciar a ser crítico, por grande que fuera la tentación, había tenido algo de –¿cómo se decía?– de *modesto*. Y la inmensa tranquilidad de saberse exonerado de una vida de objeciones, de crítica, de protesta incluso. Ello había requerido, sin duda, cierto remodelamiento del cerebro. El hombre había tenido que refrenar su impulso natural a disentir, a emplear frases que empezaban con «Pero por otro lado…», o «Pero también es verdad que…», o «¿Cómo es posible que pienses…?». Ahorrar saliva, eso era algo que conllevaba la edad. Guardarse para uno las palabras poco atractivas. Durante un tiempo halló una medida de consuelo en aceptar el «sí». En decir el impronunciable «no» al «no».

Todo esto ocurrió hace ya bastante tiempo. Hoy, el viejo –viejo en años y también en tristeza– sigue acudiendo al Café de la Fuente, pero se le ve tranquilo, sin el temor a que palabras olvidadas salgan a borbotones de su boca. Observa a nuestra polemista ciudadanía como quien mira una telenovela o un circo de tres pistas o un partido de fútbol.

Nuestra lengua sigue allí también, en la esquina de la piazza más alejada de la silla del viejo. Últimamente tiene compañía; se trata siempre de acompañantes mucho más jóvenes que ella, jóvenes de una belleza física rayana en la obscenidad. Estas criaturas byronianas la veneran sin más, y es posible, piensa el viejo, que ella incluso les permita que la fuercen en privado, cuando abandona por un rato su puesto en la piazza. Los acompañantes siempre van cambiando. Cabe la posibilidad de que nuestra lengua sea promiscua. Puede que su moral sea excesivamente laxa. Cuando al viejo le viene este pensamiento a la cabeza es como si el diablo le susurrara al oído. Pero no parece que a nadie más se le haya ocurrido semejante idea, o si el diablo la ha susurrado a otros oídos, los usuarios de dichos oídos han hecho caso omiso y se han limitado a encogerse de hombros. ¿La lengua? ¡Que haga lo que le dé la gana! ¡Lo que mejor le parezca! Esa es hoy en día la actitud general. El viejo, a quien no se le escapa que está en minoría, mantiene la boca cerrada.

En todos estos años no han intercambiado ni el más superficial de los saludos, este viejo y nuestra lengua. Helos allí sentados, en puntos opuestos de la piazza, él en su silla de madera y ella en un pequeño taburete acolchado regalo de uno de los jóvenes obscenamente atractivos, el cual no mucho después cayó en desgracia ante nuestra lengua, que lo borró por completo de su conciencia. De él nada queda salvo el taburete. No obstante, el viejo creyó ver no hace mucho que ella, nuestra lengua, le dirigía un leve saludo con la cabeza. Claro que pudo tratarse de una simple ilusión óptica.

La elegancia arquitectónica de la piazza es algo innegable. La fachada barroca de la vieja iglesia es magnífica, y muchos de los otros edificios que bordean la piazza –edificios de uso mixto, con pequeños comercios en la planta baja y viviendas arriba– son bellas estructuras hechas de piedra dorada con contraventanas de color burdeos. Son viejas en su mayoría, estas casas doradas, y de algunas no puede decirse que estén en muy buen estado, pero siguen allí, aguantando el tipo, sólidas y atractivas, con sus cubiertas de teja árabe roja, dando a la piazza un aire de esplendor venido a menos, como el aristócrata que ha despilfarrado la fortuna familiar. A decir verdad, se diría que la piazza encajaría mejor en un entorno más noble que el de este pueblo. Parece como si la hubieran importado entera desde una de nuestras bellas ciudades, por no decir de la capital misma, que solo dista quince kilómetros.

Mirando a la iglesia, y a cada lado de la callejuela adoquinada que desemboca en la piazza en ese punto, hay dos estructuras que, si estuviéramos en Italia, llamaríamos logias –galerías exteriores cubiertas, con delicados arcos y pilastras– y en dichas logias el ayuntamiento ha alojado estatuas de mármol que imitan a estatuas de mármol mucho más famosas, que copian esas estatuas ausentes hasta donde lo permitió la destreza de sus hacedores. Nosotros las disfrutamos como si fueran las auténticas. En ausencia del genio, la imitación es un sustituto más que aceptable. Por medio de estas copias rendimos tributo a las obras de arte que jamás veremos. No falta quien asegura que en realidad las estatuas originales no existen ni existieron nunca, y que por lo tanto estas supuestas réplicas son de hecho las grandes obras mismas y merecen el respeto debido a su grandeza. Es uno de los temas recurrentes en las discusiones que tienen lugar a diario en la piazza. Nadie ha logrado zanjar la cuestión.

Ahora que ya no echa de menos la paz y la quietud de los años del «sí», el viejo ha empezado incluso a gozar de la beligerancia de sus conciudadanos. A su edad, ha alcanzado inesperadamente algo parecido a la serenidad. Los instintos discutidores de su juventud han dado paso a un espíritu de aceptación, que viene a sumarse al divertido disfrute de la falta de un sosiego similar en sus conciudadanos. La vanidad de la certeza, que da a cada encendido polemista de la piazza su motivo para enrocarse sobre tal o cual disputa, le parece ahora al viejo el auténtico *fons et origo* de la comedia. Lo mismo que el fervor con que muchos sostienen opiniones que son demostrablemente falsas: El sol, señora, no sale por el oeste, por mucha vehemencia que ponga usted en afirmar lo contrario; y, señor, la luna no está hecha de queso Gorgonzola, y negar eso es no estar de acuerdo con su adversario, según el cual la luna es solo un complicado invento de papel maché colgado en el cielo para hacernos creer que vivimos en un universo tridimensional de estrellas, planetas y satélites, y no en un plato con una tapa encima, una tapa que es como un colador puesto del revés, con muchos agujeros a través de los cuales, por la noche, vemos brillar la luz de lo que nos engañamos al llamar estrellas. La piazza es un cúmulo de apasionadas tonterías de este estilo, y el viejo piensa: «Bah, déjalos que sigan, al fin y al cabo no hacen ningún daño».

Esto también es tema de muchas acaloradas discusiones: Las ideas erróneas, ¿son perjudiciales para el cerebro, para la comunidad, para la salud del conjunto de la nación, o hay que tolerarlas como simples productos de mentes sencillas? El hecho de que todos los implicados en debatir esta cuestión tengan la cocorota llena de estupideces no conduce precisamente a debates productivos. El viejo tiene la impresión de que al final del día toda esa gente se va a casa, ebria de vino y de quejas, sabiendo menos de lo que sabía por la mañana. Y sin embargo, se dice a sí mismo, dar rienda suelta a la lengua es una muy buena cosa. Hablando de lengua, nuestra lengua, sentada en su taburete acolchado en el extremo opuesto de la piazza y con los jóvenes divinos a sus pies, es mucho más feliz ahora que en los serviles y aquiescentes tiempos del «sí».

Sin embargo, llega un día en que cierta pareja discutidora aborda al viejo que está en su silla de siempre; y ambos –resulta que son marido y mujer, felizmente casados desde hace treinta años– le gritan al unísono: «¡Esto es insoportable! ¡Decida usted por nosotros!». Su desavenencia, por lo que se ve, es una nadería. ¿Dónde deberían ir a pasar las vacaciones de verano? ¿A la soleada isla de A., que queda bastante cerca? ¿O al lejano país de B., que sería una opción mucho más aventurera pero descansarían menos? «Parece que no hay manera de que nos pongamos de acuerdo –dicen a coro– Haremos lo que usted nos diga».

«Muy bien», responde el viejo, y con estas dos simples palabras abandona la neutralidad de toda una vida. Y la pequeña silla de madera sentado en la cual se ha pasado media vida sin ser otra cosa que un satisfecho observador de la cabalgata se transforma –¡magia potagia!– en el estrado de un tribunal. «Muy bien –repite–. Yo, en estos tiempos de ajetreo y estrés, recomiendo un buen descanso. Id a tomar el sol a la soleada isla de A».

Mujer y marido se quedaron muy quietos, allí de pie. Luego, se miraron y, a dúo, exclamaron: «¡Qué tontería! ¡A nosotros nos va la vida de aventuras!». Y allá que fueron, camino del lejano país de B. Unas semanas más tarde vuelven y van a darle las gracias al viejo por su decisión. Han visto unos cocodrilos enormes que cada año atrapan a varios niños, de los que se alimentan en los pantanos, y jirafas que han crecido hasta alturas de récord, así como ajolotes gigantes. Han oído lenguas que jamás en la vida habían oído y han presenciado espectáculos de lo más coloristas, una avalancha que sepultó una aldea entera y un golpe militar que sembró las calles de cadáveres. Estando de safari pasaron unos pocos días transformados en hipopótamos; les dijeron que deberían haber leído las instrucciones para viajeros y haberse vacunado contra los mosquitos locales, unos insectos famosos por propagar numerosas y virulentas cepas de metamorfismo, pero ellos –la pareja– dijeron: «No importa, fue toda una experiencia, ¡merecía la pena! ¡Fue algo único! Y lo de revolcarse en fango… ¡hasta podríamos acostumbrarnos a eso!». En resumidas cuentas, han sido para ellos las vacaciones que jamás olvidarán.

«Gracias, gracias», exclaman, y su gratitud es del todo genuina. El viejo contesta amablemente que lo que él había propuesto fueran a algún sitio para pasar unas semanas relajados, a lo que ellos se echaron a reír. «¡Es que nosotros somos así! –exclamaron con júbilo–. ¡Siempre! ¡Vamos a la contra! Preguntamos a la gente qué piensan ellos y hacemos justo lo contrario. ¡Fíjese si somos perversos! Pero nos ha salido bien, y gracias a ello llevamos treinta años felizmente casados».

En la piazza corre la voz de que el viejo que siempre está en la terraza del Café de la Fuente es un juez tan sabio como Salomón. Una muchedumbre cruza la piazza a la carrera para pedirle que dé su opinión sobre ellos. El viejo nunca ha estado tan solicitado en ningún momento de su bastante monótona vida. Es, concede, algo que le halaga. Ha leído en alguna parte que existen culturas en el otro extremo del mundo donde a los ancianos se les otorga la autoridad de sus años y donde la edad se considera la consecuencia de una vida de experiencias acumuladas, y a más experiencia más sabiduría, y donde el acto final de una vida es aquel en que incluso al más insignificante de nosotros se le otorga el respeto que le negó la juventud, a fin de que pueda terminar sus días sintiéndose un poquito como un rey. En su propia cultura a los viejos muchas veces se los desdeña por fútiles. Esta multitud que acude a él es tan inesperada como gratificante. El viejo cede a sus exigencias.

Les pide que formen en fila y, después de eso, cada tarde entre las cuatro y las seis, cuando el calor del día queda atrás, procede a dictar sentencia, declarando en un tono de creciente autoridad que no, que la Tierra no es plana, y que no, que la mayoría de los inmigrantes son tan poco monstruos sexuales como usted o yo, y que sí, al cien por cien, Dios existe y otro tanto el cielo y el infierno.

La noticia va extendiéndose. En la cercana ciudad se enteran de la existencia de un sabio de tal profundidad que es capaz de resolver todas las disputas en el momento, desde su estrado en la pequeña piazza de esta pequeña localidad. Así, la muchedumbre crece por momentos, hasta el punto de que la policía debe intervenir para mantener el orden. Hay cámaras de televisión. El viejo decide ampliar su horario hasta las siete de la tarde a fin de impartir más fallos cada día (salvo los domingos). Pasadas las siete, suspende las sesiones y se niega a responder a una sola pregunta más, insistiendo en que se le permita disfrutar de una hora a solas con su cerveza y su bocadillo. Y a las ocho en punto abandona el Café de la Fuente para dirigirse quién sabe adónde con su arrastrar de pies.

Se rumorea que destacados miembros del gobierno y de la oposición están pensando en hacer una visita al viejo sabio, para ver si él puede resolver sus diferencias. Mas a estas personas, tanto de izquierdas como de derechas, les cuesta aceptar que alguien pueda decirles que están equivocadas. La visita de los políticos queda, pues, en suspenso. Finalmente no tiene lugar.

El viejo de la piazza está experimentando algo absolutamente extraño a él: renombre. Entre el cada vez más numeroso grupo de niños y adultos sentados a sus pies, alrededor de su silla de madera, el viejo repara en algunas caras conocidas y las identifica como pertenecientes a algunos de los jóvenes dorados que hasta hacía poco eran los más ardientes discípulos de nuestra lengua. Repentinamente abandonada casi en su esquina de la piazza mientras sus acólitos se precipitan hacia el Café de la Fuente, a nuestra lengua le disgusta lo que está ocurriendo. A los dos discípulos que han permanecido fieles a ella les previene de que esto no puede acabar bien. Ellos la escuchan con respeto, pero sus palabras huelen a envidia. Los tiempos han cambiado. A nuestra gente le importa menos nuestra hermosa y compleja lengua que las grandes y vulgares cuestiones de qué es correcto y qué es incorrecto. Hemos dejado de ser los amantes de la poesía que éramos antaño, los aficionados a la ambigüedad y devotos de la duda, para convertirnos en moralistas de bar. ¿El dedo gordo señala hacia arriba? ¿Mira el pulgar hacia abajo? El viejo de la piazza es nuestro árbitro y sus pulgares han devenido asuntos de interés nacional. Ahora somos todos gladiadores en el Coliseo del Pulgar.

A nuestra lengua no le interesa lo que puedan decidir los pulgares del viejo. Solo le importan las palabras de compleja belleza, la finura de expresión, la sutileza de lo que se habla y la relevancia de lo que es preferible dejar sobreentendido, los significados entre palabra y palabra, la ilustración de esos significados que solo pueden proporcionar los mejores de entre sus discípulos. Encuentra repugnantes los argumentos y dictámenes del viejo, y más ignominioso aún es el creciente placer que le procura a este ser aceptado como juez de lo que está bien y lo que está mal, de lo que es así y lo que no es así. ¡Él, que solía reírse de la vanidad de la certidumbre, de la obstinación de los estúpidos y de las enfáticas aseveraciones de los tercos! Ahora se ha convertido en dispensador de certezas sin matices y cada día que pasa se vuelve más engreído.

Por estos pagos las fronteras han sido siempre un tema irritante. En nuestra historia reciente el trazado de límites fronterizos en nuestro territorio a manos de ignorantes supinos venidos de otros lugares ha sido causa de mucha angustia y cuantiosas vidas perdidas. Nuestra mentalidad suele asociar las palabras «ignorante» y «limitado». Las raras ocasiones en que hemos intentado cruzar la frontera por uno de los escasos puntos de control que existen en la actualidad en esa divisoria teñida de sangre, nos han mandado de vuelta o bien, si nos han permitido el paso, buhoneros del otro lado nos han vendido billetes falsificados, sabedores de que seríamos incapaces de distinguir los falsos de los auténticos. Nuestra mentalidad siempre ha asociado las palabras «límite territorial» y «moneda falsa».

Huelga decir que, aparte de las mencionadas, hay muchas otras fronteras que nos separan de nuestros vecinos y los convierten en enemigos nuestros. Existe la frontera invisible entre lo que nosotros, como individuos o como grupo, juzgamos aceptable y lo que está del otro lado de dicha línea invisible, en el orbe de lo inaceptable. Esa frontera está sembrada de peligrosas minas terrestres; la mayoría de nosotros evita acercarse allí. Existe también la frontera invisible entre acción y observación. Hay quienes hacen, y hay quienes ven a los otros hacer. El público está de este lado; el escenario está del otro. La cuarta pared es una fuerza muy poderosa.

El viejo de la piazza ha disfrutado de sus visitas al teatro, pero nunca ha pensado en subir al escenario, y en esos momentos vanguardistas en que unos actores han bajado a la platea se ha sentido deliciosamente asombrado a la antigua usanza. Cuando era joven, años ha, vio un espectáculo en el que un actor, fingiendo ser miembro del público, se pasaba todo el primer acto sentado en la primera fila de butacas. En el intermedio, un teléfono que había en el escenario empezaba a sonar y, al final, el actor perdía la paciencia y subía al escenario para descolgar el teléfono. (Era su mujer, quien llamaba). Mientras estaba allí, en el escenario, teléfono en mano, empezaba el segundo acto y el actor quedaba atrapado en la obra.

Pero ahora que ha cruzado esa línea fronteriza, se ha adaptado con deleite a su nuevo papel. No obstante, él no es contrario a las fronteras per se. Al contrario, está empezando a ver como un deber suyo el definir las nuevas zonas de propiedad, cribando posturas inaceptables y encerrándolas bajo el epígrafe de Cosas Prohibidas, mientras que aquellos cuyas actitudes son permisibles siguen aquí entre nosotros, gozando de la libertad de nuestro incuestionablemente libre país. No dispuesto ya a responder simplemente a preguntas de sí o no, busca establecer cuál de las partes en conflicto es la más virtuosa y ofrecer la mano de su veredicto a aquellos que han llevado una vida mejor. Existe incluso la sospecha de que, en muchas ocasiones, falla en favor de un demandante que está claramente en un error porque ha quedado demostrado que su rival ha llevado una existencia menos íntegra u honesta. En otras palabras, no solo está erigiéndose en juez de lo correcto sino de la rectitud moral. Es algo que a algunos nos preocupa, pero preferimos no manifestar nuestra inquietud debido a la gran popularidad del viejo.

Languideciendo en su esquina, nuestra lengua está inquieta. Trata de argüir que el viejo podría estar devolviéndonos a una versión nueva de los tiempos del «sí», solo que esta vez podrían ser más las palabras que quedarían más allá del límite de lo permitido, las palabras que supuestamente expresaran Cosas Prohibidas. Eso es justicia a lo Far West, nos advierte. Mucho ojo.

Pero también le preocupan otras cosas, confiesa, cosas personales. Siempre la hemos conocido por su vivacidad, su vigor, su frescura, la mejor de las lenguas, pero debe reconocer que últimamente viene sintiéndose indispuesta. Unos días tiene fiebre; otros, dolores varios. Confía en que no sea nada grave. Tal vez es la mera consecuencia de su ya avanzada edad, pues aunque su aspecto pueda ser hermoso y juvenil –¡nos agradece los piropos! ¡Siempre ha sentido gratitud por nuestra aprobación!–, es, de hecho, una lengua muy antigua, de las más antiguas y más ricas, si bien ella prefiere no alardear de su riqueza, no reclama un trono en el que aposentarse, se contenta con su sencillo taburete acolchado. Pero, a fin de cuentas, ella es nuestra lengua, de ahí que considere su deber informarnos sobre su estado. Teme estar deteriorándose. Es posible incluso –aunque le cuesta admitirlo, incluso para sus adentros– que pueda morir.

Nadie presta oídos.

A nadie le importa.

Finalmente se pone de pie, como lo ha hecho anteriormente en una sola ocasión, y chilla.

Esta vez el alarido es más agudo aún que en la anterior ocasión. Sube y sube de tono hasta sobrepasar la capacidad del oído humano para percibirlo. Es en ese punto cuando todas las ventanas de las casas que dan a la piazza estallan, y la lluvia de cristales causa numerosos heridas en la atestada plaza, heridas que provocan gritos recíprocos por parte de las víctimas. Son gritos de un orden inferior al alarido de angustia profe rido por nuestra lengua; estos no rompen nada.

Vemos a nuestra lengua erguida y con la boca abierta pero no oímos el alarido, que ha alcanzado ya tal intensidad que empieza a romper las tejas rojas de las cubiertas e incluso la mampostería de los edificios. Una de las estatuas que hay en las logias, una recargada copia de la que hay en un museo del Vaticano y que representa al sacerdote troyano Laocoonte orlado de furiosas serpientes, explota en cien mil fragmentos.

¿Caen los dorados edificios de uso mixto? ¿Se vienen abajo las logias? ¿Queda demolida la piazza? No, no sucede tal cosa. A pesar de nuestros muchos defectos, no somos propensos al melodrama. Nosotros preferimos el drama puro y simple.

Bien, la piazza aguanta. Pero las grietas están ahí. Todos podemos verlas. Los edificios están agrietados desde el tejado hasta la calle. Las tejas caídas, las contraventanas color burdeos colgando torcidas. Esa es la verdad. La piazza está rota, y así también nosotros, tal vez.

Entretanto, allí está ella, nuestra lengua, en pie y con la boca muy abierta, profiriendo sus silenciosos gritos. Y en el Café de la Fuente, el viejo nota que algo les pasa a sus palabras. Se están secando. Las palabras retroceden atropelladamente hacia el fondo de su boca, se le cuelan garganta abajo para acabar siendo disueltas por variados fluidos gástricos. Hay toda una multitud esperando a que el viejo diga algo, pero este se ha quedado sin palabras.

La gente que abarrota la piazza está descontenta. Quieren lo que han venido a buscar –que los juzguen– y abren mucho la boca para protestar porque el juez ha dejado de dictar sentencia. Pero no hay palabras con las que manifestar esa protesta. Miran hacia la esquina donde tanto tiempo ha estado instalada nuestra lengua, esa lengua que ellos han ignorado por completo en los últimos tiempos, y ven que se recoge las faldas y se aleja de la piazza, dejando atrás para siempre la esquina que hizo suya durante más años de los que nadie puede recordar. Lleva la cabeza alta, nuestra lengua, y poco después desaparece. Tras su marcha, en la piazza nadie puede hablar. La gente emite sonidos, pero son sonidos informes, desprovistos de significado. El viejo se levanta desamparado de su silla con la cerveza en una mano y el bocadillo en la otra. Extiende los brazos hacia los presentes, como si quisiera ofrecerles el bocadillo y la cerveza. La gente le da la espalda y se aleja. Él se ha convertido una vez más en lo que siempre fue: un simple viejo insignificante.

No está claro qué debemos hacer ahora. ¿Qué va a ser de nosotros? No tenemos medios para saber cómo van a continuar las cosas.

Nuestras palabras nos fallan.